通信集

傅雷作品集

傅雷 著

北方联合出版传媒(集团)股份有限公司
万卷出版公司

图书在版编目（CIP）数据

傅雷作品集.通信集/傅雷著.-- 沈阳：万卷出版公司，2018.8

ISBN 978-7-5470-4863-4

Ⅰ.①傅… Ⅱ.①傅… Ⅲ.①傅雷（1908-1966）—文集 Ⅳ.①I217.2

中国版本图书馆 CIP 数据核字（2018）第 079453 号

傅雷作品集（通信集）

出版发行：北方联合出版传媒（集团）股份有限公司

万卷出版公司

（地址：沈阳市和平区十一纬路 25 号 邮编：110003）

联系电话：024-23284090 / 010-88019650

传 真：010-88019682

E - mail：fushichuanmei@mail. lnpgc. com. cn

印 刷 者：清苑县永泰印刷有限公司

经 销 者：各地新华书店

幅面尺寸：170mm×240mm

字 数：260 千字　　印 张：19.5

出版时间：2018 年 8 月第 1 版　　印刷时间：2018 年 8 月第 1 次印刷

责任编辑：尹 岩　　责任校对：王洪强

装帧设计：格林文化　　责任印制：高春雨

如有质量问题，请速与印务部联系 联系电话：010-88019750

ISBN 978-7-5470-4863-4

定价：45.00 元

出版说明

傅雷，我国著名翻译家、作家、教育家、文艺批评家，数十年笔耕生涯，为后人留下了卷帙浩繁的文艺作品，半个世纪以来始终深受读者欢迎。傅雷在文学、音乐、美术理论、美学批评等领域的颇多建树，至今依然是学界的不刊之论。本次出版的《傅雷作品集》共分十九卷，涵括翻译著作、文艺批评、文学创作、时评专论等诸多领域。编者简化体例、精修版式、审慎编校，希望为读者奉献一套质量上乘的作品集。

在编选中，鉴于傅雷作品多创作于20世纪30~50年代，编者根据现行国家通用语言文字的规范和标准，酌情进行了修订。如：标点符号方面，统改了部分文本中顿号和逗号混用的情况。文字方面，将表示相似的“象”，统改为“像”；表示发现意义的“见”，统改为“现”；用作结构助词的“底”，统改为“的”。对于其他不影响文本理解的非规范文字使用情况，则采取了较宽松的处理方式，以免破坏傅雷个人的文本特色。此次编选还对某些文本做了有益补充。如《英国绘画·译名对照表》中，傅雷对当时健在的英国画家仅标注了生年，修订中即为此类画家补充了卒年。

由于编者学识有限，难免存在诸多不足之处，望方家不吝赐教，望读者理解和支持。

目　录

致吴宓

一通　一九三一年七月一日 / 1

致舒新城

一通　一九三二年十二月一日 / 2

致罗曼·罗兰

第一通　一九三四年三月三日 / 3

第二通　一九三四年八月二十日 / 6

致刘抗

第一通　一九三六年七月一日 / 7

第二通　一九三六年八月十日 / 9

第三通　一九三六年八月十九日晚 / 10

第四通　一九三六年八月二十日晚 / 11

第五通　一九三六年八月二十二日夜 / 11

第六通　一九三六年八月二十八日 / 12

第七通　一九三六年十一月四日夜 / 12

第八通　一九三六年十一月二十一日 / 13

第九通　一九三六年十一月二十七日 / 14

第十通　一九三六年十二月六日下午 / 16
第十一通　一九三六年十二月六日深夜 / 19
第十二通　一九三六年十二月九日 / 23
第十三通　一九六一年五月七日 / 24
第十四通　一九六一年七月十五日 / 25
第十五通　一九六一年七月三十一日晚 / 25
第十六通　一九六二年二月二十八日—三月一日夜 / 35
第十七通　一九六二年三月三日 / 39
第十八通　一九六三年二月十四日 / 40
第十九通　一九六五年四月二十八日 / 41
第二十通　一九六五年五月九日 / 41
第二十一通　一九六五年七月四日 / 43
第二十二通　一九六五年九月二十六日 / 44
致黄宾虹
第一通　一九四三年五月二十五日 / 46
第二通　一九四三年六月九日 / 47
第三通　一九四三年六月二十五日 / 49
第四通　一九四三年七月十三日 / 51
第五通　一九四三年七月十七日 / 53
第六通　一九四三年八月二十日 / 53
第七通　一九四三年八月三十一日 / 54
第八通　一九四三年九月一日 / 55
第九通　一九四三年九月十一日 / 56
第十通　一九四三年九月二十日 / 57
第十一通　一九四三年九月二十五日 / 58
第十二通　一九四三年九月二十四日 / 59

第十三通　一九四三年九月二十五日 / 59
第十四通　一九四三年九月二十九日 / 61
第十五通　一九四三年十月一日 / 61
第十六通　一九四三年十月二日 / 62
第十七通　一九四三年十月四日 / 63
第十八通　一九四三年十月七日 / 64
第十九通　一九四三年十月十一日夜 / 65
第二十通　一九四三年十月十三日 / 66
第二十一通　一九四三年十月十五日 / 67
第二十二通　一九四三年十月十八日午 / 68
第二十三通　一九四三年十月三十日 / 70
第二十四通　一九四三年十一月三日 / 72
第二十五通　一九四三年十一月四日 / 73
第二十六通　一九四三年十一月八日 / 74
第二十七通　一九四三年十一月十二日 / 74
第二十八通　一九四三年十一月十九日夜 / 75
第二十九通　一九四三年十一月二十一日夜 / 76
第三十通　一九四三年十一月二十四日 / 78
第三十一通　一九四三年十一月二十九日 / 79
第三十二通　一九四三年十二月二日 / 81
第三十三通　一九四三年十二月二日 / 83
第三十四通　一九四三年十二月六日 / 83
第三十五通　一九四三年十二月十一日 / 85
第三十六通　一九四三年十二月十六日夜 / 87
第三十七通　一九四三年十二月二十九日 / 87
第三十八通　一九四四年一月十三日 / 88

第三十九通　一九四四年一月十五日 / 90
第四十通　一九四四年二月八日 / 90
第四十一通　一九四四年三月二十日 / 91
第四十二通　一九四四年四月十四日 / 92
第四十三通　一九四四年五月一日 / 92
第四十四通　一九四四年五月十六日 / 93
第四十五通　一九四四年五月二十二日 / 94
第四十六通　一九四四年六月十八日 / 94
第四十七通　一九四四年六月二十三日 / 95
第四十八通　一九四四年七月十三日 / 96
第四十九通　一九四四年七月十六日 / 97
第五十通　一九四四年七月二十三日 / 98
第五十一通　一九四四年七月二十四日 / 99
第五十二通　一九四四年八月一日 / 99
第五十三通　一九四四年八月十六日 / 101
第五十四通　一九四四年八月三十日 / 102
第五十五通　一九四五年四月二十九日 / 103
第五十六通　一九四五年八月七日 / 103
第五十七通　一九四五年九月 / 104
第五十八通　一九四五年十月二十五日 / 105
第五十九通　一九四五年十一月十七日 / 105
第六十通　一九四五年十一月二十八日 / 106
第六十一通　一九四五年十一月下旬 / 107
第六十二通　一九四五年十二月十七日 / 108
第六十三通　一九四五年十二月二十七日 / 108
第六十四通　一九四六年一月四日 / 109

第六十五通　一九四六年一月九日 / 109
第六十六通　一九四六年一月十四日夜 / 110
第六十七通　一九四六年二月十七日 / 111
第六十八通　一九四六年三月八日 / 111
第六十九通　一九四六年三月二十六日 / 112
第七十通　一九四六年四月十四日 / 113
第七十一通　一九四六年四月二十五日 / 114
第七十二通　一九四六年六月十一日 / 114
第七十三通　一九四六年八月二十日 / 115
第七十四通　一九四六年十一月二十九日 / 116
第七十五通　一九四六年十二月二十三日 / 116
第七十六通　一九四七年一月十八日 / 117
第七十七通　一九四七年四月十三日 / 117
第七十八通　一九四七年五月二十七日 / 118
第七十九通　一九四七年十一月十四日 / 118
第八十通　一九四八年三月五日 / 119
第八十一通　一九四八年五月十四日 / 119
第八十二通　一九四八年六月二日 / 120
第八十三通　一九四八年六月十五日 / 120
第八十四通　一九四八年七月五日 / 121
第八十五通　一九四八年八月七日 / 121
第八十六通　一九四八年八月十九日夜 / 122
第八十七通　一九四八年十月二十日 / 123
第八十八通　一九四八年十一月二日午夜 / 123
第八十九通　一九四八年十二月二十二日 / 124
第九十通　一九四九年一月十六日 / 124

第九十一通　一九四九年三月四日 / 125
第九十二通　一九五〇年六月二十七日 / 125
第九十三通　一九五一年九月二十三日 / 126
第九十四通　一九五二年四月九日 / 126
第九十五通　一九五二年五月二十五日夜 / 127
第九十六通　一九五四年四月二十八日 / 127
第九十七通　一九五四年四月二十九日 / 128
第九十八通　一九五四年五月十三日 / 129
第九十九通　一九五四年九月二十六日 / 129
第一百通　一九五四年十一月八日 / 130
第一百零一通　一九五四年十一月十三日 / 130
致宋若婴
第一通　一九五五年三月二十四日 / 132
第二通　一九五五年三月二十六日 / 133
致耶鲁大学音乐院院长布鲁斯·西蒙兹
第一通　一九四八年十月八日 / 134
第二通　一九四八年十月十八日 / 135
致成家复、朱嘉棣
一通　一九四九年十二月十日 / 137
致宋奇
第一通　一九五一年四月十五日 / 139
第二通　一九五一年六月十二日 / 144
第三通　一九五一年七月二十八日 / 145
第四通　一九五一年九月十四日 / 146
第五通　一九五一年十月九日 / 148
第六通　一九五一年十二月五日 / 150

第七通　一九五三年二月七日 / 151
第八通　一九五三年十一月九日 / 154
第九通　一九五四年四月二十六日 / 156
第十通　一九五四年七月八日 / 157
第十一通　一九五四年十月十日 / 158
第十二通　一九五五年一月八日 / 161
致宋希
第一通　一九五二年三月二十日 / 164
第二通　一九五三年九月十四日晚 / 165
致柯灵
一通　一九五六年五月七日 / 167
致李广涛
一通　一九五六年六月二十七日 / 168
致夏衍
第一通　一九五六年五月二十四日 / 169
第二通　一九五六年八月二十一日午夜 / 171
第三通　一九五六年十二月二十三日 / 172
第四通　一九五七年四月三十日 / 175
第五通　一九五七年九月二十五日 / 176
致人民文学出版社
第一通　一九五六年三月二十二日 / 178
第二通　一九五六年三月三十一日 / 179
第三通　一九五六年四月十六日 / 179
第四通　一九五六年五月七日 / 180
第五通　一九五六年八月五日 / 180
第六通　一九五六年八月七日 / 183

第七通　一九五六年八月二十四日晨 / 184
第八通　一九五六年九月九日 / 185
第九通　一九五七年一月十五日 / 186
第十通　一九五七年四月十六日 / 187
第十一通　一九五七年七月二十七日 / 188
第十二通　一九五七年十二月十四日 / 188
第十三通　一九五八年四月十二日 / 189
第十四通　一九五八年四月二十日 / 189
第十五通　一九五九年二月二十六日 / 190
第十六通　一九五九年四月十四日 / 191
第十七通　一九五九年五月二十九日 / 194
第十八通　一九六〇年一月二十一日 / 194
第十九通　一九六〇年十二月六日 / 197
第二十通　一九六一年一月十二日 / 197
第二十一通　一九六一年四月二十二日 / 198
第二十二通　一九六二年六月六日 / 203
第二十三通　一九六二年八月二十八日 / 204
第二十四通　一九六二年十月一日 / 204
第二十五通　一九六二年十月十三日 / 205
第二十六通　一九六三年三月二十五日 / 205
第二十七通　一九六三年九月三日 / 206
第二十八通　一九六三年九月十五日 / 206
第二十九通　一九六三年九月二十二日 / 206
第三十通　一九六四年八月七日 / 207
第三十一通　一九六五年十一月十一日 / 207
第三十二通　一九六五年十二月三日 / 208

致郑效洵

第一通 一九五六年六月二十五日 / 210

第二通 一九六二年六月十二日 / 211

第三通 一九六二年十月三十日 / 212

第四通 一九六四年六月十二日 / 212

第五通 一九六四年十月九日 / 213

第六通 一九六四年十一月十三日 / 214

致王任叔

一通 一九五六年七月十日 / 216

致王任叔、楼适夷

一通 一九五六年十二月十日 / 217

致楼适夷

第一通 一九五七年一月二十五日 / 223

第二通 一九五七年二月二日 / 225

第三通 一九六一年二月二十四日 / 226

致中国青年社思想修养组

一通 一九五六年十一月十九日 / 229

致人民出版社编务室

一通 一九五七年一月十九日 / 230

致马叙伦

一通 一九五六年八月十七日 / 231

致徐伯昕

一通 一九五六年八月十七日 / 232

致周煦良

一通 一九五六年八月十七日 / 234

致黄源

一通　一九五七年三月三十一日 / 236

致周扬

第一通　一九五七年四月三十日 / 239

第二通　一九五七年五月三十日 / 240

致牛恩德

第一通　一九五八年十一月二十日 / 242

第二通　一九五九年一月三日 / 244

第三通　一九六三年十一月十七日 / 247

致萧芳芳

一通　一九六一年四月 / 250

致汪己文

第一通　一九六二年六月二十四日 / 251

第二通　一九六二年六月三十日 / 253

第三通　一九六二年十一月十八日 / 253

第四通　一九六三年四月二日 / 254

第五通　一九六四年一月二十九日 / 255

第六通　一九六四年八月十七日 / 256

致汪孝文

第一通　一九六二年三月四日 / 257

第二通　一九六二年三月十四日 / 258

第三通　一九六二年七月十九日 / 262

第四通　一九六三年一月六日 / 263

第五通　一九六三年六月二十四日 / 263

第六通　一九六四年一月十九日夜 / 264

第七通　一九六四年五月十二日夜 / 265

第八通　一九六四年八月一日 / 265
第九通　一九六五年十月二十七日 / 267
致周宗琦
一通　一九六二年九月十日 / 268
致罗新璋
一通　一九六三年一月六日 / 270
致叶常青、季碧
一通　一九六四年二月二日 / 272
致黄苗子
一通　一九六四年九月二十三日 / 274
致成家和
第一通　一九六五年五月十三日夜 / 275
第二通　一九六五年五月二十六日 / 279
第三通　一九六五年六月五日 / 280
第四通　一九六五年六月十三日 / 282
第五通　一九六五年六月十七日 / 285
第六通　一九六五年七月十六日 / 288
致成家榴
一通　一九六五年九月八日 / 290
致石西民
一通　一九六五年十月二十六日 / 292
致林散之
一通　一九六五年十二月二十三日 / 295

致 吴 宓

一通　一九三一年七月一日

吴宓先生：

兹有意大利诗人 Sales 君垂询中国诗韵律规则。弟以此道久荒，已甚模糊，不复记忆，可否乞先生将中国旧诗之五古、五绝、七绝、五律、七律各种诗格之平仄列表示知；又五律七律之平仄格局之变式，亦乞一并见告为感！（如五律等第一句可以平起，亦可以仄起者。）

草此，敬候复音，并预申谢悃，即祝

旅趾多福

弟傅雷

七月一日夜

M. Fou Nou En

40, Grande Rue

Nogent sur Marne（Seine）

致舒新城

一通　一九三二年十二月一日

新城先生：

前承不弃，辱书为《新中华》征稿，愧感何似。兹寄呈拙稿《音乐在历史上的地位》一篇，备刊《新中华》创刊号。万一不用，务祈早日退还原稿为感。草此即颂

著绥

傅雷启上

十二月一日

致罗曼·罗兰

第一通　一九三四年三月三日

大师座右：

尊作“名人传”三册，现已译竣，祈允予付梓出版为感。此请沉吟迟久，盖因译述未完，迄无把握也。

先生关于三大天才之著作，已哺育万千青年，谅各现行语言早有译本，中译已落后手。个中原因，容弟子追述一二，俾先生知愚以何等感恩之情勉力从事哉。

曩者，年方弱冠，极感苦闷，贾舟赴法，迅即笃嗜夏朵勃里昂、卢梭与拉马丁辈之作品。其时颇受浪漫派文学感染，神经亦复衰弱，不知如何遣此人生。无论漫游瑞士，抑小住比国修院，均未能平复狂躁之情绪。偶读尊作《贝多芬传》，读罢不禁嚎啕大哭，如受神光烛照，顿获新生之力，自此奇迹般突然振作。此实余性灵生活中之大事。尔后，又得拜读《弥盖朗琪罗传》与《托尔斯泰传》，受益良多。

鉴于此番经历，愚曾发愿欲译此三传，期对陷于苦闷中之年轻朋友有所助益，以此等青年在吾国亦为数不少耳。然因种种缘由，至去年十一月方嘱笔，于近期始得完成。

再者，促成此事者，尚有另一想法。先生当知中国人之性气心理，自有传统。吾国历四五千年而未藉任何宗教以为支持，道德之追求，亦异于世界其他民族。孔子倡导中庸，主张克己，强调尊卑，尤宜顺乎天理。老子揭示文明之欺罔，诋斥虚伪尤力。遵循孔子遗训，吾人安于平静、勤俭、欢愉之生活，知足常乐。受老子之影响，贤人智士大率洒脱高蹈，超尘出世。既无强行信奉严紧宗教之事，亦无率然听命于万能上帝之举，盖俱为吾人所不堪忍受者也。

然此黄金时代已成往昔。欧风东渐，时事遂多变化。今日之民众，既不能效法尊奉孔老之先辈，于危险之激情预加防范，亦不能如欧洲狂热之教徒，一旦摆脱羁绊，还我以更伟大、更完善、更纯洁之面目。顾精神平稳由之失却，非溺于激情而懵懵懂懂，即陷于麻痹而无所作为。

第贝多芬以其庄严之面目，不可摇撼之意志，无穷无竭之勇气，出现于世人面前，实予我辈以莫大启示。至于弥盖朗琪罗，以其意志与才力不称，此种悲剧命运于吾人为鲜闻矣。

若托尔斯泰，其不抵抗主义宜乎我辈深长思之。读尊作《托尔斯泰传》之前，愚曾有一幼稚想法，自谓遏止内战之良策，莫过于不纳税不当兵，取兴办实业之法，一举消弭失业与军队。士兵转而做工，收入既丰，人身亦得安全，何乐而不为耶？彼等兵众受人雇佣，仅为糊口而甘冒锋镝，情实堪怜。待将帅手下无部卒，欲作战即请其自赴疆场，庶免无辜送死，岂非"勿以恶抗恶"之不抵抗主义欤？

至于托翁致辜鸿铭函，相似之见解，从一意大利将军处亦曾敬闻。愚于一九三一年五月途次罗马，得缘拜识加维里耶[①]元帅，闻其宏论如下：

---

① Caviglia，一八六二—一九四五，早年任驻东京武官，曾参加第一次世界大战，荣获元帅衔。

现代西方文明已步入崎岖危途，焉能长此以往而不作变计？中国有何效法之必要？值此人间惨祸，欧洲各国创巨痛深，且劫难未已，中国自宜趋避。须知种田耕地，为个人最好之营生。元帅追忆一九〇八年远东之行，认为中国人乃最勤劳、最淡泊、最平和之民族，身体耐力亦强于世界上其他民族。各种气候，俱能适应，且饮食有节，消费少而出产多。即使加恶于其人，无论在中国本土抑在域外，也从不抵抗，而最后胜利竟属之焉！元帅以菲律宾荷兰东印度公司占区之华侨为例，称虽受不公平法律之压抑与欧洲官员之苛待，复被本国政府所遗忘，然彼等均能逆来顺受，埋头苦干，就地汲取滋养（该地区之贸易命脉，似均握于华人之手）。元帅作结道：中国人不能，也不必有组织，"无组织"更胜于"有组织"。中国无需发展工业，步近代文明之后尘。体魄与道德方面，但得保存本色，自能脱出困厄。因不抵抗之效用，实胜于诉诸暴力。

加维里耶元帅是否托氏弟子，不得而知，其持论当基于参加欧战之个人观感。元帅直视不肖为中国新一代数典忘祖之代表，其责难之辞使愚思维再三，类乎今日译毕托翁传之掩卷深思欤。

上述想法，杂然胪列，更兼法文表达欠佳，甚以为歉。区区愿藉此函，以获明教。先生乃当今人类一大巨星；先生所言，犹托翁之于上代人，不啻先知式之预言。

倘蒙赐覆，并允权充代序冠于拙译之前，则欣慰何如。缘此而得时亲教言，更将引为幸事。特先申谢，并请接受一远方弟子之敬意。

傅怒庵顿首

一九三四年三月三日

附言：能有幸获赠一帧签名照片否？

第二通　一九三四年八月二十日

大师座右：

六月三十日赐书奉悉，不胜感激。尊作“名人三传”，译稿已为商务印书馆接受，该馆系我国最大之出版社，惜乎书待明年方能印就。鄙人已将大札译成中文，同时亦已复制所赠照片，冠于《托尔斯泰传》卷首；特此再致谢意。

先生于英雄主义所作之界说，与鄙意十分契合，足证不肖虽无缘拜识尊颜，实未误解尊意，良可自慰。

近想迻译尊作《昔日音乐家》与《今日音乐家》,因余笃嗜音乐，此其一；再者，真正之中国音乐尚不存在，或说已不存在，故尤应介绍欧洲音乐，以音乐家之人格更重于音乐也。先生上述两部大著，于尚未有切当之听觉，一味注重教化之吾国听众，当大有裨益也。

此信拟托一赴欧友人寄交，因时间仓促，恕不多写。

至于敬隐渔，苦于无法获致确讯。一说此人已疯，似较可信，因已听说不止一次；一说业已谢世，尚无法证实。

最后拟告，不肖正如来教末段所言，为国家与环境所挤逼，既无力量亦无勇气实行反抗，惟期隐遁于精神境域中耳。虽知吾辈努力不至于全属枉然，但确乎甚少把握。旷日以待，犹如临终受难，道德信念也将为之动摇！祈各方以援手，实吾人之急需！草草奉复，敬颂

近安！

后学傅怒庵再拜

一九三四年八月二十日

于上海吕班路二〇一弄五十三号

致 刘 抗

第一通　一九三六年七月一日

抗兄足下：

来黄须知想可寄尘座右，沿途详情已见致内子书中，当蒙寓目。弟方开始译事，拟待尊驾到后偕同上山。梅馥若有意同行，请烦途中照料，何日启程，望先函示。旅社近旁有天然游泳池，甚佳，来时可兼带浴衣浴具；惟潭底多石，弟今日足指为破，未免美中不足。再囊中若宽裕，可携罐装牛肉鸡鸭之属，因此间一切都好，只苦佐膳无物。大师大展今日开幕，盛况如何？入山后与世隔绝，国事不可闻矣。其实闻亦无用，不如听之任之。张弦兄归去也未？请代致意。邦干处亦恳道拳拳。匆匆，即问

暑安

弟怒安再拜

七月一日

此间终日不出门，可不用扇。温度如何，兄当以此度之。

〔附〕旅行黄山须知（切勿遗失，随身查看）。

（一）从上海到杭州，下午六时五分开，晚十时四十七分到杭。此车最凉快。

车票二等为四元七。

（二）下车后如行李多，可托脚夫寻旅行社招待（在站上就有），由伊代领送到旅馆。自己可雇洋车直赴旅馆，车站到湖滨顶多大洋二毛五分，但要预先讲明，因杭州车夫最会敲竹杠，车夫多会拉客人，切防遗失物件。

（三）杭州旅馆、西湖饭店，单床房间二元，还不坏，也凉快。

（四）若要便利，可隔夜托旅行社招待，叫他明天清早到旅馆来接，给代办到黄山的手续。若行李不多，可自己于清晨七时左右乘洋车（最多约二百文，路极近），到迎紫路公路局买票。车有两班，一于七时三十分开，一于八时三十分开，以乘第二班为宜，车在八时前十分靠站，此时须在待车室门外等，车到应争先抢上，座位拣第二排靠窗的（第一排要被人挤的），既风凉又便买东西，最后面的座位最坏。车上写的是"杭州——屯溪"或"杭屯直达"。买票时（在站上先买，七时余即可买到，要说明乘第二班车）说从杭州到黄山联运票，售票窗口很多，应先在窗口上面的表上查看，有杭徽路的一个。车价八元，不分等级。

（五）行李可将铺盖衣箱"画架画布画箱"（以上三物预先妥为捆绑一处，要包扎得好）统统打行李票，二十公斤内不收费，过二十公斤者每十斤收八角。随身只好带顶小的小皮箱，放什用东西的。因车上地位极狭，随身东西一多，势无插足之地，自己讨苦吃。

（六）随身应带扇子、手帕（多多益善）、手巾、肥皂、花露水、牙刷、牙膏。橘子（若买得多，可叫水果店装纸匣，扎的要麻绳，万不可用竹篓，一要割破手，二要散在地下，像我这次吃苦不小），途中午餐时，可饱餐二枚。解渴清心，无上佳品。痧药水、万金油，亦以随身置备为妙。蚊香也要，在杭州旅馆里也用得到。

（七）从杭出发前，先在旅馆里叫一碗面。沿途只有茶叶蛋可买。吃饭要在屯溪站，在下午一时左右。

（八）手杖不必带，黄山有卖。

（九）黄山有邮局，挂号、快信、邮汇票俱全。

（十）若托旅行社招待办手续，他可送你上车，一切便利，但另外要给他一元小账。

（十一）从杭州到黄山路上极热，穿得愈少愈妙。

（十二）从杭州到黄山的车子天天都有，徽州叫歙县站，要在此下车。切记切记。

来时应带电筒，多预备干电二卷。

第二通　一九三六年八月十日

抗兄：

三十日手札至十日方到，路遥迢迢，想来倍增怅惘。黄山景色时时萦回梦乡，前夜尝偕梅馥卧游，仿佛又在。中旅张经理告以兄等已去松谷庵，今来信果然，岂冥冥中已有灵机预感耶！文殊之虱，狮林之臭虫，此次竟饱餐十余日，亦是机会难得。梦中尝见尊作风景画多幅，惜模糊不能辨识，更不复记忆，只能待将来到沪时一饱眼福矣。手札写来满纸清幽绝俗，想兄艺人性灵，天生美满，加以《论语》《人间世》多所亲炙，益饶小品风趣，可喜之至。弟等来乡倏将二旬，日惟于笔墨及竹林中厮混，此间景色宽广平坦，一望皆绿，与山地相较，自然开旷，但未免失之平凡庸俗，一如吾乡地大少平，岳家人口众多，终日惟闻小儿号啼、老人念佛，益真正中国风味也（多产与迷信原是内地两大特色）。兄回沪后做何消遣，便中尚望用幽然心情观察幽默事，多写些幽默信来解解闷。草草，即问

艺祺

弟安、梅馥附笔

八月十日

第三通　一九三六年八月十九日晚

抗兄：

接手书并照片，一则以喜，一则以惧。梅馥先看信，等她读到……病危一句，我就毛骨悚然，浑身发冷，与足下作书时真有同感。呜呼天乎，如此好人，如此典型的艺术家，但愿皇天保佑，安渡难关。信到时我们正在打牌，从此就恹恹无复牌兴，心头好似压了一大块石头。几年来早晚相见的朋友，一别才未两月，遽尔身染沉疴，何况关山远隔，一些信息都得不到，尤使我凄恻欲绝，悲痛欲涕，假如你有什么消息，千万赶快告诉我，我们真是如何的挂念他啊！

照片中很有几张“杰作”，“天都探海松”与“天都望后海”两帧，若有机会请代放大，如普通小说版本大小，要放得精，印得精，钱归我来付，不必客气。看了这些游踪，真使我神思恍惚，说不尽的感动！

上海酷热，如兄所言弟等在乡可算做了半个神仙，决没像你所说的那种苦。只是一件，就是常常想念你们几位朋友。大师回沪没有？济远近况如何？你是否还得上暑期学校的课？回来后黄山的风景又画过几张？前后一共画了多少？家和近来见面否？心绪若何？均在念中，便请一一告知为盼。

人浩下年度如何计划，甚念。

弟安草复

八月十九日晚

昨天寄你一本小说，收到没有？这本书是抽版税的，有机会请在同学方面宣传宣传？好让我多赚几文。

第四通　一九三六年八月二十日晚

抗兄：

昨夜一函甫发出，今日又接噩耗，悲恸之情，难以言喻。此次伊定欲回家，甚至有“无钱将徒步归去”之语，岂冥冥中已预感将回老家耶！言念及此，更想起他的一生遭遇，坎坷潦倒而始终保存完满无缺的艺人人格，在这种时世尤为难得。讵天不永年，徒令故人欲涕无从，犹忆弟赴黄山前一小时，伊与兄及邦干、尧章等四人来寓送我，今彼长辞此世，我意欲谋一奠而不得。呜呼，痛哉！人生如朝露，尤使人感慨不已。临书泫涕，不知所云，亦不能终篇。附上支票一纸（八元），请持向霞飞路吕班路口大陆银行兑现后，即在该行购一八元礼券（说明丧用，并讨一绿色封袋），外面请代书“奠敬”二字，下署“弟傅雷拜具”字样；吊礼应交何人代收，请兄做主可也。校方对他有何表示，大师又如何？虽说一死皆空，但我还想知道知道世情冷暖，详情续告为盼。耑此拜托。即颂

日佳

弟安拜启

八月二十日晚

第五通　一九三六年八月二十二日夜

抗兄：

弟等不别而行，已安抵上海。明日回寓稍事摒挡，后朝即下乡去。路上情形较来时略胜一筹，兄等当必色喜。游黄所得，拟稍缓为文以纪。吾兄绘事必有大收获，行前尤盼深深体验黄山的特殊色调与特殊空气，兄解

人，静思之必得，弟敢断言。长信随后再来，今晚急于洗却一身尘埃。

弟安

二十二日夜

照片印出后勿忘寄赠。

第六通　一九三六年八月二十八日

抗：

二十一日有挂号信寄你，其中附着一张大陆银行的八元钱的支票，收到没有？怎么没有回信？使我们非常挂念。同日我又写信给大师，向他提议：（一）把张弦的死讯在报上登一条新闻（这是不费一文的），让他数年来的桃李得悉；（二）筹备一个遗作展览会；（三）设法替他卖掉些作品，所得的款作为他遗孤的教育费；（四）设法叫博物馆购藏他的一张作品。但信去后亦迄无回音，甚为诧怪！望见信后速即复我！大师有没有回沪，照理他不能久游在外。邦干已来校否？若来请将此信给他一阅。还有什么别的消息，请一一告知为要，我们这一晌始终为张弦的事情悒悒不欢。草草，祝你康健

怒庵

梅馥

八月二十八日

我译的小说收到未？读过未？有何感想？

第七通　一九三六年十一月四日夜

抗：

你意想不到是我在南京写信给你吧！你的地址是我在你给邦干的信封

上见到的，确实与否，毫无把握，姑且试试罢了。我来京已有三日，今晚夜车归去。洛阳之行，已经决定，十日内即须出发。征人心绪此刻已萦绕梦魂，想到离开这江南的故乡，离开妻子朋友，总不免有一番儿女心肠。你们何时返旆，我极希望你能早早回来，我们痛痛快快再叙首几天，以后的日子渺茫得很呢！

怒安

十一月四日夜九时

第八通　一九三六年十一月二十一日

刘抗、邦干二兄，瑶章小姐均鉴：

别来经旬，中州道上仆仆风尘，真是名不虚传。北来别无所苦，惟尘灰蔽目与客中枯索为两大恨事。汴洛二地天天为人家座上客，口腹之欲大大满足了一番。黄河鲤鱼的鲜嫩肥美，决非江南任何鱼鳞所可比拟，且一鱼数味，味味特别，厨役多名手，甜咸酸辣处处合格，即我们办事处的庖丁手段亦复不恶。滕参事陈司长两大委员已于昨夜夜车东返，此刻只剩我和一个科员，他们仿佛是押解官，而我们就和充发异域的囚犯相似。遥望南天，想见海上故人日日欢聚、夜夜无宵之概，真不胜今昔之慨。会中办公处借在河洛图书馆内，这是一所三进三院的大房子，布置得玲珑可爱，幽雅清净，算是此地数一数二的住处。我住一小间，作为卧室兼书房；外面一大间，分为二小间，半为办公室，半为会客室。科员一人即住在靠边的办公室内，今天正在裱糊粉刷添办家具，忙个不了。那位科员为人不大聪明，此来一切记账等等的杂务，也得我自己管理，你们想麻烦不麻烦。而且调查龙门的工作十分繁重，要摄影、要测量、要绘图、要记述、要考据。石窟共有一二十个，长半里余；每窟内有造像十余至七八十不等。以后我们出发工作时，将住在龙门，一连做六七天的工作，再回城整理材料，略事休息。这样循环不已的工作，大概要做到旧历年底。此外再加公事来往，函牍往返，实在够头痛了。只因会中经费有限，不能请邦干来帮干，但滕固答应慢慢替邦干想法子。你们近来情形如何？这几天一定也是忙得不亦乐乎。过了二十五（周），千万写封长信来。张弦的画款须得早早收集。我家梅馥近况若何？望你们多多照顾她才好。匆匆暂止于此。顺问
各位起居，并颂
纳福

弟怒安手启

十一月二十一日

来信寄河南洛阳图书馆街中央古物保管委员会驻洛办公处。洛阳城名气太大，实际太寒酸，还远比不上杭州的一只角。

第九通　一九三六年十一月二十七日

抗：

洛阳这地方真是徒负虚名。我这一次的来，大半可说上了滕固的当。要是早知这么繁重的工作和不大安全的环境，我一定不会无条件的答应下来。龙门那边是土匪出没之区，虽有保安队二小队驻防，也得时刻小心。别的犹可（仿白玉霜句：还只犹可），要时刻小心却叫我难受了。因为我素性随便，不会掩掩藏藏，加上那边的土匪并非怎样的大股，只是普通的老百姓，觑个机会上板（沪音），这可就防不胜防了。此刻木已成舟，只有硬硬头皮前往，要是被他们绑去，也可向他们探听多少民间的真情实况。还有一层，古物会那般委员，早不派晚不派，偏拣这寒冬叫我们来，这又是非常难受的。衣服穿得少固然怕冷，穿得多又不便上山下山的工作。我在上海做衣服时，竭力不要好的料子，但到此之后，才知即穿布罩袍也有肉票资格；且尘灰飞扬，头上身上脚上无处不受包围，无论什么衣服都觉

得白白糟蹋，我真不知穿什么衣服才好。这几晚月光分外的好，寒月照古城，别有一番情调。想起这洛阳，从周代到汉晋南北朝，都是争战之场，也是广厦千间、宫殿万重的名都，而今铜驼荆棘，惟土墙败垣纵横目前而已，哪还有丝毫古都的痕迹，如罗马那样？中州夜月就显得在凭吊荒城一般，千里征人对之更引起无限乡思。几晚乱梦颠倒，无非是你们这些朋友和中风、白板对碰之类。十八九岁时，浪漫底克的热情和幽思，重又在心中萌芽起来；一个人不离别，就不知道友谊的真价，我想这种情况并非一定是我吃不惯苦的现象，只要是有情人处此境地，便无论如何也免不了的。异地风光即是明晃晃的太阳，也没有笑脸的，何况加上冷酷尖利的风沙呢？北方人的愚鲁迟蠢，大概也是天地逼成的。我们的厨子很会揩油，做菜也恶劣了。唉，恁是如何饭桶，在银钱上面总笨不到什么地方去的。昨天画伯来信说，你和他将来洛阳写生。我想你决无此傻劲，在此大冷天背了画箱来吃风沙的吧？画伯是在象牙之塔的炉火旁边，说写意话而已，是耶？否耶？愿有以教。我昨夜梦见邦干、瑶章二人仿佛已经结合了，大概他们的喜讯已经不远，所以故人梦里已有先兆，请你告诉他们，预贺他们。梅馥来信说，二十五日为薰琹葬母之期，这几天他大概会到上海来一次吧！见面时望告诉他，我已有信到北平去。你们近来玩些什么？张弦画款收数如何？我处存款可早早提出，另行存放银行，也好让我卸卸责任。河南本地戏，已去观光过一次，土话很多，不大能懂，据说是粗俗得不堪入耳，大概“入什么”的话一定极多；唱词也不好听，不论男角女角，都尖着喉咙小声小气的嚷，初听尤觉刺耳；场子也简陋可怜，如乡下临时的台子，池子中间搭了一个大天棚，如是而已，真正大失所望。此外也有几家京戏的戏院，电影根本没有影儿，而且各种戏院晚上十点半就终场，也是乏味。你想看戏只到十点半，算得看戏么？这不过像听了一次演讲。我们明天下午得上龙门去住，在那里还要吃比洛阳更苦的苦。每五六日回城一次，那才是入地狱呢（说好听些是真正的“深入民间”）！现在只想把摄影测绘诸事快快赶完，将来整理时，可在洛阳坐在炉火旁边工作了。我今天去买了一支派克真空管的笔，价二十四元，这是我久想买而舍不得买的，现在有了差使，似乎可以略略奢侈一点。这封信就是初次试笔，成绩如何，有目共赏，不必多说。照我在沪所见，价钱并不比上海贵，笔尖也没有从前非真空的那么硬，而且举起望亮处一照，就可看出墨水的贮量，这在我的乐趣也不下于阿聪的自玩自乐，哈哈！不要懒，多多写信来！还望多多拜上邦干他俩，转达我千里故人的情意！

人浩兄前也请致意（勿忘！）

弟怒安

十一月二十七日试笔

第十通　一九三六年十二月六日下午

刘抗、邦干、瑶章诸弟妹均鉴：

望君等来书，几若大旱之望云霓，有似豫西灾民一般，久待不至，未免渐生怨望；历次家书中已经迭有微词，老弟等得无有面红耳赤之时乎？前日接勉仁兄信，知美专竹杠还要在大新再敲一次；体察下情，也就把怨望之意稍稍解淡了些。今日星期，特地到本城各中学、各师范，去拜访旧门生。与家和同班的黄佩芬小姐，昨天来访，今天就去答拜，哪料她病了。又去访问其他几位，均未遇而返。归寓枯坐，“朵云忽降”，不禁狂喜！喜出望外，其喜一也；乐众弟妹之乐，二也；乐老伯伯奶奶之乐，三也；乐众男女呼斥大教授、异邦蛮歌狄舞下场，痛快淋漓，其乐四也；乐小刘抗“群玉山头”，大享艳福，与乎饱餐“徐悟音”小姐“艺术品”般的容颜，饱聆“神仙”“天使”之情歌绝唱，其乐五也。谪居中州黄土间之穷叫化，有此五乐，其不乐死也者几希！时已过午，腹犹未饿，乐之程度可知。倘贤弟妹常有此等好信寄来，愚兄必能辟谷长生，超登仙界，永永保佑你们在安乐窝中享乐。此种酬报，丰厚极矣，弟等其亦垂涎三尺乎？

以上是开篇，现在言归正传了，听官们洗耳恭听才是！

第一回　评是非众人皆有罪　论球艺老将独无言

（白）众位弟兄，评长论短，公说公有理，婆说婆有理，其实你们各执一词，都无是处，惟俺老大哥不忘旧情，独于戎马倥偬、龙门道上、风尘仆仆之际，给你们一人两信，谁知你们这些不识大体的家伙，尽自打情骂俏，竟把正事耽搁，贻误戎机，该当何罪？（惊堂木一拍，两旁皂隶齐声吆喝……）（唱）你邦干！千不该，万不该，把前言尽毁！写信忘了小刘抗，惹得他一气一怒把信压，一压四五天，令我双眼望成秋水穿。小弟兄吵架寻常事，为何牵连我多情有义的老大哥也倒霉？（摇板）嗳…嗳…嗳…哎…哎…啊……（刘抗莞尔而笑）

〔第二段〕你刘抗，千不该，万不该，争些小气误戎机！要说邦干毁前言，为何你二十七前不写信？他事繁忙没得空，你为何不把信稿起起来？软玉温香贪欢爱，故友前情竟忘怀！（白）懒到今日才写信来，试问有何面目再将状告？不准。还要问一个懒情贪情之罪！（惊堂木一拍）（邦干大声叫好！）

〔第三段〕再说那，乒乓球，区区小技何足道，你称雄来我争霸。（白）蜀中无大将，廖化当先锋。（唱）已是国难时期丢人事，伤心惨话提甚来？兵家攻守俱要会（刘笑），人矮手短总吃亏（宋喜）！（白）神威镇国大将军远征河南，帐中小卒也要比武论高低，岂不令人窃笑？呵……！（宋刘皆面红耳赤）

第二回　谈公事案牍劳形　话风月游子寻欢

（唱）（南梆子）国库空虚财帛少，出门差使事情多。伸纸握管来不及，算盘账簿不离身。（白）俺家原是江苏人氏，自幼逍遥惯适，金枝玉叶，素不受风霜打击。前年做过一任五品京官，也嫌应时点卯无聊，就此丢去。近来躲在象牙塔里，看看梅花，抱抱娇儿，闲来和朋友们竹林携手，肉市逍遥，何等快乐。哪料当今天子求贤心切，屡次颁诏，召见才人学士，便苦了俺这娇养惯的哥儿，撇下了罗曼·罗兰，成天在南无佛罗汉尊中寻碑访碣。虽然名义好听，位居四品，何奈北国风尘浩大，哪及江南日暖花红。真叫做（唱）“人想做官无官做，我要丢官丢不开”。再加那俸少事多真乏味，等因奉此太无聊，考古求碑非我喜，滥竽充数也吃亏！（白）且说龙门地方不靖，灾荒严重，伊水东岸，常有强人出没，绑票掳人，时有所闻。咱们小心前去，全亏当地金刚护卫。夜宿学堂破屋，听让朔风吹入被窝。日间爬山走路，惹得灰土一身。（唱）两个高粱饼，饼中有沙粒，一碗硬面条，无异嚼枯草。惟有鸡子好，早晚吞一饱。

〔第二段〕龙门石刻称奇迹，历来毁坏真可惜。残手断臂弥陀佛，无身无首破金刚。山路崎岖难行走，洞高数丈不易爬，扯破衣裳事犹小，磕破头颅受不了。外加洞内无光黑漆黑，蔡司相机无能力。汽灯镁光全试过，成绩平平无足道。大佛小佛无其数，眼花缭乱观难尽。手不停挥做记录，大风大沙迷人目。满怀焦急急不了，本领高强用不了。暗暗叫苦苦连天，闷在肚里谁人晓？（白）如今木已成舟，惟有自力更生。明儿后儿再上龙门，定须当日回归。且叫我那小伙计留宿那边，多做一些活计罢。

〔第三段〕闲来无事出北城，北城街上名花好。洛阳牡丹天下闻，且趁月光寻芳草。（白）一抹土墙，几间破屋，倒是个群英荟萃之区。莺莺燕燕，尽是北地娇儿。冷冷清清，全无南国盛况。一轮寒月，几点疏星，照得那人间地狱格外凄清，俺这梅妻鹤子厮伴惯的哥儿，对孤灯不免引起愁情。（唱）掩卷寻思，怎排遣这一缕幽情？吹灭灯，信步出北城，且去向闲花野草，宣泄俺这片如沸热情，只当那十五鸡雏，权为咱千里外我我卿卿。（白）瞧她那蛾眉杏眼，瘦长脸儿，活似张弦白描仕女。浅颦低笑，更像那翡冷翠派的贞女。（唱）情深似海，情浓似蜜。（白）俺告诉她：（唱）俺千里外来自江南，客地飘零多感怀，抛下那娇妻爱子，花晨月夕，怎不伤悲！俺是热情似火的痴男子，梦回肠断的有情人。（白）思家，思妻，念子，念友，好不悲哀！怜己，怜人，怜我，怜卿，怎不流涕！无邪的神女啊，且容俺把你当做妻，当做情人，当做密友，当做我自己！慈悲的天使啊，且容俺向你倾吐我心底的至言，宣泄我万斛的柔情。无灵魂的人，俺把这可怜的灵魂献给你罢！且说以上所言，似梦似幻，但亦是征人游子的真情。十八九岁时，浪漫底克式的热情重新沸腾了，只恨没有眼泪来洗刷！胸中的缠绵悱恻之感，但愿用音符来歌唱哀吟。至于那被视为嘉宝式的女子究竟有何罗曼史，有何种引人入胜的花容月貌，且听下回分解罢……

十二月六日下午怒安寄自洛阳

此间的玉霜非但不白，而且也没有“思想起……我那……”的味道，自然谈不到“年岁配、有恩爱”了！

Romeo and Juliet 电影中所配的音乐好不好？

第十一通　一九三六年十二月六日深夜

抗：

白天胡说霸（八）道给你们三位写了一封信。晚上无事又把你的信重读一下，忽然动了兴，又要单独给你一信，但望不要“受宠若惊”才好！

老铁小梵的球战，我早料到你会有报告来，果然如此，我真不愧是你的“知己”，是么？

我更得打听一件事，徐悟音小姐者何许人？你的高徒，那是一定的。但我见过谭 ×× 小姐，却不曾听见过徐小姐的芳名，不知是何道理？

你说洛阳冬月可喜，确是不错。我在许多信中都提及这一点。只是上海的冬月越看越欢喜，洛阳的冬月越看越凄凉，此无他，离人的心田凄凉耳。

嘿，我还要告诉你一件事，因为你说要生了炉子用功，便想到你的前途，更联想到昨天听到的消息。美专有一位与家和同班的黄佩芬小姐在省立洛阳初中和洛阳高级师范教图画音乐。你猜她每月拿多少钱？说来你真要发气，（张弦的气死，越想越应该，像他那样刚烈的人怎能不气呢？）此地中学校课程以一星期一小时为单位，每月每单位大洋五大元。她两校兼课，共是二十小时一礼拜，也即是二十单位一个月。哼哼！比你每周只多两点钟，资格比你低两三级还不止，名义比你差好几倍，钱可比你多拿二十元！！你怎说？

此外，我有一件 confidence 要向你倾诉。我读你的信，仿佛读到我另一好友雷垣的信。幽默的情趣，笔迹与造句，你们俩都很相像。他现在美国，年余未通只字，想来真对不起他。因此愈加要对你亲热些，趁你还没有远离祖国的时期，多多通信（这是写此信的真实动机）。朋友离远了，音讯总要隔膜。我已快到中年，想到此，平空添出一番悲伤。张弦的死对我精神上的打击，就是这个缘故。从前苏子由给他的老兄苏东坡的诗中有两句，我一向记得很清楚，叫做：

与君世世为兄弟，

更结来生未了缘……

写到这里，我不禁要浩然长叹！我茕茕独立，既无伯叔，终鲜兄弟，复寡朋友！然而这仅有的几个剖腹交也还不能长久相聚。尘世荒凉落寞一至于此！客洛阳后更想起两句古诗：

劝君更尽一杯酒，

西出阳关无故人。

唉，这种滋味到今日才痛切的感到！人生的味道何其多，行年三十，犹未尝遍！而多尝一种，又不禁见自己在生命的途中多走了一程，前途缺少了一程；这又是一个可怕的思念啊！

你我相交先后已达六载，然到今岁方才透入你的内心。交友而欲相契已大难，相契而欲互参洞府尤难。况互参洞府，有时更须他种血泪的代价来换得乎？倘张弦尚在，我恐尚不能尽窥你的肺腑，言之尤潸然欲涕！可怜的朋友，但愿这颗艺术家的灵魂在天上永永得到和平与安息！

其次还有一件 confidence 得向你倾诉，现在通信的朋友中只有你可以领略其中的况味。请读一读下面这首小诗：

汴梁的姑娘，
你笑里有灵光。
柔和的气氛，
罩住了离人——游魂。

汴梁的姑娘，
你笑里有青春。
娇憨的姿态，
惊醒了浪子——倦眼。

汴梁的姑娘，
你笑里有火焰。
躲在深处的眼瞳，
蕴藏着威力无限。

汴梁的姑娘，
你笑里有欢欣。
浊世不曾湮没你的慧心，

风尘玷污不了你的灵魂。

啊，汴梁的姑娘，

但愿你灵光永在，青春长驻！

但愿你光焰恒新，欢欣不散！

汴梁的姑娘，

啊……汴梁的姑娘！

（她是开封人，开封宋时称汴梁）

你可猜一猜，这汴梁的姑娘是谁？要是你细心的读，一句一句留神，你定会明白底蕴。过几天，我将把她的照片寄给你（当然是我们拍的），你将不相信在中原会有如是娇艳的人儿。那是准明星派，有些像嘉宝，有些像安娜斯丹，有些像……我叫不出名字而实在是很面熟的人……（我又想到张弦了，若他生时见到，一定要为她画许多肖像的！）你可猜一猜，我和她谈些什么？要是你把我的性格作一番检阅，你也不难仿佛得之。我告诉她我的身世，描写我的娇妻、爱子、朋友，诉说我的苦闷，叙述我以前的恋爱史。是痴情，是真情，是借他人酒杯浇自己胸中块垒！——不用担心，朋友！这决没有不幸的后果，我太爱梅馥了，决无什么危险。感谢我的 Madeleine，把我渡过了青春的最大难关。如今不过是当作喝酒一般寻求麻醉罢了。何况

同是天涯沦落人，

相逢何必曾相识！

我的爱她亦如爱一件"艺术品"，爱一个无可奈何的可怜虫，爱一个不幸运而落在这环境里的弱女子。要是我把她当作梅，当作我以往的恋人，当作我好友的代表，而去爱她，那又有什么不好？实在说来，我爱她，更有

些把她作为孤苦无告的人类代表而爱的意思。抗，你当懂得我的意思。我毫不想作假，说的全是实话。自然，物质的条件也是免不了，但感情的空虚，于我们毕竟最难忍受……

要是我（可惜！）能够作谱，我一定要为她写一篇 Nocturne 或是整个的 Sonata，我要把胸中郁积着的万斛柔情千钟浩气一齐借她抒发出来。然而我只能写这么可怜的诗！没有天才的创造者，没有实力的野心家，正好和弥盖朗琪罗处于相反的地位！唉！

自从我圆满的婚姻缔结以来，因为梅馥那么温婉那么暖和的空气一向把我养在花房里，从没写过这样的信。抗，由此你可证实我爱你如爱我自己！

怒安

十二月六日深夜

第十二通　一九三六年十二月九日

一连两封信都收到了吧？这次寄给你两张照片是我和此地的同事荆林设计合拍的。原来很用了些心思，抓住了她最美的一个表情，“灵光”，那眼里不充满着灵光吗？你说怎样？来信得告诉我！发表你的意见。另有两份是放大（六寸）的，印在柯达米纸上，很好看。下面我题了一节诗（即上次抄与你的），另外我写上两句法文：

Chère Madona, Chaste Vierge,

Soit éternel ton charmant sourire !

Soit lumineux ton A venir !

一份送给她了，配好银色的框子；另一份挂在我房里。陌生人定会当她是我的爱人或……呢！哈哈！现在我又叫照相馆放大两张，是十二寸的，上蜡后预备寄你，请转交邦干送美术生活上发表，你以为如何？

这几天我们家里的老账房死了。累得梅馥常往乡下奔波。死耗于我总是很悲伤，奔波也使我很挂心。一个人总被生活问题累死，等到不用累的时候，也即是生命的终局了。

希望你们的信！

怒安

二十五年十二月九日

近数日公库私囊一空如洗，日日盼望京中钱到，焦灼气闷，说不尽！我为张弦写的那篇文字，可否请邦干替我油印一二十份寄来？原载《时事新报》，原文的段落请保持清楚（记得共分三大段）。大新的拍卖，拍卖完了没有？

第十三通　一九六一年五月七日

抗兄如晤：

上月底又接鱼肝油丸千粒。故人厚贶，何以为报。二月二十三日曾上寸缄，二十六日又寄《克利斯朵夫》一部，想均达左右。是否尚需其他拙译，如巴尔扎克、梅里美等小说，望见示。《艺术哲学》以纸张缺乏，搁置近二年方发排，不知何时方能出版？届时必当奉赠一册。拙译各书国内久已脱销，闻港九市上供应未断，倘或新岛未有，当设法自港邮奉。兄是否尚需国内其他图书，务盼见告，万勿客气。黄山照片收到否？感想如何？殊望便中来信，俾知生活状况、儿女动态。倘有新作印成图片者，亦欲一觇迩来艺术造诣。

人浩兄想必常往还，乞代道念。匆此道谢。即候

双绥

弟怒庵拜启

梅馥附候

六一年五月七日

附纸所列烟丝名目，烦代问明价目，并告知英镑与星币汇兑率，至感至感，拜托拜托。价目寄到后当与港九及英伦市价比较。若较廉，当嘱小儿汇款至尊处代办。此间烟丝久缺，不得不仰仗外援。但望暂勿寄赠。消费足下太多，万万过意不去。

第十四通　一九六一年七月十五日

承寄烟丝二小听，收到，谢谢。此间自七月份起，对华侨寄回物品，亦须抽税，故仍拟托家和在港九代办，不再如前信所云远劳足下矣。上月二十二日寄上齐白石、吴昌硕花卉木刻水印复制品及梅瞿山山水景印册，未审收到否？倘星洲并无出售，而兄等对此等印刷品感兴趣者，盼见示，当俟便再寄。匆此道谢。即问抗兄近好

弟怒庵拜叩

梅馥附候

七月十五日

海翁脑血管硬化，时时头晕，数月偶过小斋一谈。

第十五通　一九六一年七月三十一日晚

抗：

七月十九长信读后又兴奋，又感慨。一别二十余年，故人口吻依然不改，亦庄亦谐，令人莞尔。贤夫妇心广体胖，儿女个个生龙活虎；看了照片上的室内陈设，与信上的叙述对照之下，愈觉得你创业之不易。成绩如此，亦足以自豪了。想执教之外，卖画生涯亦必不恶；否则偌大一笔教育费以及代步工具等等，如何筹措呢？相形之下，愚兄未置一产一业，除大量藏

书少许藏画，别无所有，真是惭愧惭愧！你家虎儿太格有志深造，可喜可贺。数十年来我国建筑界未有人才；深望贤郎于浸淫希腊罗马以及文艺复兴与近代西方风格之后，将来能归国留学二三年，周游大江南北，遍访废墟遗迹，为中华民族建筑摸出一条路来，建立一个典型。

尊印画册，遍觅不见《峇里行》大作，深以为怪。说起画册，我意见可多了：第一，无目录，为任何图书所未有；不知是有心破格，抑一时疏漏？若有意破格，亦想不出理由来。第二，横幅作品向同一方向排列，翻阅反不便；下印标题往往为纸缝所蔽。第三，装订不用字典式，书页不能一翻到底。第四，版权页印在底页下角，未免草率。英文亦有问题：publisher下接by，给外人看了不大好；末行英文“中华书局”前只加by，莫名其妙。第五，封面纸颜色与封面五彩人物画太接近；若用淡灰或中等浓淡之灰（或米色）效果当更好。第六，图与图间不用极薄有光纸（即玻璃纸）作衬页，致常有二页为未干透之油墨所黏，揭不开。第七，全书无页码，图画亦不编号。第八，作品编次杂乱，既不依年代为序，亦看不出根据什么原则。鄙意既是足下生平第一本专集，自当以年代为先后。

以上只是批评画册的编排与外观。问题到了我的“行内”，自不免指手画脚，吹毛求疵。好在我老脾气你全知道，决不嗔怪我故意挑眼儿——在这方面我是国内最严格的作译者。一本书从发排到封面设计到封面颜色，无不由我亲自决定。五四年以前大部分书均由巴金办的“平明”出版，我可为所欲为。后来并入人民文学出版社，就鞭长莫及，只好对自己的书睁一只眼闭一只眼了。将来你收到拙译各书时，一看出版社名称就可知道。

说到大作本身，你和我一样明白，复制品不能作为批评原作的根据：黑白印刷固看不出原画的好坏，彩色的也与作品大有距离。黄山一组原是我熟悉的，但不见色调，也想不起原来色调，无从下断语。二十余年来我看画眼光大变，更不敢凭空胡说。但有些地方仍然可以说几句肯定的话。画人物的dessin与过去大不相同，显有上下床之别。即使印刷的色彩难以为准，也还看得出你除了大胆、泼辣、清新以外，越来越和谐，例如《苏丽》《峇里街头即景》《竹——新加坡》《印度新年》。在热带地方作画，不怕色彩不鲜艳，就怕生硬不调和，怕对比变成冲突。最能表现你的民族性的，我觉得是《何所思》。融合中西艺术观点往往会流于肤浅，cheap，生搬硬套；惟有真有中国人的灵魂，中国人的诗意，中国人的审美特征的人，再加上几十年的技术训练和思想酝酿，才谈得上融和“中西”。否则仅仅是西洋人采用中国题材或加一些中国情调，而非真正中国人的创作；再不然只是一个毫无民族性的一般的洋画家（看不出他国籍，也看不出他民族的传统文化）。《何所思》却是清清楚楚显出作者是一个二十世纪的中国人了。人物脸庞既是现代（国际的）手法，亦是中国传统手法；棕榈也有画竹的味道。也许别的类似的作品你还有，只是没有色彩，不容易辨别，如《绿野——马六甲》。《晨曦——巴生》所用的笔触在你是一向少用的，可是很成功，也许与上述的《绿野》在技术上有共通之处。我觉得《何所思》与《晨曦》《绿野》两条路还大可发展，可能成为你另一个面目。此外《水上人家》《街头即景》的构图都很好，前者与中国唐宋画有默契。《村居——麻坊》亦然。人物除《苏丽》外，《峇里——泉》raccourci 的技巧高明得很，《峇里舞》也好（不过五年前看过印尼舞蹈，不大喜欢，地方色彩与特殊宗教太浓，不是 universal art，我不像罗丹那么迷这种形式）。反之，《卖果者——爪哇》的线条我觉得嫌生硬，恐怕你的个性还是发展到《印度新年》一类比较中庸（以刚柔论）的线条更成功——胡说一通，说不定全是隔靴抓痒，或竟牛头不对马嘴；希望拿出二十余岁时同居国外的老作风来，对我以上的话是是非非，来信说个痛快！

从来信批评梅瞿山的话，感到你我对中国画的看法颇有出入。此亦环境使然，不足为怪。足下久居南洋，何从饱浸国画精神？在国内时见到的（大概伦敦中国画展在上海外滩中国银行展出时，你还看到吧？）为数甚少，而那时大家都年轻，还未能领会真正中国画的天地与美学观点。中国画与西洋画最大的技术分歧之一是我们的线条表现力的丰富，种类的繁多，非西洋画所能比拟。枯藤老树，吴昌硕、齐白石以至扬州八怪等等所用的强劲的线条，不过是无数种线条中之一种，而且还不是怎么高级的。倘没有从唐宋名迹中打过滚、用过苦功，而仅仅因厌恶四王、吴恽而大刀阔斧的来一阵“粗笔头”，很容易流为野狐禅。扬州八怪中，大半即犯此病。吴昌硕全靠“金石学”的功夫，把古篆籀的笔法移到画上来，所以有古拙与素雅之美，但其流弊是干枯。白石老人则是全靠天赋的色彩感与对事物的新鲜感，线条的变化并不多，但比吴昌硕多一种婀娜妩媚的青春之美。至于从未下过真功夫而但凭秃笔横扫，以剑拔弩张为雄浑有力者，直是自欺欺人，如大师即是。还有同样未入国画之门而闭目乱来的。例如徐 ××。最可笑的，此辈不论国内国外，都有市场，欺世盗名红极一时，但亦只能欺文化艺术水平不高之群众而已，数十年后，至多半世纪后，必有定论。除非群众眼光提高不了。

石涛为六百年（元亡以后）来天才最高之画家，技术方面之广，造诣之深，为吾国艺术史上有数人物。去年上海市博物馆举办四高僧（八大、石涛、石谿、浙江）展览会，石涛作品多至五六十幅；足下所习见者想系大千辈所剽窃之一二种面目，其实此公宋元功力极深，不从古典中“泡”过来的人空言创新，徒见其不知天高地厚而已（亦是自欺欺人）。道济写黄山当然各尽其妙，无所不备，梅清写黄山当然不能与之颉颃，但仍是善用中锋，故线条表现力极强，生动活泼。来书以大师气魄豪迈为言，鄙见只觉其满纸浮夸（如其为人），虚张声势而已，所谓 trompe-l'oeil。他的用笔没一笔经得起磨勘，用墨也全未懂得“墨分五彩”的 nuances 与 subtilité。以我数十年看画的水平来说：近代名家除白石、宾虹二公外，余者皆欺世盗名；而白石尚嫌读书太少，接触传统不够（他只崇拜到金冬心为止）。宾虹则是广收博取，不宗一家一派，浸淫唐宋，集历代各家之精华之大成，而构成自己面目。尤可贵者他对以前的大师都只传其神而不袭其貌，他能用一种全新的笔法给你荆浩、关同、范宽的精神气概，或者是子久、云林、山樵的意境。他的写实本领（指旅行时构稿），不用说国画家中几百年来无人可比，即赫赫有名的国内几位洋画家也难与比肩。他的概括与综合的智力极强。所以他一生的面目也最多，而成功也最晚。六十左右的作品尚未成熟，直至七十、八十、九十，方始登峰造极。我认为在综合前人方面，石涛以后，宾翁一人而已（我二十余年来藏有他最精作品五十幅以上，故敢放言。外间流传者精品十不得一）。生平自告奋勇代朋友办过三个展览会，一个是与你们几位同办的张弦（至今我常常怀念他，而且一想到他就为之凄然）遗作展览会；其余两个，一是黄宾虹的八秩纪念画展（一九四三），[①]一是庞薰琹的画展（一九四七）。

从线条（中国画家所谓用笔）的角度来说，中国画的特色在于用每个富有表情的元素来组成一个整体。正因为每个组成分子——每一笔每一点——有表现力（或是秀丽，或是雄壮，或是古拙，或是奇峭，或是富丽，或是清淡素雅），整个画面才气韵生动，才百看不厌，才能经过三百五百年甚至七八百年一千年，经过多少世代趣味不同、风气不同的群众评估，仍然为人爱好、欣赏。

倘没有“笔”，徒凭巧妙的构图或虚张声势的气魄（其实是经不起分析的空架子，等于音韵铿锵而毫无内容的浮辞），只能取悦庸俗而且也只能取媚于一时。历史将近二千年的中国画自有其内在的（intrinsèque）、主要的（essentiel）构成因素，等于生物的细胞一样；缺乏了这些，就好比没有细胞的生物，如何能生存呢？四王所以变成学院派，就是缺少中国画的基本因素，千笔万笔无一笔是真正的笔，无一线条说得上表现力。明代的唐、沈、文、仇[②]，在画史上只能是追随前人而没有独创的面目，原因相同。

① 为他生平独一无二的“个展”，完全是我怂恿他，且是一手代办的。

② 仇的人物画还是好的。

扬州八怪之所以流为江湖，一方面是只有反抗学院派的热情而没有反抗的真本领真功夫，另一方面也就是没有认识中国画用笔的三昧，未曾体会到中国画线条的特性，只取粗笔纵横驰骋一阵，自以为突破前人束缚，可说是心有余而力不足，亦可说未尝梦见艺术的真天地。结果却开了一个方便之门，给后世不学无术投机取巧之人借作遮丑的幌子，前自白龙山人，后至徐 ××，比比皆是也。——大千是另一路投机分子，一生最大本领是造假石涛，那却是顶尖儿的第一流高手。他自己创作时充其量只能窃取道济的一鳞半爪，或者从陈白阳、徐青藤、八大（尤其八大）那儿搬一些花卉来迷人唬人。往往俗不可耐，趣味低级，仕女尤其如此。与他同辈的溥心畬，山水画虽然单薄、松散、荒率，花鸟的 taste 却是高出大千多多！一般修养亦非大千可比（大千的中文就不通！他给徐悲鸿写序[①]即有大笑话在内，书法之江湖尤令人作恶）。

你读了以上几段可能大吃一惊。平时我也不与人谈，一则不愿对牛弹琴；二则得罪了人于事无补；三则真有艺术良心、艺术头脑、艺术感受的人寥若晨星，要谈也无对象。不过我的狂论自信确有根据，但恨无精力无时间写成文章（不是为目前发表，只是整理自己思想）。倘你二十五年来仍在国内，与我朝夕相处，看到同样的作品（包括古今），经过长时期的讨论，大致你的结论与我的不会相差太远。

线条虽是中国画中极重要的因素，当然不是唯一的因素，同样重要而不为人注意的还有用墨，用墨在中国画中等于西洋画中的色彩，不善用墨而善用色彩的，未之有也。但明清两代懂得此道的一共没有几个。虚实问题对中国画也比对西洋画重要，因中国画的“虚”是留白，西洋画的虚仍然是色彩，留白当然比填色更难。最后写骨写神——用近代术语说是高度概括性，固然在广义上与近代西洋画有共通之处，实质上仍截然不同，其

① 中华书局数十年前画册。

中牵涉到中西艺术家看事物的观点不同，人生哲学，宇宙观，美学概念等等的不同。正如留空白（上文说的虚实）一样，中国艺术家给观众想像力活动的天地比西洋艺术家留给观众的天地阔大得多，换言之，中国艺术更需要更允许观众在精神上在美感享受上与艺术家合作。这许多问题没法在信中说得彻底。足下要有兴趣的话，咱们以后有机会再谈。

国内洋画自你去国后无新人。老辈中大师依然如此自满，他这人在二十几岁时就流产了。以后只是偶尔凭着本能有几幅成功的作品。解放以来的三五幅好画，用国际水平衡量，只能说平平稳稳无毛病而已。如抗战期间在南洋所画斗鸡一类的东西，久成绝响。没有艺术良心，决不会刻苦钻研，怎能进步呢？浮夸自大不是只会“故步自封”吗？近年来陆续看了他收藏的国画，中下之品也捧做妙品；可见他对国画的眼光太差。我总觉得他一辈子未懂得（真正懂得）线条之美。他与我相交数十年，从无一字一句提到他创作方面的苦闷或是什么理想的境界。你想他自高自大到多么可怕的地步（以私交而论，他平生待人，从无像待我这样真诚热心、始终如一的；可是提到学术、艺术，我只认识真理，心目中从来没有朋友或家人亲属的地位。所以我只是感激他对我友谊之厚，同时仍不能不一五一十、就事论事批评他的作品）。

庞薰琹在抗战期间在人物与风景方面走出了一条新路，融和中西艺术的成功的路，可惜没有继续走下去，十二年来完全抛荒了。——（白描〔铁线〕的成就，一九四九以前已突破张弦。）

现在只剩一个林风眠仍不断从事创作。因抗战时颜料画布不可得，改用宣纸与广告画颜色（现在时兴叫做粉彩画），效果极像油画，粗看竟分不出，成绩反比抗战前的油画为胜。诗意浓郁，自成一家，也是另一种融和中西的风格。以人品及艺术良心与努力而论，他是老辈中绝无仅有的人了。捷克、法、德诸国都买他的作品。

单从油画讲，要找一个像张弦去世前在青岛画的那种有个性有成熟面貌的人，简直一个都没有。学院派的张充仁，既是学院派，自谈不到“创作”。

解放后政府设立敦煌壁画研究所（正式名称容有出入），由常书鸿任主任，手下有一批人作整理研究、临摹的工作。五四年在沪开过一个展览会，从北魏（公元三—四世纪）至宋元都有。简直是为我们开了一个新天地。人物刻画之工（不是工细！），色彩的鲜明大胆，取材与章法的新颖，绝非唐宋元明正统派绘画所能望其项背。中国民族吸收外来影响的眼光、趣味，非亲眼目睹，实在无法形容。那些无名作者才是真正的艺术家，活生生的，朝气蓬勃，观感和儿童一样天真朴实。但更有意思的是愈早的愈modern，例如北魏壁画色彩竟近于Rouault以深棕色、浅棕色与黑色交错；人物之简单天真近于西洋野兽派。中唐盛唐之作，仿佛文艺复兴的威尼斯派。可是从北宋起色彩就黯淡了，线条繁琐了，生气索然了，到元代更是颓废之极。我看了一方面兴奋，一方面感慨：这样重大的再发现，在美术界中竟不曾引起丝毫波动！我个人认为现代作画的人，不管学的是国画西画，都可在敦煌壁画中汲取无穷的创作源泉，学到一大堆久已消失的技巧（尤其人物），体会到中国艺术的真精神。而且整部中国美术史需要重新写过，对正统的唐宋元明画来一个重新估价。可惜有我这种感想的，我至今没找到过，而那次展览会给我精神上的激动，至今还像是昨天的事！

写了大半天，字愈来愈不像话了。近二年研究了一下碑帖，对书法史略有概念。每天临几行帖，只纠正了过去“寒瘦”之病，连“划平竖直”的基本条件都未做到，怎好为故人正式作书呢？

现在该报告一下二十五年来大事。你行后我们全家赴桂四月。抗战期间（一九三九）曾只身去昆明，应滕固之约，当国立艺专的教务主任，三个月即回沪，从此蛰居。胜利后，一九四五年底至四六年年初，与友人合办综合性半月刊《新语》，以曲高和寡，四个月即停。今日翻出来重看，倒仍是数十年来文字风格最讲究的一份杂志。一九四七、四八夏（举家）两次上庐山避暑三月，当时病肺，特去疗养。四八年五月夫妇去北京观光半月，兼访宾翁。四八年十一月全家飞昆明，四九年七月飞香港，聪留昆读书；十一月由港乘船去天津归沪，居今址。五一年四月聪自昆明回家，始决定任其专攻音乐。五四年春去天台山，秋又去天台，兼游雁荡。五六年五月重登黄山。以上均与梅馥偕行。五六年九月聪自波兰回国度假，同去杭州小住五日。是年六月曾与上海市政协参观团往淮南参观煤矿，并游佛子岭及梅山两大水库，均解放后伟大新建设。五七年三月又去北京开会半月。自此以还，即未离沪。四年来身体奇坏，精力大衰，几于足不出户，工作时间不得不减少一半。五六年前每日可工作十至十一小时，今则逐渐减至五小时左右。三叉神经痛时发，关节炎也经常纠缠，坐不起来，腰板酸痛难以支持。视神经更是使用过度，衰退到近于危险阶段，去春专科医生警告，再不彻底休息，恐有失明之虞，因停工三阅月。次儿敏（一九三七年春生）在北京外交学院修业，因转送北京外语学院专习英文，故学习期限延长为六年，须明年暑假方能毕业。我因鉴于教育子女精力财力都有问题，故及早节制，就是两个男孩。

聪八岁学琴，十三岁后即无好老师，零星就学，近于游击，十五、十六岁更无形中断，我一向准备他随时改行，学音乐原意只让他有一项终身的艺术享受。幼时我自己教他古文、诗歌、散文，材料自选自编。另外请人教英文、数学。半路进过高中，在昆明他自作主张，从高中二跳去考云南大学文科，考上了一年级，读了半年坚决要回沪专攻音乐。那几年中几次三番要求脱离学校，我均以无正式音乐教师可找，不允。五一年（十七岁）回家后，第一年还有老师，第二年老师去加拿大，只能自学。五三年春在上海与交响乐队演奏贝多芬第五协奏曲，七月去罗马尼亚得青年联欢节钢琴赛第三奖；又去波兰及东德演出，被波兰音乐界看中了，由波政府向我国提出，邀其去波兰学习，并参加五五年萧邦比赛。以后的事你已知道，不再赘述了。

今年十一至十二月，他将作访美演出：十一月九日至十二月中旬，在美三十四天共有十九场（四场在纽约）。十二月中旬至一月初，在美过年，并去夏威夷演出四场。一月中旬至二月底去澳洲演出十四场。归途或许在新加坡再度登场。你们届时定可见面。你家虎儿在澳洲大概也能听到他的演奏。我现在最担心他出台太多，妨碍他新鲜的音乐感受，也不利于钢琴与其他方面的学习。他说目前为了经济基础与艺术地位尚未稳固，一时还不能减少演出。我从他小时起就是希望他全面发展，学任何部门的艺术都不能只关在本行之内，才不至于贫血与闭塞。他今后还需要从多方面不断学习，活到老，学到老。

平日为了他，我得写中文长信，免得他中文生疏。又得同时写英文信：媳妇年轻天真，也用得着老辈的人指导。亲家也常通信，这样就够忙了。

人浩兄也不远千里有所馈赠，且感且愧，望代道谢，此次实在没有精力单独写信给他了。第二次烟丝亦收到，谢谢。既不能免除关税，今后不再奉渎足下了。

随函另邮寄上拙译书数种。近四年来未再印，故一部分书拟托家和在港购就，寄至尊处（国内脱销之书，港九反有）。

此信前后写了六小时半，筋疲力尽，无以为继矣。诸维珍重不宣。夫人均此问候

怒庵拜上

一九六一年七月三十一日晚

南洋终年是夏，色彩单调可以想见，画家要能创出一个独特面貌来，确是大不易。

照片八帧附书内寄上。人浩夫人，究竟是怎么回事，可见告否？

国内物资紧张，只有些少精神粮食，聊报故人厚谊于万一。

倘欲将近作摄影寄示，望用柯达克 Ektachrom，色彩比较逼真，放大至少六 × 八吋。乞转告君家青年摄影师！

第十六通 一九六二年二月二十八日—三月一日夜

抗兄：

好容易得读长函，欣慰可以想见。十大事项准可作长期静默的理由，愚夫妇一致通过。人口多，家属繁盛，一方面给你许多乐趣，同时亦增加不少琐碎事儿，占去你作画读书的时间，难怪和朋友通信的机会也难得了。所说第二项肩膀僵硬，可惜你远在南洋，否则国内有“筋骨推拿”的名手，我亲自试过，也介绍不少友人试过，对你的病痛必能奏效。其他种种颇有电影中惊险镜头意味，幸而吉人天相，一切化险为夷，仅仅使老兄虚惊了几回。尊处信件检查机构专门与大陆寄去的图书为难，着实可恼。汉砖画像拓片极不易得，失去可惜。所奇怪的是连港九的图书也被检查掉（托家和寄的另有巴尔扎克二种，服尔德二种，梅里美一种，杜哈曼一种）。我已想过，今后图书一律寄澳洲由令郎转，想尊处当局对澳洲进口的出版物定可放心，免予没收吧？好在大令郎毕业离澳后，还有加特在。五九年接寄赠画册，不作复另有特殊原因，可置勿论。去年秋天接美术会年刊及沓里画集，内附大作星马艺术及纪念宾翁各篇，以前信中未提，乃是老昏之故。今特检出宾老一文先行附还（即在此信内），其他各篇倘须收回保存，并盼来示。太格写论文所需材料（不过已嫌太晚，对本来生疏的题材，最好在动笔一年前就收齐资料），今天下午即去寻访。解放后美术图书新出甚多，但大半系考古发掘报告，及各地建筑或雕塑（如龙门、云冈等）图片。有系统论列吾国古建筑风格及美学观点者尚未见专著，因这方面也还没人做过彻底研究。鄙意英法德（令郎想亦读第二三外国语）文中倒有专书论及，日文材料也远比汉文的为多。可是无论如何，当尽量选择一部分空邮寄澳。万一其中有不能直接作为写作材料，而只可作参考，以致多费金钱者（因此类图书特别昂贵），尚望原谅。鄙意太格生平未见国内庙堂、园林、私宅建筑，多看一些图片也是有帮助的。我心目中已拟定几种，如《北京古建筑》《颐和园》等等。但插图印刷技术不高，不特色彩未免失真，且套版不准确，常予人以浮动模糊之感，如摄影所谓不 Sharp。此则限于目前水平，无可如何。去冬十一月曾往苏州小住五天，有少数较好的园林照片，等朋友（冲洗放大专家）有空时，拟托其放大若干寄上，将来太格或者亦有用处。

聪儿承兄等热诚照拂，青眼倍加，感何可言！此次在美，到处皆蒙侨胞招待，令人想到中华民族的爱国及热情豪放之精神，为之骄傲。人浩兄来书已拜读，惠赐之物亦已拜领，烦先代道谢。人浩夫人司机开慢车，也是安全第一的实践，小媳在伦敦亦为聪儿当 chauffeuse，速度如何不得而知。

说到健康，弟自去秋起略有起色，译事仍恢复八小时（或以上），惟腰部关节炎不时捣乱，而目力衰退尤以为苦。倘工作较多，即泪如雨下（不夸张），呵欠连连，大概从前鸦片烟鬼发瘾就是这副形景。我们近半年来吃东西比较的与过去水平接近，故身心还能支持；但一般仍极艰苦，看看大众，已觉自己享受过分。工作进度慢如蜗牛，才力本来有限，越来越眼高手低，改来改去，自己总是通不过，这方面的苦闷竟是与日俱增。

解放后，政府在甘肃敦煌设立了“敦煌文物研究所”，由常书鸿负责，有一大批画家长年住在那儿临摹。一九五四年曾在沪开过敦煌壁画展览会。最近（自阴历元旦起，为期一月）又在上海展出大批临画，规模之大为历来任何画展所未有。我认为中国绘画史过去只以宫廷及士大夫作品为对象，实在只谈了中国绘画的一半，漏掉了另外一半。从公元四世纪至十一二世纪的七八百年间，不知有多少无名艺术家给我们留下了色彩新鲜、构图大胆的作品！最合乎我们现代人口味的，尤其是早期的东西，北魏的壁画放到巴黎去，活像野兽派前后的产品。棕色与黑色为主的画面，宝蓝与黑色为主的画面，你想象一下也能知道是何等的感觉。虽有稚拙的地方，技术不够而显得拙劣的地方，却绝非西洋文艺复兴前期如契木菩、乔多那种，而是稚拙中非常活泼；同样的宗教气息（佛教题材），却没有那种禁欲味儿，也就没有那种陈腐的“霉宿”（我杜撰此辞，不知可解否）味儿。那些壁画到隋、到中唐盛唐而完全成熟，以后就往颓废的路上去了，偏于烦碎、拘谨、工整，没有蓬蓬勃勃的生气了。到了宋元简直不值一看。关于敦煌艺术的感想，很多很多，一则没时间，二则自己思想也没好好整理过，只能大致报道一个印象而已。

二月二十八日午

今日下午出外四处搜罗建筑书，只得七种。计：《中国建筑》《北京古建筑》《徽州明代住宅》《苏州旧住宅》《装修集录》《营造法原》《中国住宅概况》，照片及解剖图极多。但文字说明仍嫌不够，总论美学的书以及建筑史料尤付阙如。据书店中人称，有一部中国建筑史要秋天出版，显然是远水不救近火，与令郎无补矣。仅是上列七种亦全为解放后新出，吾兄日后见到，想必感奋交集。寒斋旧藏有日人原著《中国建筑史》中译本一种（列入商务“中国文化史丛书”），权借与令郎作为参考。惟此书久已绝版，将来用毕仍希寄还（时间不限）。兹则一并空邮寄澳。此外尚托人向同济大学建筑系主任询问有何其他建筑书籍，倘有而能买到者，以后当续寄。国内纸张缺乏，书籍印数极少，一出世，不数日即告绝迹，且多年不能再版。今日所买各种幸亏又冷门又价昂，故尚能弄到。

又同时寄澳美术书十一册，内六册分赠兄及人浩兄，五册则由二位合藏：交换流通，悉从尊便。香港尚出版另一宾翁画语录，篇幅数倍于国内本，稍缓当托家和寄澳转赠。

二十八日夜

人浩兄发福，俨然侨胞风度——国人心目中归国华侨类多心广体胖。人像照相，尤其是二人以上，本不易讨好。惟单人照最好勿使对象发觉时拍摄，庶易捉住生动表情。吾兄摆好姿势，然后三世兄“卡擦”一声；其实在乃翁心神未定时“卡擦”，必不致“有几分做作”。质之三公子以为何如？

今晨梅馥又去补买一本《中国古代桥梁》，连前共八种。下午去邮政总局寄，可成了问题：海关定章，一切科技书绝版书均不得出口；梅馥向其说明原委，经办人认为必先请示上级方可决定，故只寄了二包《中国建筑》《北京古建筑》《装修集录》三种，余则须待鉴定后再说。航空寄费极贵，我们事先考虑再三，令郎写论文是件“终身大事”，日期亦已局促；平寄恐须二月左右（倘先写信向兄请示亦需三四星期）；故擅专仍用航空挂号寄澳（寄澳平邮，一般均比寄欧迟缓多多）。二包共重三千一百五十公分（即三公斤又一百五十公分），每十公分寄费人民币零点一五元（一公斤十五元），共付五十元五角一分，比书价大了一倍以上，忍痛牺牲，谅吾兄不致见怪乎？将来另外一包寄费大概与此相仿。兹将书价及寄费详列于下：

徽州明代住宅	2.30
中国住宅概况	4.00
√中国建筑	13.50
√北京古建筑	14.00
√装修集录	4.00
营造法原	2.85
苏州旧住宅	8.50
中国古代桥梁	2.60
共	**51.75**
航空寄费	50.51
共计	**102.26 元**

有√号者已于今日（三月一日）寄出。

发票恐寄出时要查看，故下次全部图书寄出后再奉上。

另一包挂号平寄，美术书十一册则全系赠与吾兄及人浩者，望先函告太格，收到后仍挂号寄至星洲。借与太格之《中国建筑史》因被认为绝版，故暂不能寄。但此系翻译书，与国内原作绝版不同，以后尚当据理交涉。其他各书亦将尽我所能，想法寄出。特先函达。

即候

双绥！

怒庵

梅馥

三月一日夜

此信乞转人浩兄一阅。恕我偷懒一下矣。又及。

第十七通　一九六二年三月三日

今晨邮局海关来电话，谓建筑书已审查通过，乃由梅馥前往将所剩六册（内一册系借与太格者）包装航寄；总算了却一桩大事，为太格欣幸。书价及寄费前后共计一百五十元人民币（今日最后一包寄费为四十七点七七元），便时汇下，不必急急也。

附上书店发票三纸，邮局收据二纸，望察收。邮局收据请妥存，待太格全部收到后方可弃去，否则仍须寄回上海作查询根据。余详前函（昨晨发），不赘。

抗兄艺席　并候

夫人万福

弟怒庵再拜

一九六二年三月三日

寄澳航空挂号图书前后共三包。另一包系平常挂号，则系转吾兄者，须一二月后方能达览。

第十八通　一九六三年二月十四日

抗兄：

已经记不起有几个月还是成年不通信了，彼此都忙。我精力愈衰，日课之余，不能再看别的书，做别的事，友朋之间笔札往还也就不能不减少。此信也还不能畅谈一切，今天腰背酸痛特甚，只是要问你：我译的书托聪转寄星岛，是否不致在进口时被没收？前年由家和在港寄的一大包，全部“泡汤”，（还记得这句上海话吗？）而目前买书又极不易，不敢贸然尝试。十二月底曾有拙译巴尔扎克《搅水女人》寄伦敦，嘱转尊处。今日接聪儿信，说已收到，当由弥拉代办不误。丹纳的《艺术哲学》经四年之久，终算在千呼万唤之下出书了（可是封面像乡姑，俗不可耐，与原设计大相径庭，殊出意外）。回想三十四五年前同居巴黎时，译过第一编第一章——当然是很糟的译文——今全书印出，送你一阅特别有意思。贤郎是否去欧？由他转是否比由聪转更妥，或两者都可，速盼回音。聪月初去北美巡回演出，四月初返英。弥拉仍留伦敦，因旅费浩大，犯不上也。今岁国内冬寒特甚，生了煤饼炉（所谓罗宋火炉），室内仅四十八至五十二度（摄氏八—十一度），我手抱热水袋，脚下稻草垫，上铺皮毯，再加汤婆子，方能执笔，不过此种排场已有四五年，非今年特有。且较之世界各处大风雪，我们大陆已算侥幸得很了。巴尔扎克小说收到与否？务望来示。
匆匆即候
双绥　合府均吉　并候
人浩兄伉俪纳福

怒安、梅馥同叩

一九六三年二月十四夜

太格借的《中国建筑史》倘已用毕，乞掷还为感。因系绝版书，不易得也。

第十九通　一九六五年四月二十八日

抗兄如晤：

四月十日手书及历次汇款均于四月十七日先后收到，请释念。小儿媳过星蒙贤伉俪及人浩兄夫妇殷勤招待，不知何以为报。太格来信，无论思想内容文字书法，均胜于国内一般大学生，闻后感慨不已。吾兄注意教育，获此成果，亦可告慰；而贤郎天赋及用功，亦非常人可比，忝为故交，欣慰不已。惟足下未能多多创作，大可扼腕，顽躯衰退日甚，只能酌量减少工作，苟延残喘。恐劳远注，特先布复，稍缓当再作长书以报。匆匆，即候

双绥

弟怒庵

四月二十八日

人浩兄嫂前乞代致意并道谢，太格处已去信。

由澳转奉美术书数种，收到时乞赐告为幸。又及。

第二十通　一九六五年五月九日

刘抗吾兄：

来信收到已近旬日，迟迟未复，因为要等《建筑史》有了确实消息好作交代。此书已探问清楚：共有三册，已出一、二两册，第二册上海已售罄。第一册昨天已挂号寄上。第二册容托人向北京去找。书价万勿汇来，区区小数，我辈老友何必斤斤计较！只是要求你履行一个条件，就是书一收到，马上来信告知！等你来信后，我再寄第二册——假定能买到的话。因为过去星—沪间的通讯非常渺茫，你和人浩及家和等集体写的一封信始

终鸿飞冥冥。前几年托家和在港寄你的书，她说你亦未收到（但你此信又似乎说是收到的）。又有传说凡是大陆寄的书，在星多半给扣留。因此种种，两年前曾托阿聪自伦敦转寄拙译。六三年春我又有信问你寄书事（自上海径寄尊处是否能妥收），迄未得复，故《艺术哲学》两册（一是送人浩的）保留至今，不敢付邮。不知是否仍旧寄到伦敦去绕个弯儿比较可靠？来信既说收到过拙译，未知到底是哪几种，从家和处收到的又是哪几种？以上种种，都希望即日来示，彻底澄清一下！我们在聪的每季演出表上只知道他在曼谷演出后即去马尼拉，大概尊处的音乐会以及参加比赛评判等等，都是后加的节目。五月四日清早，他从香港给了我们一个长途电话，谈了二十分钟。我和梅馥兴奋得整天如在云端里，做什么事都像一个机械人。年纪大了，愈受不起刺激，不管刺激是悲是喜。你们对他一再招待，如何敢当！其实只要有机会谈谈就行，不必请他吃饭，更不用说宴会了。你知道我的脾气从不应酬，大家老老实实朴朴素素，只要是心心相印的友谊就够宝贵的了。以后若孩子再到星岛，务望一切从简，否则只有增加我们国内的人不安！

我的电唱机设备还算高级，唱片只有靠孩子寄来，别无来源，不及你方便。你我年轻时在国外听第九交响乐的情形历历如在目前。——写到此，想起聪大概非常粗心，不会把他自己灌的唱片（在英灌的共有十张十二吋的LP）送你吧？他在人事方面，一向糊涂，万望恕罪！

提到你的艺术生涯，再想起你过去寄来的画册，以及今年收到的贺年片，不能说没有成就；何况你给下一代的教育花去了那么多时间精力，还能不断的有作品，继续在色彩的天地中追求，也大不容易了。你报告的子女的情形，着实叫故人高兴，也不枉贤夫妇一番心血。太格在美毕业后，是否打算再去欧洲走一遭？我始终想念他写的中文信，在国内也是少见的：可证你们在海外的人始终对祖国文化抱着极深厚的爱！

人浩兄的贺年片也收到，没有去信谢他，真正抱歉。我生活虽然单纯，可是每天从早到晚节目排得极紧，星期天往往为写信占去一大半，给孩子的信要双份，中文信是免得孩子对祖国的语言太生疏，英文信是免得和媳妇隔膜；每隔一些时候，亲家那儿也得通信。次儿敏在京执教，偶尔也有外文问题需要到家里来讨救兵。我自己却是脑力日衰，精力大不如前，眼光一天高似一天，笔下越来越跟不上，对自己的工作从来没有满意的时候，这是真正的苦闷。

聪儿在星的活动，他电话中一字未提，也实在来不及提，还是希望你来信告知一二。节目可否抄一份给我？两次演出是否节目相同？草草布复。

顺候

双绥

人浩兄嫂处并乞代为致言

怒庵拜上

梅馥同候

一九六五年五月九日

第二十一通　一九六五年七月四日

抗兄如晤：

获手教藉稔太格连战皆捷，荣获学位，可喜可贺，有子如此，足慰平生，作牛作马也是值得。前寄各书知已收到，一块石头落地。曾忆六三年由聪儿转奉《搅水女人》一册，来表未列，不知是漏去抑石沉大海？兹另邮寄上《艺术哲学》（人浩兄处同时发出，改为一包由尊处转），尚系出书时保留者。至《建筑史》第二册，容缓设法购到续奉不误。

小儿在港第一次逗留不及二十四小时，第二次不及四十八小时。五月四日，六月四、五日，曾通三次电话，每次达二十分钟。六年中第一次听到声音，梅馥激动几不成语，可与嫂夫人遥相对照，真所谓可怜天下父母心。在港演出乃五月初临时决定，一切概由家和协助促成，老友热情到处如出一辙，愚夫妇惟有感激涕零而已（为聪演出事家和一个月内来信七通）。

国外画坛所谓抽象派者，弟数年前曾斥为非狂人即撞骗。六三年法国旧交寄示 François Mauriac 评论，亦大加指摘。近闻国际市场大跌价，一旦画家与画商及 Snobs 相勾结，尚谈何艺术！近二十年来弟对整个西方绘画兴趣日减，而对祖国传统艺术则爱好愈笃，大概也是中国人的根性使然，倘兄在国内生活十年，恐亦将有同感。迩来身心交疲，写信情绪亦不高，草草奉复，幸勿以敷衍见责。一切因时自爱，并盼便向太格道贺。

嫂夫人万福

弟怒庵拜上

梅馥附候

一九六五年七月四日

时当盛夏，辄忆及二十九年前同游黄海及同哭张弦事，此情此景如在目前。

第二十二通　一九六五年九月二十六日

抗兄大鉴：

七月四日寄上一信并致人浩兄函，七月五日又寄拙译《艺术哲学》分赠两位，不审均收到否？聪儿六月间说过，将有自灌唱片寄奉，但他经常忙乱，未知是否办讫？《建筑简史》，九月初又去本市主要书店问过，据称原来已出而早脱销之第二册，不会重印，第三册不知何时出版，亦不知将来是否会印行，所委使命无以报命，抱歉何似。聪儿今年暑中虽在德国、瑞士度假，但中间仍有英国录音（与其岳父合作），并在德、意两国与董家弟兄（董光光之弟，马思宏内弟）有三重奏演出，本月底将去意大利灌片，十月中旬至十二月初在北美巡回演奏，前半期与岳父合作 Duet Sonata，后半时期（十一月中旬后）则为个人独奏。弟近来脑力衰退愈甚，工作进度慢如蜗牛，苦闷之情难以言喻。敏儿仍在北京女中教英文，颇能钻研业务，关心学生身心，渠女友尚有一年毕业（北京外语学院），婚事当待分发工作一年以后再行考虑，云云。附上近影数帧，一部分乞转人浩兄留念。

匆匆，敬候

双绥不一

弟怒庵拜叩

梅附候

六五年九月二十六日

致黄宾虹

第一通　一九四三年五月二十五日

宾虹老先生道席：

八年前在海粟家曾接謦欬，每以未得畅领教益为憾。犹忆大作峨嵋写生十余横幅陈列美专，印象历历，至今未尝去怀。此岁常在舍戚默飞处，获悉先生论画高见，尤为心折，不独吾国古法赖以复光，即西洋近代画理亦可互相参证，不爽毫厘，所恨举世滔滔，乏人理会，更遑论见诸实行矣。晚于艺术教育一端虽属门外，间亦略有管见，皆以不合时尚，到处扞格。十年前在上海美专，三年前在昆明艺专，均毫无建树，废然而返。迩来蛰居沪滨，除埋首于中西故纸堆外，惟以绘画音乐之欣赏为消遣。此次寄赐法绘，蕴藉浑厚，直追宋人而用笔设色仍具独特面目，拜领之余，珍如拱璧矣。本月初托荣宝斋拨京之款，未稔刻已赍呈左右否？戋戋之数，权当纸墨耳，何敢云润，寒士力薄，言之滋愧，蒙允再赐册页，尤当泥首。稍缓拟再倩人汇款到京，恳就大作旧稿中（写生纪游更妙）再检赐一二，俾便合并供养；不情之请，长者得无目为不知厌足乎？先此申谢。敬候

道安

晚傅雷怒庵拜肃

五月二十五日

上海吕班路巴黎新村四号。

第二通　一九四三年六月九日

宾虹老先生道席：

顷奉手教并墨宝，拜观之余，毋任雀跃。上月杪，荣宝斋画展列有尊作《白云山苍苍》一长幅（亦似本年新制，惟款上未识年月），笔简意繁，邱壑无穷，勾勒生辣中尤饶妩媚之姿，凝练浑沦，与历次所见吾公法绘，另是一种韵味，当即倾囊购归。前周又从默飞处借归大制五六幅，悬诸壁间，反复对晤，数日不倦。笔墨幅幅不同，境界因而各异：郁郁苍苍，似古风者有之，蕴藉婉委，似绝句小令者亦有之。妙在巨帙不尽繁复，小帧未必简略，苍老中有华滋，浓厚处仍有灵气浮动，线条驰纵飞舞，二三笔直抵千万言，此其令人百观不厌也。晚蚤岁治西欧文学，游巴黎时旁及美术史，平生不能捉笔，而爱美之情与日俱增。尊论尚法变法及师古人不若师造化云云，实千古不灭之理，征诸近百年来，西洋画论及文艺复兴期诸名家所言，莫不遥遥相应；更纵览东西艺术盛衰之迹，亦莫不由师自然而昌大，师古人而凌夷。即前贤所定格律成法，盖亦未始非从自然中参悟得来，桂林山水，阳朔峰峦，玲珑奇巧，真景宛似塑造，非云头皴无以图之，证以大作西南写生诸幅而益信。且艺术始于写实，终于传神，故江山千古如一画面，世代无穷，倘无性灵、无修养，即无情操、无个性可言。即或竭尽人工，亦不过徒得形似，拾自然之糟粕耳。况今世俗流，一生不出户牖，日惟依印刷含糊之粉本，描头画角自欺欺人，求一良工巧匠且不得，遑论他哉！先生所述董巨两家画笔，愚见大可借以说明吾公手法，且亦与前世纪末叶西洋印象派面目类似（印象二字为学院派贬斥之词，后遂袭用），彼以分析日光变化色彩成分，而悟得明暗错杂之理，乃废弃呆板之光暗法（如吾国画家上白下黑之画石法一类），而致力于明中有暗、暗中有明之表现，同时并采用原色敷彩，不复先事调色，笔法亦趋于纵横理乱之途，近视几无物象可寻，惟远观始景物粲然，五光十色，蔚为奇观，变幻浮动达于极点，凡此种种，与董北苑一派及吾公旨趣所归，似有异途同归之妙。质诸高明以为何如？至吾国近世绘画式微之因，鄙见以为就其大者而言，亦有以下数端：（一）笔墨传统丧失殆尽。有清一代即犯此病，而于今为尤甚，致画家有工具不知运用，笔墨当前几同废物，日日摹古，终不知古人法度所在，即与名作昕夕把晤，亦与盲人观日相去无几。（二）真山真水不知欣赏，造化神奇不知捡拾，画家作画不过东拼西凑，以前人之残山剩水堆砌成幅，大类益智图戏，工巧且远不及。（三）古人真迹无从瞻仰，致学者见闻浅陋，宗派不明，渊源茫然，昔贤精神无缘亲接，即有聪明之士欲求晋修，亦苦一无凭藉。（四）画理画论暧昧不明，纲纪法度荡然无存，是无怪艺林落寞至于斯极也。要之，当此动乱之秋，修养一道，目为迂阔，艺术云云，不过学剑学书一无成就之辈之出路，诗、词、书、画、道德、学养，皆可各自独立，不相关连，征诸时下画人成绩及艺校学制，可见一斑。甚至一二浅薄之士，倡为改良中画之说，以西洋画之糟粕（西洋画家之排斥形似，且较前贤之攻击院体为尤烈）视为挽救国画之大道，幼稚可笑，原不值一辩，无如真理澌灭，识者日少，为文化前途着想，足为殷忧耳。晚不敏，学殖疏陋，门类庞杂，惟闻见所及，不免时增感慨，信笔所之，自忘轻率，倘蒙匡正，则幸甚焉。曩年游欧，彼邦名作颇多涉览，返国十余载无缘见一古哲真迹，居常引以为恨。闻古物遗存北多于南，每思一游旧都，乘先生寓居之便，请求导引，一饱眼福，兼为他日治学之助。惟此事多艰，未识何时得以如愿耳。白石翁作品，晚亦心好甚，吾公与之有往还否？倘由先生代求一二，方便否？南中此公画幅售价甚高，不易措办也。承询王济远兄，已于前年

赴美，迄今消息阻隔久矣。蒙赐大作，特再申谢。耑此敬候

道绥

晚傅雷拜肃

六月九日

吾公画事润例，乞寄赐数纸为幸，又及。

第三通　一九四三年六月二十五日

宾虹先生有道：

顷奉手教并大作，既感且佩，妄论不以狂悖见斥，愈见雅量。七七变后，晚携家南走，止于苍梧二阅月，以战局甫启，未敢畅游，阳朔、桂林均未觌面，迄今恨恨。二十九年应故友滕固招，入滇主教务，五日京兆期间，亦尝远涉巴县，南温泉山高水长之胜，时时萦回胸臆间，惜未西巡峨嵋，一偿夙愿，由是桂蜀二省皆望门而止。初不料于先生叠赐巨构中，饱尝梦游之快。前惠册页，不独笔墨简练，画意高古，千里江山收诸寸纸，抑且设色妍丽（在先生风格中此点亦属罕见），态愈老而愈媚，岚光波影中复有昼晦阴晴之幻变存乎其间；或则拂晓横江，水香袭人，天色大明而红日犹未高悬；或则薄暮登临，晚霞残照，反映于蔓藤衰草之间；或则骤雨初歇，阴云未敛，苍翠欲滴，衣袂犹湿，变化万端，目眩神迷。写生耶？创作耶？盖不可以分矣。且先生以八秩高龄而表现于楮墨敷色者，元气淋漓者有之，逸兴遄飞者有之，瑰伟庄严者有之，婉娈多姿者亦有之。艺人生命诚当与天地同寿日月争光欤！返视流辈以艺事为名利薮，以学问为敲门砖，则又不禁怵目惊心，慨大道之将亡。先生足迹遍南北，桃李半天下，不知亦有及门弟子足传衣钵否？古人论画，多重摹古，一若多摹古人山水，即有真山水奔赴腕底者；窃以为此种论调，流弊滋深。师法造化尚法变法，诸端虽有说者，语焉不详，且阳春白雪实行者鲜，降至晚近其理益晦，国画命脉不绝如缕矣。

鄙见挽救之道，莫若先立法则，由浅入深，一一胪列，佐以图像，使初学者知所入门（一若芥子园体例，但须大事充实，而着重于用笔用墨之举例）；次则示以古人规范，于勾勒皴法布局设色等等，详加分析，亦附以实物图片，俾按图索骥，揣摩有自，不致初学临摹不知从何下手；终则教以对景写生，参悟造化，务令学者主客合一，庶可几于心与天游之境；惟心与天游，始可言创作二字。似此启蒙之书，虽非命世之业，要亦须一经纶老手学养俱臻化境如先生者为之，则匪特嘉惠艺林，亦且为发扬国故之一道。至于读书养气，多闻道以启发性灵，多行路以开拓胸襟，自当为画人毕生课业；若是，则虽不能望代有巨匠，亦不致茫茫众生尽入魔道。质诸高明，以为何如？近闻台从有秋后南来讯，届时甚盼面领教益，一以倾积愫，一以若干管见再行面正于先生。大著各书就所示纲目言，已足令人感奋。尊作画集尤盼以珂罗版精印，用编年法辑成；一旦事平，此亦易易。前金城工艺社所刊先生画册，已甚精审，惜篇幅不多，且久已绝版，尊藏名迹日后倘能以照片与序跋目次同时行世，尤有功于文献。大著《虹庐画谈》《中国画史馨香录》及《华南新业特刊》诸书，年代已久，未识尚有存书可得拜读否？近人论画除先生及余绍宋先生外，曩曾见邓以蛰君常有文字刊诸《大公报》，似于中西画理均甚淹贯，惟无缘识荆耳！亡友滕固亦有见地，西方学者颇能窥见个中消息，诚如吾公所言，旧都画人作品，海上颇有所见，除白石老人外，鄙意皆不惬，南中诸公更无论已。迩来汇京款项又见阻隔，即荣宝斋亦未便，爰恳青岛友人就近由银行汇奉联准券三百元，信已发出数日，赉到之日，尚乞赐示。道及润单，所言实有同感。晚私衷钦慕，诛求无厌，承不以明珠暗投为慊，心感难宣，冗琐烦渎，幸乞恕罪。耑此

敬候

道绥

晚傅雷再拜

六月二十五

尊作有纯用铁画银勾之线条者，便中可否赐及？再，尊作展览时，鄙见除近作外，最好更将壮年之制以十载为一个阶段，择尤依次陈列，俾观众得觇先生学艺演进之迹，且于摹古一点吾公别具高见，则若于展览是类作品时，择尤加以长题、长跋，尤可裨益后进；此意曾为默飞伉俪道及，不知尊意如何耳！将来除先生寄沪作品外，凡历来友朋投赠之制，倘其人寓居海上者，似亦可由主事者借出，一并陈列，以供同好；即如默飞处及敝处两家亦有二三十帧可供采择。此外吾公自序传或年谱一类，未谂亦有成稿否？便乞示及为幸。

雷又及

第四通　一九四三年七月十三日

宾虹先生著席：

顷获七日大示并宝绘青城山册页，感奋莫名。先后论画高见暨巨制，私淑已久，往年每以尊作画集时时展玩，聊以止渴，徒以谫陋，未敢通函承教，兹蒙详加训诲，佳作频颁，诚不胜惊喜交集之感。生平不知举扬为何物，惟见有真正好书好画，则低徊颂赞，惟恐不至，心有所感，情不自禁耳。品题云云，决不敢当，尝谓学术为世界公器，工具面目尽有不同，精神法理初无二致，其发展演进之迹、兴废之由，未尝不不谋而合，化古始有创新，泥古而后式微，神似方为艺术，貌似徒具形骸，犹人之徒有肢体而无丰骨神采，安得谓之人耶？其理至明，悟解者绝鲜；即如尊作无一幅貌似古人，而又无一笔不从古人胎息中蜕化而来，浅识者不知推本穷源，妄指为晦、为涩，以其初视不似实物也，以其无古人迹象可寻也，无工巧夺目之文采也。写实与摹古究作何解，彼辈全未梦见；例如皴擦渲染，先生自言于浏览古画时，未甚措意，实则心领默契，所得远非刻舟求剑所及。故随意挥洒，信手而至，不宗一家而自融冶诸家于一炉，水到渠成，无复痕迹，不求新奇而自然新奇，不求独创而自然独创；此其所以继往开来，雄视古今，气象万千，生命直跃缣素外也。鄙见更以为倘无鉴古之功力、审美之卓见、高旷之心胸，决不能从摹古中洗练出独到之笔墨；倘无独到之笔墨，决不能言写生创作。然若心中先无写生创作之旨趣，亦无从养成独到之笔墨，更遑论从尚法而臻于变法。艺术终极鹄的虽为无我，但赖以表现之技术，必须有我；盖无我乃静观之谓，以逸待动之谓，而静观仍须经过内心活动,故艺术无纯客观可言。造化之现于画面者,决不若摄影所示，历千百次而一律无差；古今中外凡宗匠巨擘，莫不参悟造化，而参悟所得则可因人而异，故若无“有我”之技术，何从表现因人而异之悟境？摹古鉴古乃修养之一阶段，藉以培养有我之表现法也；游览写生乃修养之又一阶段，由是而进于参悟自然之无我也。摹古与创作，相生相成之关系有如是者，未稔大雅以为然否？尊论自然是活，勉强是死，真乃至理。愚见所贵于古人名作者，亦无非在于自然，在于活。彻悟此理固不易，求“自然”于笔墨之间，尤属大难。故前书不辞唐突，吁请吾公在笔法墨法方面另著专书，为后学津梁也。自恨外邦名画略有涉猎，而中土宝山从无问津机缘。敦煌残画仅在外籍中偶睹一二印片，示及莫高窟遗物，心实向往。际此中外文化交流之日，任何学术胥可于观摩攻错中，觅求新生之途，而观摩攻错又惟比较参证是尚。介绍异国学艺，阐扬往古遗物，刻不容缓。此二者实并行不悖，且又尽为当务之急。倘获先生出而倡导，后生学子必有闻风兴起者。晚学殖素俭，兴趣太广，治学太杂，夙以事事浅尝为惧，何敢轻易着手？辱承鞭策，感恧何如，尚乞时加导引，俾得略窥门径，为他日专攻之助，则幸甚焉。尊作画展闻会址已代定妥，在九月底，前书言及作品略以年代分野，风格不妨较多，以便学人研究各点，不知吾公以为如何？亟愿一聆宏论。近顷海上画展已成为应酬交际之媒介，群盲附和，识者缄口。今得望重海内而又从未展览如先生者出，以广求同志推进学艺之旨问世，诚大可以转移风气，一正视听。此下走与柱常辈所以踊跃欢欣乐观厥成者也。昨得青岛友人来书，藉悉汇款回单已经递到。艺术价值原非阿堵物，所得增损戋戋者，略表寸心已耳，万望勿谦为幸。迭次颁赐，将来拟全部附列展览，以飨同好，不识能邀俞允否？冗琐不已，惶恐万状。耑此敬候

道绥

晚傅雷再拜

七月十三日

前闻友人言，某画会中有尊作拟元人设色花卉一帧，为之神往，惜未及瞻仰。又此次寄赐巨幛，淡墨渲染处破碎二三方，不禁憾憾。又及。

第五通　一九四三年七月十七日

宾虹老先生有道：

手书并大作十二页均经拜收。屡承厚赐，不知何以言谢，猥以下愚谬荷知遇若是，五衷铭感，楮墨难宣。画展日期先生已否同意？秋后何时可以成行？不胜系念，南中故旧想必同具此感。至画会筹备事宜，若有所需，但乞明示，绵力所及，无不乐为长者驰驱也。先此布复，重致谢意。敬候

道绥不一

晚傅雷拜上

七月十七日

第六通　一九四三年八月二十日

宾虹老先生有道：

月来疏于具问，惶恐惶恐，惟拳拳瞻仰之私，未尝一日去怀。近维暑中挥洒，益以起居餐卫为念。昨于默飞处获睹尊制画展出品十余件，摩挲竟日不忍释，名山宝藏固匪旦夕所能窥其奥蕴。此次公开饷世，后学有所

凭式，同道知所感奋，额手称庆者，定必大有人在。首批画件已为下走等二三熟人预定半数以上，爱之深故愈恐失之交臂也。前赐青城小景十二帧，用青灰绫裱成四长屏，清幽淡雅，愈见吾公隐逸之致，私衷欣喜，匪言可喻也。耑肃，敬候

道绥

后学傅雷拜上

八月二十日

第七通　一九四三年八月三十一日

宾虹老先生道席：

前上寸缄，从默飞处获悉已尘左右。新制六幛亦谨拜观，钦佩欣忭，莫可名状。大抵敝处友好又将预定一部，晚自恨能力有限，否则定必尽举以为枕中之秘。惟艺术珍品当为天下公器，个人独占自私太过，言念及兹，又自悔悳矣。请柬最好在先生七秩纪游画册列名诸公中去函征求，庶资望交谊均可相副。承嘱列入贱名，感愧交并，惟人微言轻，不敢僭附大雅。画会杂务，定当唯力是视，悉心以赴，行其实而不居其名，素志如斯，尚乞鉴谅。会期前鄙意颇思联合默飞夫妇担任摄影，择尤精者一二十幅，先行摄拍留存，待事平日刊印画册，庶流传益广，影响更远。惟照相材料日少，摄影人才不易觅得，不识果能如愿否耳。会场布置愚见素主宁疏毋密，一般画会所悬作品，鳞次栉比，宛若衣肆，恶俗甚矣。定价一道，数度与柱常等磋商，未敢擅专。海上诸公类多以金额定身价，固属可鄙，惟若尊作标价过低，亦不免为画商大批囊括。事出两难，已另由默飞专函请示矣。耑肃，敬候

道绥不一

晚傅雷拜上

八月三十一日

第八通　一九四三年九月一日

宾虹老先生座右：

昨夜拜发一书，今晨即获读尊翰及前刻画集样张。此次预定诸君皆企慕已久之人，纯出自动，绝非愚等宣扬之力，且艺林珍品得为同人分别庋藏，嘉惠厚赐，方感谢不遑，乃先生一再谦抑，下走等愈增惶愧矣。发扬绝艺，振聋发聩，非独义不容辞，抑且感奋乐为，以后万勿言谢为幸。前悉尊著三四种亟待付梓，或重版，未识画展售款所得，是否有意移充此用？惟纸张印工奇昂，即以十万元为准，恐亦不能刊印二三部以上（姑以每部印百册论），此事已与柱常讨论及之，容暇再与相熟印刷铺一洽，或可供先生参考。若果成本过高，鄙见不如先择研究著作发刊，比较轻而易举。盖目下物力人才，于印画一道甚少把握也（昨书言及目前摄影留待他日印行，即系此意）；即在平时晚亦嫌吾国印刷术粗劣，不足表先生笔墨于万一。曩见海粟（此公与之不相往来已近十载）在德所印中国现代名画集中，吾公杰构精审异常，允为合作突过国内一切珂罗版成绩。窃不自量，欲于战后重游西土，乘便在彼邦为吾公（一）办一画展，（二）印一画册集。公一生精品至少七八十件，冠以长序及研究文字，俾世界艺坛亦可受一大冲动。阳春白雪，当于海外求知，言之可慨。自恨物力智力两俱有限，未来时局又难逆料，不知果能实现否耳。不过无论如何，将来先生大著务必促其与世人相见，同人等定将全力以赴，问题在于时间早晚而已。七秩纪游画册早已拜读全部，尝以木刻只能表现用笔及章法，而未能包罗墨彩及神韵为憾。倘欲再版，以目前情势论，似可稍缓。愚直之见不知高明以为如何？即言画会平时愚对于出品件数、陈列方式、会场布置、光线配合、刊印目录、定价高下等等，亦颇有改革意见，惜一般环境及鉴赏程度均谈不到耳。此次会前拟约海上某杂志划出十数页，出一特辑，由柱常夫妇合撰先生小传，甚盼有吾公自撰简明年谱列入。晚七年来蛰伏蜗居，搁笔已久，倘明公不以痴人说梦为慊，亦愿破戒为尊画略作说明。画会形式及文字宣传，愚意力主朴实，以天真淡泊之艺术家本色，一洗时下买空卖空之恶习，故将来为画展所作文字，拟侧重于研究方面，不知尊意以为然否？夏初曾闻大驾有南归一行讯，画会展幕之日，公能亲临主持否？企慕之私，不独晚一人已也。幸恕烦渎，祇候

道绥

晚傅雷拜上

九月一日

吾公行书尺半至二尺许之小琴条，颇思悬之书斋，以作纪念。

第九通　一九四三年九月十一日

宾虹老先生座右：

大示暨法书宝绘均谨拜收，屡蒙厚贶何以图报。尊作面目千变万化，而苍润华滋、内刚外柔，实始终一贯。钦慕之忱，无时或已。画会出品，晚个人已预定四幅，尚拟续购，俾对先生运笔用墨蹊径得窥全豹也。例如《墨浓多晦冥》一幅，宛然北宋气象；细审之，则奔放不羁、自由跌宕之线条，固吾公自己家数。《马江舟次》一作，俨然元人风骨，而究其表现之法则，已推陈出新，非复前贤窠臼。先生辄以神似貌似之别为言，观兹二画恍然若有所悟。取法古人当从何处着眼，尤足发人深省。昨默飞言来示谓寄画已有七十件，而沪上四次收到共只五十有二幅，相差十有八帧，岂途中已有遗失耶？亟盼复示参证，以释惶虑。匆此布复，并申谢悃。敬颂

道履清吉

晚傅雷拜叩

九月十一日

第十通　一九四三年九月二十日

宾虹老先生座右：

顷诵教言，述及《故宫书画集》消息，琐事分神，不胜惶悚。重劳关注，尤深铭感。鄙意拟请就《书画集》及《周刊》两种内现有各册，先行寄沪，所缺部分，敬烦故宫令友留一底账，待日后可以补配时，陆续再寄。敝友在青岛上海银行尚留有存款尾数二百元联券，或将此数先行划京如何？否则必须待画会结束时，一并筹划汇上。时间悬搁过久，深感不安，一切均恳详示，以便遵命办理。迩来南北书价相差甚巨，有南方甚廉而北方甚贵者，亦有北方平平而南中居为奇货者，致转辗搜罗扰及长者，歉疚难宣。美术丛书前已购得一部，内缺四集下函。盖全部足本者书贾亦索价奇昂，不得不待将来补凑。是书材料丰富，洋洋大观，诚艺术学者必备之宝库。其中未收各书，在往年均有单刻本，流行普遍；目下事过境迁，亦大不然矣，如《历代名画记》《宣和画谱》《画继》等，在津逮秘书中，固尚可觅得，他若《圣朝名画评》《益州名画录》《广川画跋》《王维山水论》(作者真伪又一问题),则单本极少,最集中者似为《王氏画苑》。确否，敬乞先生明教。而《王氏画苑》市上竟又遍访无着，沪上图书馆素不发达，今日尤形停滞。搜集材料，往往非自上书肆翻检目录，比较版本，旷时费钱，诚读书人大苦事。尊著画法、画论、画派三类，未识在京讲学曾否用过？有油印本可乞见示否？鄙意最好倩人每稿誊一副本，另行寄存一处；时局多故，倘眼前不能付刊，多一副本亦所以防将来散失也。拉杂言之，幸恕繁冗。耑此拜肃，敬候

道绥

晚傅雷拜叩

九月二十日

故宫令友寄书时，可否恳其将故宫现存出版物（不仅限于书画古物，即文献档案亦在内）目录附寄一份，或就原有目录上将现有之书名圈出即可。又及。

画会出品，大部分已由裱工于背后衬托料半一层，再用小条绫子贴于牛皮纸轴上。如是则画面熨贴平复，益增美观。裱工系多年熟手，工作甚小心，尚无损坏之事，可请放心。惟尊作亟盼续寄，一则装帧需时，二则晚等撰文亦需参考。

又先生老友中倘有纪念文字，极望于十月半以前汇寄敝处。

第十一通　一九四三年九月二十五日

宾虹老先生座右：

廿日复上寸缄，计可先尘左右。顷读十七日大示，藉稔历次寄画总数，查第一次十四件（分三包），第二次六件（一包），第三次十二件（一包），共三十二帧，已经吾公核对无误。惟第四次裘宅只收到二十件壹包，足证同日所发之另外壹包二十件未曾送达。应请尊处将八月三十日北京邮局挂号收条贰纸一并送局查询。同时可声明内中一包已经收件人收到，遗失者究系何包，不得而知，盖上海送达时，挂号单经盖章后仍由邮差带回，故毫无回根可按也。此事愚等焦灼已久，深惧珍品宝物误付洪乔，极望查询之下，终能珠还为幸耳。陈设虽以稀为尚，惟鄙见画件不妨准备较充，临时可伸缩也。好在目下装帧极简，所费不多，请柬署名不必定倩名流巨公，诚如尊论，惟吾公知交旧雨中不乏隐逸朴学之辈，甚盼早日通函，俾晚等在沪可及早获得联络，共策进行。值此时艰，吾公盛会竟由愚等后学毛遂自荐，冒昧筹备，亵慢已甚，尤恐措置失当，累及令誉，若能联络同志，多多商榷，则幸甚矣。陈君去港后，尚无音信，留沪时曾邀至敝寓谈过一次。作品未尝拜观，仅由裘君述及，系工笔花卉一类，吴女士闻之不胜雀跃。

申地友人已有预约承购者，可见吾公作品感人之深。前请示润例事，甚盼卓裁决定。草草，顺候

道绥

后学傅雷拜启

十二月二十五日

第十二通　一九四三年九月二十四日

宾虹老先生道席：

前日挂号复上寸缄，述及画件有缺事，兹经托上海邮政总局熟人查问，据云最好有原挂号单号码，或同时另一包之封皮纸（上亦有号码记录），但此纸裘府已经入诸字簏，不复可得。该熟友又谓，以常情论不至遗失，恐北京尚未发出，尚盼吾公向平局严催查询，倘内有熟人更便捷，否则此类事件一查，动以月计，办事素来颟顸也。自尊画有缺少消息，至今焦灼不已，故一有资料即行奉告。草草，诸希鉴谅不宣。祗颂

道绥

晚傅雷再拜

九月二十四日

以后寄画，封面只须盖尊寓图章即可，不必再行署名。邮局中人知吾公大名者亦有，不署名亦所以防漏失或拦劫也。又及。

第十三通　一九四三年九月二十五日

宾虹老先生赐鉴：

顷奉二十一日大示并裘府信，当即转送无误。八月三十日贰包中之一包，确于九月六日送达，该项包皮纸亦经柱常查获，上粘号码为二四一九，与此次

来书所开完全不符。沪总局因有熟人，故一经查询，立有回复。据云二四一九号之一包确于九月六日送出,盖有裘宅回单图记。但与之相连之号数（二四一八或二四二〇）根本无有，且前后空白号数有三十余号之多。此系根据北京局送上海局之挂号清册，结果当然千真万确。八月三十日之另外一包，未曾到申，亦为确切之事实。再按尊示二二二二六及二一九一八两号两号，均论万，而来件实粘号数乃系论千（二四一九）。申局云，近数月北京挂号邮件，根本无论万之号码，此其一。况同日同时付邮之件，号数必然相连，若一件为二四一九，则另件不为二四一八，必为二四二〇。今尊开号数一为二万二千余，一为二万一千余，相差三百余号，为事实不可能，此其二。因乞吾公将上述二挂号单详验邮戳日期，是否为八月三十日，收件人姓名亦是否相符，倘属不符，则八月三十日之回条必另放一处。或请将二四一九号函托京局熟人调查，有无前后相连之号数而寄往上海裘某者，因该包既未到申，则弊必在北平邮局。倘尊府无法查获二四一九号及相连之回单，则弊不在邮局以内，而在邮局以外；易言之，在未付邮前已有弊窦也。一切待详核后当可分晓，上海某画家前曾有婢仆窃取画件出外私售情事，亦不可不防也。承示汉印可与贱名相同，可谓幸遇，倘荷代购暂存已亟心感，赐赠万不敢当，价款稍迟并算。《故宫书画集》拼凑不妨残阙，有补即补，否则亦无碍。私人参考全为实用，非好事藏书家定欲全璧原套也。重劳清神，惶悚之至，耑复。祇候

道绥

晚傅雷拜启

九月二十五日

八月三十日后迄未收到尊画，乞查照。《故宫周刊》或请稍缓，若已购亦无妨。又及。

第十四通　一九四三年九月二十九日

宾虹老先生赐鉴：

今（二十九）接二十五日尊处寄画贰封共拾张，均系三尺以下小帧，此系八月三十日以后初次收到之件。失落画件事，叠有函告，裘府亦有详禀，兹不复赘。日前草成《观画答客问》一篇，约五千字，预备为尊作画展应用，稍缓当先抄副寄呈请政。近方另草一文，题目尚未定，内容系比较中西画理异同及泛论中画前途。耑此布复，敬候

艺绥

晚傅雷拜肃

九月二十九日

第十五通　一九四三年十月一日

宾虹老先生座右：

九月二十九日收到画二包，共十件，皆有长方朱文“癸未年八十”图记。已于当日裁复。今（十月一日）又接尊画十件（贰包），皆有长方白文“癸未年八十”图记（京局九月二十七日十四时邮戳，号数则二封套上均无有）。再查：裘君取来前寄画封套：二一九七八号为北京八月二十六日（非如尊示之二十八日）十九时邮戳；二二二二六号则因中间封套曾以破烂过甚，弃去一次，不复可查。二四一九号（非如尊示之二四一六）乃高吹万翁寄吾公书件之包皮纸，系北京八月三十日十九时邮戳。以上核对均无误。可怪者乃二二二二六号一件，来示云系八月二十九日十二时邮戳，则所遗失之一包二十件，似并非如前示所言，为三十日同时寄发者。若八月三十日，的确同时付邮二件，则其中二四一九号一件确已收到。只须托京局查二四一九号之上

下联号，有否尊处寄件，即可明了。裘君托沪局查问结果确有二一九七八一件、二四一九一件。“二二二二六”一件号数，则遍查无着。惟有二二二一六及二二二二〇，余数皆空号。耑此渎陈，即乞詧核再查。敬颂
艺绥

晚傅雷拜肃

十月一日

第十六通　一九四三年十月二日

拙稿壹篇录请指正，说明尊画倘有穿凿之处，除指疵外并恳鉴宥，千万千万。敬候
宾虹老先生道履清吉

傅雷再拜

十月二日

《故宫书画集》恳即付邮寄沪，不问缺否。款需否即汇，乞示遵行。

《故宫书画集》四十五册，沪上旧书肆索价至四千余元。前曾专函北平故宫博物院出版物发行所问询，未得复音，先生便时可否代为一探。即故京书肆售价，亦亟欲一知其详。

徐燕孙在此开会，标价奇昂（三四千者触目皆是），而成绩不恶，但满场皆如月份牌美女，令人作呕。此间盲瞎何其多耶。

后此寄画请用较坚实封套，历次送到皆已破碎，防雨天损坏也。又及。

雷又及

第十七通　一九四三年十月四日

二十八日寄下画五件，字五件，均照收无误。前失画件事，尊示仍未十分明晰。因前示所述，二一九七八及二四一九两号，封套已于裘宅检得，沪邮局亦已查核无误。复查八月十四日首次寄与默飞者，系属三封，共十四件。第二次寄裘君六件，即二一九七八号。第三次寄裘君十二件，时间系在八月二十六之后，三十日之前。此件封套，以破烂弃去，未知是否二二二二六号，是否八月三十日寄。第四次寄裘君二十件，系二四一九号。总计五十二件，分四次寄。默飞名者一次，余三次皆裘君名。若据最近吾公致裘君信所述，亦称共寄裘君三次，则上海所收，亦系如此。其中并无失落。所可怪者，乃二二二二六号一次，沪总局遍查未有此号。故裘君第二次所收到之十二件（即北平二十六后三十前所发者），是否为二二二二六号，无从证明。总之：倘尊寄裘君名下，共只三次，则裘君收到三次，并无失误。倘寄裘君名下者有四次，则中间失落一次。又历次来示，均言三十日同时寄沪两包，每包二十件。乃最近尊致裘宅信，又谓二二二二六一包，系二十九日发，与前说不符。致疑云重重，更难核对。鄙意倘平局皆已发出，府上所存邮据，八月份共只四次，则实在未有遗失之事。所云三十日贰包各二十件，其中未收到之一包二十件，或尊处尚未发出。乞于画稿堆中一检。或当时封就，预备付邮，而实际误落家中，亦未可知。谨上

宾虹老先生

傅雷拜叩

十月四日

第十八通　一九四三年十月七日

宾虹老先生座右：

十月三日大示并艺校所寄尊画二十件，均于今午收到不误。附下故旧名单，已分别挂号函征同意，请求列名请柬共同发起；惟将来名次先后如何，仍乞吾公用笔标明一、二字样（名单另附）。大驾何日南行，尤所盼切。画件定价必须吾公亲自裁夺，且捕房登记亦须填明最低最高之定价标准。迄今为止，已收尊画由裘府手者五十件，由敝寓手者四十五件，对联五件，总共字画壹百件整。本月四日寄上拙作一篇，务恳正谬，万勿优容，学术必经论辩，方见真理。至沪上刊物为画展出特辑一事，因篇幅限制，恐有大部稿件未能刊入，若自印小册于会场上赠送，又以印刷费昂，不敢尝试，实缘力薄，不足表微意于万一。近日草成《中国画论的美学检讨》一文，共近两万字，待誊清再行邮奉请政。所失件仍以检查邮据张数与沪上信中所列核对为妥。陈柱尊先生现在南京，需否由敝处去函通知，抑由吾公直接（通札），并乞示遵，耑复，敬候

道绥

晚傅雷拜上

十月七日

尊处八月三十日寄裘府一包之号数，即为二四一九号。复查先生九月七日自京寄敝寓之挂号信，号码为二六六〇，发信日期相去八天，挂号号码相差二百四十一号，甚为合理。更可证同日同时所发之挂号信件，必号数相连。且二万一千余号，根本与二四一九不合，已大可疑。又及。

第十九通　一九四三年十月十一日夜

宾虹老先生道席：

今晨奉五日手教并另画十张，又函附大作《谈艺术》，亦经拜读，钦迟无已。所寄账单壹纸，谅系代购《故宫书画集》，不知已否寄申？此款容即恳友由青岛汇上不误。前后收到尊画总数为壹百零五件，又篆联五件。来书谓为壹百件，想系误计。敝寓每次收画，均当日函复，从无愆期，以便双方核对也。令友处自挂号信去征询后，已有郑午昌、童大年、胡朴庵、姚石子、王秋湄、高吹万诸公复信，备极热诚。以地址不合或迁移而退回者，已有林逸仁、汪家焯、吴斌臣三位。邓秋枚先生曾闻于去春离申，不知刻已回来否？明后日拟走访王公秋湄一商。为先生筹印画集事，晚与裘君俱系心长力绌，诸事与理想距离甚远，倘吾公旧雨中能有实力赞助，则晚等驰驱之劳不足挂齿也。刊物特辑尚在进行，附上拙作一篇，敬乞斧削，勿予姑息。此文甚长，且纯属学术讨论，沪上刊物性质均不相宜，故不拟刊登，只以奉献吾公作一纪念。惟晚学殖久荒，艺道研究又已放下十年，此次穷一月之力，搜集材料，草草成篇，明知内容庞杂，不足供大雅一粲，惟冀抛砖引玉，藉获明教耳。海上艺坛风气败坏已极，朋侪星散，集首为难，即欲结一小小社团且感不易。愚见夙以各自为战，埋首为未来学术作铺路小工，成败一任天数自励，未识北方学人亦有成效可睹之士一通声气乎？尊画定价务盼来示详列，因捕房登记例须填此一项。大驾南行何时实现，尤盼示及。耑肃，祗颂

著祺不一

晚傅雷拜上

十月十一夜

本月四日邮奉拙稿《观画答客问》谅可先到，请柬发起人名次先后并

希即行统盘排定寄沪。又及。

第二十通　一九四三年十月十三日

宾虹老先生座右：

昨今两日分访王秋湄、童心安、姚石子、吴仲坰诸公，商谈画会进行事，对于定价一节，佥主由吾公亲自酌定，即速示下。吴君约于下星期日偕秦曼老至敝寓，先行观览作品，王秋老亦有此意，渠且力主筹印画集，晚以实力不充，已面恳秋老主持。邓秋老地址系静安寺张家花园福如里六号，尊开地址误为一千余号，致前挂号信遭退回，昨已照新址补去，俟有复信，当再趋谒。其余诸公对于写文一层，均表谦谢；窃按邓老与公交垂三十余年，写作材料较多，谅必不致推辞也。又吴仲坰先生，有意于会前先约友好至敝寓预定尊绘一部，故定价一层亟盼明示。海上诸先辈均切望大驾南游，晚等为办事便利起见，尤深翘企。今夏陈隽甫君携来大作篆联，裱后墨迹渖出甚多，据裱工云，系墨汁所书，无法可想，不知确否？此次寄沪字联，因之不敢托裱，幸尊画除一二原有色彩污渍者外，尚无此病发见。又纵览此次全部作风，如今春向"荣宝"购得之《白云山苍苍》一类笔法，竟未得见，甚以为憾。鄙见拟恳吾公有兴时，再写四五幅较为细笔之山水，以见先生笔墨之另一面目，庶学者获窥全豹，亦盛事也。未稔尊意以为若何？再十月三日所寄廿件中，有以贾岛黄山温泉诗作题之一幅，设色纯用排比，与西欧印象派作法极肖，此诚为国画辟一新境界，愚意吾公能再用此法，试作一二帧尤妙。以上所云，纯本研究立场，非敢以个人好恶妄生是非，愚直之处，千万鉴谅为幸。昨寄呈拙著《中国画论之美学检讨》一文，第二三段有许多问题，均俟大雅指正，发抒高见。时下作家对于拟古摹古形且不似，无论看山写生创作矣。且鄙见绘画鹄的当不止于撷取古贤精华，更须为后来开路，方能使艺事日新，生命无穷。拙著第三段所言色彩开拓一节，吾公已有极好实验（如贾岛黄山温泉诗一幅所示），正是创新表现。且尊作于笔墨一端，尤有突过前贤之处，即或大雅于拙著所言理论上不以为然，实际工作确已昭示此等簇新途径。然否？务乞明教为幸。耑肃，敬候

道绥

后学傅雷拜上

十月十三日

再，函中所询各点，如定价及南行等等，均盼即示。北方有人加入发起否？亦亟须列成总名单，以便付印。裘君所拟请柬稿，闻渠未曾留底，乞仍掷还为感。又叩。

第二十一通　一九四三年十月十五日

宾虹老先生座右：

十三日拜发寸缄，谅荷台洽。连日迭访郑午昌、陈叔明诸先生，明日尚须趋谒高吹翁及秦曼老。画展特辑，以杂志性质偏于通俗，不甚相宜，佥主作罢，改出单行小册。原有文字一万三千言外，王秋老面允撰一短文，大概高、秦二位亦有著作加入，陈叔老曾有贺寿诗寄京，晚曾面恳录副掷下，以便刊入纪念册，奈陈老再三谦谢，未遂所愿，因盼吾公将该诗录出一份即速寄沪。因稿件发排日期已甚局促，不能再有延宕，且纪念册形式、纸张、封面诸点，均难尽如人意，实以时势关系，百物奇昂，诸同人心长力绌，未免有负雅望为憾耳。作品定价一节，诸先生均极关切，据调查所得，北方画润至高者，约在每尺联券八十左右，吾公是否以此为准，或再提高，务乞速示。倘吴仲垌王秋湄诸位介绍之熟人，则又如何计算，亦恳示下，以便遵办。又前述尊著画论画法诸作原稿录副一点，今日陈叔老再三主张，并告以上海近有人愿出赀印行美术书，陈老可为介绍，惟须先知书名、内容及字数。便中均乞提及。如何？草草，敬候

道绥

后学傅雷再拜敬上

十月十五日夜

请柬列名诸公可否以姓氏笔划为序，将来晚及裘君均不必列入，即顾飞亦可不列，因请柬格式不能另立门弟子一项，倘与其余诸公并列，亦嫌不当，如何？乞示下。

《故宫书画集》尚未收到，非敢催询，特恐辗转手续有误，顺便奉闻耳。又叩。黄肇豫君刻在沪，须否邀其列名？乞示。

第二十二通　一九四三年十月十八日午

宾虹老先生座右：

顷奉本月十三日手教，具悉种切，截至目前为止，敝处共存画一百零五件，又联五件，共一百十件，已于十二日复书内详及。所云十二日由新会代发之三十幅，刻尚未到，大抵日内必可来申。以此三十件与前收书画合计，确为一百四十件不误。八月三十日邮据倘只有一纸，则当时失件谅在未投邮前已生弊窦，总望珠还，不落匪人或市侩手也。海上诸君子已照尊开名单一一去函并趋谒，情形叠见前此各信，今晚尚须访谒邓秋老一谈。昨日吴仲坰、秦曼青、高吹万、姚石子四公来舍，拜观尊作，毋任感奋，姚君并定购花卉一幅，现下已定画件，约如下列：

傅定：十件　　顾定：一件　　姚石子君定：一件

裘定：一件　　傅亲友定：四件　　合共预定十七件

定价一层均经声明，待吾公指示后，再行分别通知，好在俱系至亲好友，不在金钱上计较。吴仲坰稍缓将约友来敝寓，亦预定一小部分。筹印画册事，闻上海新近组织有鉴真社者，拟印珂罗版书画集，已托吴、秦二位探询。又王秋老提议邀请张菊生、李拔可两先生列名，已得函复同意。惟列名请柬诸公台衔，只印入请帖内，将来报端概不刊登，以示简朴，此系诸同人主张，不知尊意以为然否？裘君及贱名概不羼入，一则分在后辈，二则鄙末学人均不应与先辈诸君子同列，故令高足顾、朱、黄诸位，请柬上亦不拟列入矣。《故宫书画集》屡渎清神，惶恐万状，款当于日内送交金城银行吴君，掣取收据不误。鄙见北平代经手之人有友在申需款应用时，不妨请其持尊片径至敝处接洽，由晚另书介绍条并吴君收据，交彼向金城吴君领款，如何？耑复，敬候

道绥

后学傅雷拜上

十月十八日午

〔附〕经手宾老寄沪书画总清单（此单务乞妥存，以便随时核对。）

说明：（一）凡画以一幅为一件

（二）凡字联以一幅为一件

（三）凡字屏以一条为一件

捌月份　裘宅收四次　共伍拾件（内花卉肆件）

玖月份　傅宅收三次　共叁拾件（内字联伍件）

拾月份　傅宅收四次　共壹百件（内花卉拾陆件、字屏拾件、字联肆件）

以上共收书画壹百捌拾件整

内计：山水壹百肆拾壹件　　字联玖件（即玖副）

花卉贰拾件　　字屏拾件（即拾条）合如上数

傅宅经收书画细账（傅宅前后共收壹百叁拾件整）

九月份三次

（单挂号）九月二十五平发，申九月二十九到贰包　共拾件

（同前）九月二十七平发，申十月一日到贰包　共拾件

（双挂号）九月二十九平发,申十月四日到贰包　共拾件（内字联伍件）

十月份四次

（艺校封套双挂号）十月二日平发，申十月七日到肆包　共贰拾件

（新民会封双挂号）十月五日平发，申十月十一到壹包　共拾件

（新民会封双挂号）十月十二平发,申十月十九晨到叁包　共伍拾件（内花卉陆件，字联肆件）

（艺校封套双挂号）十月十二平发,申十月十九午到壹包　共贰拾件（内花卉拾件，字屏拾件）

以上共收柒次，共计书画壹佰叁拾件整

连裘宅所收，合共壹佰捌拾件整

傅雷缮呈

民国三十二年十月十九日

第二十三通　一九四三年十月三十日

宾虹老先生座右：

顷奉手示，拜悉种切。《故宫书画集》价款已于二十日送交金城银行吴君，倘须寄京，乞将二十一日函附吴君收据直接退还吴君，再由敝处向其领回前付款项，一方再托敝友在青岛存款项下拨划，惟敝友现下只有联钞二百元，在青尚缺七十元之数，容再筹汇划方法，琐事浼渎长者，至再至三，惶恐实甚。尊画收件总数，本月廿一日续有总清及细账呈上，谅蒙督核。定价一节，敝处与王、秦、吴诸位商讨之下，佥主对内以先生致裘君函开三种价（即五百、七百、一千）为最低数，仍择尊制之尤精者增为一千二百元，即同人亦照此例，不复再减；除非吾公故交心好而实力未逮者，方许例外。将来对外标价，则一律酌予提高，大抵千元者加至

千五六百，千二百元者加至千八百至贰千元。此系适合沪地情形，务期一般购买力、识者眼力及吾公身份兼筹并顾。开销一项，不外装裱、广告、印刷、会场四大目。现装裱一端已较寻常省去万余元，广告亦已减去一半，印刷惟请柬及定单簿，照目前已预定之件核算，已超出开销，将来惟净存款额之多寡不能把握，根本开支目前已有着落，可慰廑注。若画会特刊印刷费、纸张费等，均与吾公无涉，此事原由下走一人主张，理当由一人负责，鄙意盖欲稍振艺界颓风，一正视听，非徒为报先生知遇之感也。贱名及裘君决计不列请柬，盖由诸先辈出面最为得体，即拙作刊登特刊，亦用笔名，一则愚等不欲藉此显露，二则韬晦隐伏亦为目前时势所要求，惟处处保持超然保守缄默，方可苟全性命于乱世。画集采择作品，自当以摄影制版效果为标准；同人对于印刷一层，尚待明日下午由王、秦、吴诸位约集至敝寓商讨。惟摄影手续均主先办，盖会期以后作品分散，将来再集势不可能，故第一步急需照相，至目前是否付印，则再视同人能力而定。珂罗版缺点诚如尊论，惟亦以吾国印刷术幼稚为大原因，若前德国所印大作，成绩确远过于《故宫书画集》及日本所印《南画大成》。鄙见将来战后倘能再游西欧，誓必为先生在德国办一个人画展，印一极精画册，俾世人咸知中国绘事前途之大有可为，亦宣扬东方古艺之一道。大驾果能南行，则尊著手稿务盼随身携南。陈叔老极愿为此效力，亦一好机会也。令侄树滋先生处已去信，多日未得复，拟再函催之，图面晤也。晚素志向主理想须高，宗旨须纯，而办事又需切实际，沪地画会内幕均所稔悉，一切均当审慎将事，以期不负付托。耑复，敬候

道绥

后学傅雷再拜上

十月三十日

吴仲坰代收《故宫书画集》款收条乞即退回吴君为感。顷吴君来舍，告以该行同仁及吴君共定画六件。连敝处共已有二十六件。

第二十四通　一九四三年十一月三日

宾虹老先生座右：

昨奉上月二十八日手教，欣悉大驾南旋可告实现，行期定后尚盼快函通知，再于徐州或南京临时发一短电，叙明何日何时到申；上海寓处，并乞先行示知，俾便趋候。因六年来晚东不渡浦江，北不越苏州河，届时或不能赴车站迎迓也，先此道歉。惟坐车总以头等为安全，目下旅行不比平时，又系长途，万勿省费，致招意外麻烦，吴君仲坰亦力主此议，未审能邀俯允否？请柬特刊均已付印，特刊校阅已历三遍，画册照相亦已开拍，承揽者亦吾公旧人（胡颂高），前曾为神州国光社制版，谅能记忆，印刷费不必由画展售款项下拨充，或酬以画件三数即可了事，不足之数，再由敝处筹措，不入尊账，日来正由秦、王二位接洽中，不久即可完全定夺。至于画册版权及售款，将来仍归吾公。昨吴仲坰君言，上周朱研因女士曾有六千元申币送至金城，惟尚未至敝处选画（朱、黄二位均于七日前托顾飞转知）。倘此六千元即系购画之款，则将来彼等选去之画，可不列入画会账内，因款在会外收取，则画件亦当在会外另册登录，庶手续清楚也。捕房登记已另托熟人，林君亦曾晤及，想来可无问题。所云沪地一席，筵资动万，亦属故甚其词，大抵上等酒席一切开销在内，亦不过三千元上下。琐事拉杂附闻，勿罪为幸。拙著美学检讨一文，恳勿露布为幸。耑复，敬候

道绥

后学傅雷拜启

十一月三日

画会招呼之人，如书画商等，将来按日给以饭资，再于事后酬以少数车马费即可，届时再听尊裁可耳。又叩。

第二十五通　一九四三年十一月四日

宾翁老先生座右：

上月二十八日手示，已于昨日奉复。顷续奉卅一日大教，谨将胡朴老书遵命加封转寄不误。朴老实与童心龛先生同居一寓，因“安居”即系朴翁私邸，童翁乃系借居也。程演生君，八年前曾会面，近久不知音讯，容托友探问住处，俾可寄发请帖。特刊小册，一星期后即可印竣，倘大驾于十五日前后自京启程，则小册不拟邮寄，免致参商。笔墨法已有成稿，闻之雀跃，甚盼携与俱南，俾可先睹为快。鄙意仍拟请公补以图示，庶后学之士有规范可寻，前云代供书记之役，来沪后颇思实践此约也。又大著各稿均盼携南，以便筹印。铅印、石印价目正在分头探听，供日后参考；此事陈叔老最热心，大可仰仗。《故宫书画集》款暂存吴君处，待日后面璧。尊画预定已有三十三件，达两万六千元，尚有续定者，前途甚可乐观，足见吾公一生劬学，自有识者倾佩。树滋先生迄未有复，不审何故，拟再催。台从留沪寓居何处？甚望先行示知，唔（倘宝眷留北，则敝处仍可供先生一榻，何如？）教匪遥，余俟面罄。耑肃，敬候

道绥百益

后学傅雷再拜上

十一月四日灯下

预定画件中，吴仲坰自定二幅，介绍六幅；王秋老介绍三幅；裘君自定一幅，介绍一幅；姚石子君自定一幅（以上十四件）；余十九件系敝处自定及亲友所定。会期为十一月十九起至二十三止。来沪及早为妥。

第二十六通　一九四三年十一月八日

宾虹老先生道席：

昨王秋翁冒雨来舍，睎（示）以尊礼，嘱改八十感言诗末段二句，经即电话印刷局商洽，讵特刊已全部印竣，即将装订，致未能遵命添入，抱歉万分。幸古风不拘字句多寡，尚无大碍，种种敬乞海涵为感。树滋先生已会面谈过，彼于展会一事尚毫无所闻，即大驾南行亦未得悉也。何日启程，乞发一电，来沪寓居何处，并盼先行示知。毋任企祷之至。草复，敬候

道绥

后学傅雷拜叩

十一月八日

昨吴仲埛君又介绍四张，尊画共已预定三十八件，约三万元。

第二十七通　一九四三年十一月十二日

宾虹老先生座右：

两奉手教并惠书两种，甚佩甚感。尊著有功古代文字湮没画派（原文如此），实为宝贵文献，甚望早日刊行，裨益士林。展会诸事大体就绪，但待届时开幕。会前发柬、印刷琐事，日内即将次第办妥；帮忙惟会期内需要三数人手，亦易觅致，可请勿念。同人等所渴望者，乃大驾南旋一举。昨特与秋老、曼老、吴君联名发电，谅已先呈。北平南京间往来熟人谅亦不少，何妨相机同行，沿途可以照料，即不能于会前或会期内赶到，亦属无妨，大抵诸先辈急图与公谋良会，而晚则亟亟于请求完成笔墨法一书，入冬后气候寒凉，旅途恐更不便，未审能否决意南下？树滋兄已晤及，届时亦可襄助。特刊早已印竣，尊诗以已经上机开印，未及如命补入，歉

甚。且小册纸张印刷均与预算相去甚远，粗滥恶劣不堪寓目，此皆由晚谋事不臧之过，愧甚愧甚。画册只拍二十帧，均择比较轮廓显明者，商承诸先辈为之。印费纸张照相共约八千元，其中贰千由敝处及一二亲友（张女士、萧夫人）担认，余款则以尊画四帧作为酬谢了事，因承印者亦好公画也。此事概由秦曼老大力玉成，擅赠尊作未卜能邀曲谅否？印数不过二百册，将来以四五十册寄呈尊处，以备分赠知好，余则在会场发售。预约于会后（十二月一日）向敝处领书。售款及版权则扣除垫款之外，一概归吾公所有。印刷成绩际此物力维艰之时，自难满意，惟以所费不多，留一纪念云尔。前在陈叔翁处见尊札有拟馈陈翁以篆联语，陈翁未明言，不知需否？请伊自择。候示遵行，草草奉复，祇候

道绥

后学傅雷拜启

十一月十二日

曼老、秋翁建议画册倩徐丹叟书，以其年高，且与吾公乡谊交久，已去函征求，谅无不允也。又及。

前云《中和》杂志，目的在拜读尊著，非敢强索也。

第二十八通　一九四三年十一月十九日夜

宾老先生赐鉴：

久未通函，歉甚。会期前十日满认诸事就绪，孰知临时琐屑层出不穷，遂致奔走乏暇，未能随时将详情上达，罪罪。昨夜半会场布置齐备，以宁波同乡会临时借与他人作喜事，故直须夜间有空也。幸今日天晴，虽酷寒，观者仍极盛。陈列之品尚有藏家非卖品三十九件，俱风雨楼、秋庵、吹万楼等各处所藏吾公旧制，琳琅满目，得未曾有。旧作以年代为序，新作以尺寸色彩配搭，务期和谐醒目，会场灯光特换大号灯泡悬挂，亦从宽舒，

颇与一般情形不同。各报舆论甚好，会前预定已有四十一件，今日一日又定去画四十二件、字十四件（一日内共定五十六件），连前已定出九十七件，值六万三千元。如此成绩，可谓空前，堪为吾公告慰。明后二日为周末例假，观众当更多。今晨陈叔老、王秋老、秦曼老，下午李拔可、徐丹叟、王福庵、邓春澍等均来，又有法文报、英文报记者、法总领事夫人等，会场幸觅得一二熟友帮忙，并吴秉臣、陈佑泉二位及装池美古斋郁君张罗一切，尚能应付。令高足朱、黄二女士亦来观览一周。马公愚、童心安二公并定画及介绍甚多，王秋老亦有介绍，是皆吾公高年劭德、学艺感人所致。晚荣膺筹备，预此盛举，快慰平生，难以言喻。兹以账目等等尚待结算，草草先行布达，详容续罄。耑颂

艺祺不一

后学傅雷拜启

十九日夜

画册预约，三五日内已定去五十余册，大致一百五十册可全部售完。吴仲坰兄迭次有四五函寄京，均分寄尊寓及范居士，以迄未得复为念，望即去信吴君为盼。字迹潦草，实以夜深乏暇，务乞恕罪。又叩。

第二十九通　一九四三年十一月二十一日夜

宾老先生道席：

十九日夜匆上寸缄，谅可先达。连日会况热烈，堪称空前。上海英文、法文报均有评论，推崇备至，此历来画会所罕有，非迷信外人，实以彼辈标准高、持论严，素不轻易捧场如华报之专讲交情也。今日孔达女士偕其外子文德斐君莅会，道及吾公并云藏有尊作不少。小报自动撰文颂赞，连日已有数篇。来观者至有徘徊审视至二三小时，亦有携纸笔勤钞题句者。陈叔通十九、二十两日均到，逗留二小时以上。王秋湄则无日不至，其故

友关切之情见于形色，令人感奋，较诸令高足朱、黄二位，有过无不及。盖彼等惟第一日到会一小时许，谅系家务冗忙所致。所云闺阁在场照料一节，原由[内子]逐日前往，自晨迄晚与诸同人帮同照呼，尚可应付。裘君迩来身体常有不适，大概景况亦有关系，教师清苦可慨也，但仍力疾到会。默飞则以课务繁羁，甚引为憾，但与会务并无关系。定去画件：

第一日计字十三件 画四十二件 第二日计字九件 画三十五件 第三日计画十四件	共计会期内（至二十一日夜为止）定去画九十一件，字二十二件（字已售罄）。连会前所定画四十一件，合计前后定出书画一百五十四件，值价十一万七千元。

会期甫三日，出品几已定去十分之九，此亦为历来展会空前纪录。现下场中未定者，仅有二十二件。而会期尚余二日，恐即不扫数，所留亦必无几矣。画册预约额定为一百五十本，今已定去一百零八本。诸事成绩之佳，均远非同人意料所及，可见人海茫茫，并非绝无识者，真有佳作，仍属有目共赏也。会内所列藏家出品（非卖品）部分，亦为大众啧啧称羡之对象，盖不能到手之物，更见出色，本为人之常情也。惟愚发起此举，动机在令人有研究机会，此点刻已完全实现。昨为周六，令高足汪声远君特携门人一二十辈来会，择重要作品详细解释，达二小时余，先生所谓沟通声气、一正艺坛视听之目的，亦已贯彻，可为后辈学人称庆。此次会场招呼诸人，除裘君暨愚夫妇外，总管账务者有朱（裘君同事）、严（敝处老友）二位，招待来宾者有陈佑泉、毛君（毛乃吴斌臣派来伙友）、郁君（美古斋装池主人）三位，看守桌面零星画件者有汪君（树滋兄店内伙友）一位，值夜看守者有吴（树滋兄派来）、毛（即吴斌臣伙友）二位，共计七位，将来多数酬以车马费即可了事，伙食则逐日由会开支，其中少数不妨请吾公酬以简笔纪念，容后再将姓氏开呈。又上海美专旧同事张天奇亦来临时帮忙，日后亦可酬以尊作，此皆不急急，可缓图之。王雪飒君连日到会，云甚念先生，

并定画三件。其他来会询问吾公行止及近况者尚多，以事冗不及一一询问名姓。友朋情谊不渝，在此末世固属难得，要亦为先生数十年待人至诚所招致，佩佩。画册序文不独制就，且已印讫，画幅明日亦可扫数印竣，题签（徐丹叟书）亦已制版，待三四日后装订完成即可出书。徐丹叟暮境甚艰，旬日前来舍叙及窘况，晚曾请以百元为寿，却之再三，方允作为暂借，讵三日后即来归还，云已得长子寄款。古道可风，一毫不苟，愚颇思缓日为之介绍书件。彼闻大驾暂不南下，大为懊丧，颇有老泪涔涔之势。马公愚大热心，不特亲来定画，且借列彼所藏尊作，又介绍友人来定。今晚琐事较少，特以会场花絮拉杂奉闻。大抵一星期后，会务可全部结束，容缓再将详情陆续上告。草草，敬候

冬绥

后学傅雷再拜上

十一月二十一日夜

关春草君定字画数件，且云非为捧场，实乃好之弥笃，不忍错失也。姚虞琴、王福庵、邓春澍、商笙伯、沈迈士、吴待秋并挈三子，均已来过。陈柱尊君据秋翁云，会期终了前必赶到。先生故旧中尚有沈思期君、夏丏尊君来过。所收定画款暂在霞飞路金城分行开一活期存折户，待会务结束后，再扫数拨至吴仲坰君处。

第三十通　一九四三年十一月二十四日

宾老先生道席：

画会昨晚结束，总共五日，参观人数，就签名者计六百余人，未签者约有三四倍。售画总数为一百六十件（花卉、字在内），余下十七件暂存敝寓，以待后命。售款总数十四万三千余元，开支总数为一万五千元弱。画册预约已售去百四十六本，亦有七千余元。此次印制画集，非特未出本

金，且早有收入，可贺可贺。总账尚未全结，且待二三日内收齐画款后，再有详细账目寄奉。大致净盈余在十二万左右。若照历次尊示所开价计，则即全部售完，亦不过十一万余。今敝处权宜酌加，适应沪地情形，故售至十四万余，尚可有余画十七件。会期中有王莲友君送与吾公书两册，缓当邮奉。事冗未能详叙。草草，敬候

道绥

后学傅雷拜启

十一月二十四日

帮忙人员已遵命从丰酬报，毋须另行答谢他物矣。又及。

第三十一通　一九四三年十一月二十九日

宾翁老先生道席：

十九、二十二叠上二缄，谅邀台督。画会已于二十三夜圆满终场，画件分送及画款收取，亦均于二十六夜完全清了。前昨二日并将各项账目结讫。兹另邮附上两大包，计：一包内：画册十本，特印画册一本，会场照片一帧，特刊十本。一包内：画册十本，画件出售总清单全份，收支总报告全份，画会印件汇存全份。两包均双挂号寄上，收到后乞即示复为感。目下余剩花卉四帧，山水六帧，暂存敝处，恐尚有人来寓购买。因会后三日内陆续有人来寒斋，购去七帧也。净盈余十四万余，暂存金城银行霞飞路分行，以待后命。下星期日诸老定在敝寓集会，共商印书办法及处置现有款项问题，然后联名上书吾公征求高见，容缓续报。开明书局（店）夏丏尊君，曾有于不蚀本之条件下，承印一二部大著之表示，故拟于今日午后前往面洽。现最需知悉者，厥为书稿名目清单上须注明切实字数，以便计算排印工本。至《古钵考证》稿，则另行探问石印价目，但亦急需确切字数，或若干开之纸数、若干篇幅，以便预算估价，至盼克日开示为幸。

日前惠书嘱与黄树滋兄联名邀宴列名请柬诸位，经与黄君商讨之下，拟仅约对画会关切而能出门者，即于寒斋集会，讨论印书之日便饭一叙，力求简便，大抵中上筵席用翅千五百元至二千元已足应付，亦不太菲薄矣。邀约诸位，暂定为秦曼老、王秋老、陈叔老、高吹老、姚石子、吴仲坰、马公愚，连树滋兄及愚家夫妇、裘君伉俪，正好十二人一桌。徐丹叟耳聋，不便谈话，故未列入。马公愚虽未加入发起，但极热心，不若郑午昌始终未入会场一步。宴客之款，决向吴仲坰君另行支取，不在画会盈余项下拨付，以保全璧，不知尊意以为然否？此次展览成绩，无论在品质方面、出售方面，均为历来个人画会所未有，即沪上人士盲捧之张大千亦从未有全部告罄之纪录，可见吾公绝艺尚有识者，不独可为先生贺，并足为艺坛前途庆。画会全部开销为一万五千余元（特刊印刷不计），以上海一般画会开支比较，已属最省。画册印刷成绩瑕疵互见，难以满意，惟先生虽于鉴真社酬答尊作四幅，但收回画册售款六千余元（盈余），无异赠去之四幅亦售得六千元，而另得不费分文之书四十本。换言之，画册乃系大众出资印成，先生不费一文尚得书四十本也。画册印制始终未曾动用一文本金（敝二女友认担之款亦未曾支取）。因系出售预约，而画会五日预约一百六十册，已发售一空，故书未出版而款已收集，此种盛况亦为空前。至此次帮忙诸位，均已分别谢以现金，至却酬之一二位，如敝友严君，已于彼定画款项下退回一部，人情亦已了却。惟美专旧同事张天奇君，将来不妨由吾公酬以简笔册页一小帧，作为纪念。又承嘱赠吴仲坰君大作，吴君表示并不急急，缓日再请先生绘一小帧可也。陈叔老处联亦未取，鄙意亦乞稍缓，由吾公另行书赠，因篆联于二日内已经定罄也。他若王秋老、秦曼老、高吹翁等，均可缓日略作酬应，不必急急。又夏丏尊君嘱代求绘已故弘一法师“晚晴山房图”，以二尺长度为最宜。闻弘一法师亦为先生旧盟友，谅必乐为纪念也。夏君云，前吾公曾为绘过一图，嫌篇幅略小，故敢再求一帧，存放纪念弘一法师之公共场所，彼另有纪念弘一之刊物邮奉，作为参考，或吾公阅后可有诗篇附在图上云云。又夏君有意购存尊绘一帧，而以未能出高价为言，鄙见不妨就现剩诸帧中，请其选留一幅，价可特廉，因先生曾有从权之命，故敢建议，至彼愿否承受，仍听自便。画册共印二百本，其中一百六十本已预约售罄，余下四十本，则以其中二十本送十八位列名请柬诸位，又鉴真社首脑严惠宇、袁安圃二君各一部。尚余二十本即于今日寄奉。发起人中，惟景太昭君寓京，故寄至尊处转送；不在发起人中之陈柱尊君寓南京，已由敝处就近径寄，以免双方邮程周折，故寄奉之二十册中，实仅十九册，可由吾公自由赠送。景太昭君之一册，已书就姓名，但陈柱尊君处，先生可毋须再赠矣。如是扯算，敝处代赠发起人十八位之书，虽将景君一份除去，但由陈君一份补入，故仍为十八部。至敝处与裘君一概出资，在预约部数项下订购。至特印书二册，乃系晚出资另购厚宣纸搭印，以一本赠先生作纪念，一本自留。陈柱尊君于本月二十三日寄沪序文一篇，是时画册早已印讫，已在装订，故未能列入，为歉，并乞径函说明为荷。诸事擅专，万望恕罪。草草，敬候

道绥不一

后学傅雷敬叩

十一月二十九日

第三十二通　一九四三年十二月二日

宾老先生座右：

上月二十九日寄上寸缄，并另邮挂号奉上画册二十本、收支报告一份、售件清单一份、画会印件一份、照片一帧，收到之日，即乞示复为荷。嘱代邀宴展会襄助诸公，兹决定下星期日（五日）中午假秦曼老寓素餐一叙，同时商讨大著付梓事宜。因曼老身体素弱，不便多所外出，且又茹素，故如是简便。邀约者有秦曼老、王秋老、邓秋老、高吹翁、姚石子、陈叔老、马公

愚、吴仲坰、关春草九位，连裘君、树滋兄及晚共十二人。开明书店夏丏尊、章锡琛二位曾晤谈，对刊行尊著《画家轶闻》一书，有意帮忙，正在预算印费，商议办法，据屡次来书所述，该作包括二三十人，每人三四千字至一万字，则合计当在二十万言上下。如是巨著倘能由开明出版，必可减轻同人责任不少。又夏丏尊君极爱尊绘，而以未有多金为憾，因冒昧代为做主，就会后剩余作品中择一小幅墨笔山水赠之，盖将来筹印书籍借助处尚多，权宜专擅之举，未悉能邀曲谅否？兹另邮寄奉王莲友君赠书二种，内附夹白宣纸一小方，系此次会中定画人叶信芳君嘱代求设色山水册页一幅者（单款、直幅，但乞盖“癸未年八十”章），同时送来润资四百元，权为收下，想册页一幅之润尚不为过少，不知尊意以为如何？此外友人托代求画件者尚多，因先生未有润例，不敢接受。亦有人求绘扇面，敝处告以扇面恐吾公未必肯应，不知简笔水墨者能略酬应否？便恳示及。又有人求册页全部者，不知如何定值（八页者，十页者，十二页者，又如何分等取酬），求而不应，令人失望，任意代求，又非吾公之愿，甚望详示，俾便遵循为幸。盖现下求画者多系画会定件之人，类皆具仰慕之忱者也。随画附寄小照二帧，乞詧收，此系关春草君友人所摄。前寄会场照片前景左方背立观画者，即愚夫妇，远景右方即裘君伉俪，并以附闻，余续罄。匆匆，敬候

道绥百益

后学傅雷拜启

十二月二日

尊处是否需用款项？若需用，请示数额，俾托吴仲坰君设法筹汇。倘不需用，则尊意作何用途，亦盼示及。又叩。

前云张女士、萧夫人等助印画册，虽慨允并未实行，因预约早已售罄，毋须他人款项资助矣。令高足陈隽甫、吴泳香二位在沪订有画册，已由敝处邮寄，不必再由尊处赠送矣。

第三十三通　一九四三年十二月二日

宾老先生道席：

顷发上寸缄后，适得开明书店夏丏尊君电召，往谈刊行尊著事。渠意拟双方各半出资，将来售款所得亦双方均分，纯属友谊合作，绝无营利性质。照目下各种印刷行市，《画家轶闻》一书，假定为二十万字，则印一千册当为六万元，双方各半负担，计为三万元。倘将来印费纸费有减，则吾方所出三万元照比例发还，若有增加，亦照比例增加。此项办法不知高见以为何如？倘荷同意，请即日电复。因近来纸价日有上涨，多摘一天即多一天损失也。一旦决定，第一步当先买纸，无论如何请用电报复示，只须一“可”字或“否”字即行。匆匆，即颂

道绥　伫候

玉复

后学傅雷拜启

十二月二日

此书全稿盼即日双挂号寄沪，决不致失落。

第三十四通　一九四三年十二月六日

宾老先生座右：

二日寄呈快函，未识能先达否？昨（五日）午遵嘱假秦曼老家素席，邀宴王秋老、陈叔老、高吹翁、姚石子、马公愚、吴仲坰等，邓秋老以不宜受风故未到。餐后讨论刊印尊著事宜，在座诸公一致主张将《画家轶闻》（即吾公所称共有二三十家，每家三五千言至万言之稿）先交开明排印，照彼提议共同出资、共同发售，则初印一千本，吾方只须出资三万余元。

至画展净盈余共有十四万余，除去三万余后，尚存十万余元。诸同人意拟再将其中一部购买国产手工毛边纸存储，日后印书可不致受纸价腾贵之累；即不印书，则纸张仍可出售易为现款，亦投资之一法。嘱敝处将以上二点立即函达，征求吾公同意。但若尊处家用需要，则请示知数额，俾便照汇，此点务恳明示为要。再查沪上各书局战后几皆以发售存货敷衍门面，从无排印新著之事，开明主持人夏丏尊、章锡琛二君，素以稳健著，更不肯承印外稿，此次欣然应允，共刊尊著，实为难得。惟以目下经济局势变化不测，若不与开明立即订约发稿，略一耽搁即易发生变卦，如吾公略一迟疑，或寄稿稍缓，致未订定契约，则开明方面颇有受时局影响而以从缓再议作为推却可能，故诸同人意如此良机决不可失，以二十万字之巨著，能有人分去一半资本代为印行，以现下局势而论，诚为异数，故敝处前函急欲先生电复以定，盖目前纸价日夕飞涨，多延一日即多一日损失，鄙见倘荷赞同，则乞即日授权敝处代表签订合同，各项条件当与诸先辈商洽而行，自信决不致有负雅命，排版行款格式另附一纸说明，亦已经昨午诸同人共同酌议通过，虽纸开不大，字体略小，但以时艰物绌而论，能有此种书籍问世，亦已难能可贵。总之，现急待解决者为二事：

（一）请立复开明事接受与否？

（二）倘接受，则稿子须即日寄沪（双挂号外，尚可保险，决不致遗失），因即使契约订定，仍须防排印工加价也。

再以此书将来销售情形而论，据夏、章二君估计，三五月内三四百部必可售去，则吾方本金已可收回三分之二（余下五六百部一年至二年内亦可售罄，无问题），是吾现下所付之三万余元，亦不过投资性质，与存放银行无异，并无吃亏。鄙意吾公著述种类甚多，篇幅尤巨，若不与外间出版家合作，任何人无此资财独自全部发刊，故遇有外人肯印，机会即紧握而不舍。沪谚有云：“釜须趁热烧。”今开明夏、章二位对吾公著作既有兴趣，即宜把握时机，将事办妥，作成定案。大抵一事成否，一半固赖商业形势，一半亦须持感情作用，区区经验妄以为然，不知高见如何耳。其他著述，请择最需问世之数种开一名单，并于每种书名下详注字数，以便遇有机会再与人商洽印行事。昨午宴客全部所费约在千三百元上下，均由吴仲坰君代为付讫。在尊账项下计算。二十七日手教备蒙奖饰逾分，愧恧交并，智勇二字，万不敢当，倘不以专擅获罪，已为侥幸之至。但能公私得益，鞠躬尽瘁，非所计也。《画家轶闻》全稿，盼即日寄沪，盼切盼切。书名如何最为适当，可斟酌后缓日示知。《浙江轶闻》将来亦当并入，俾成全璧。如何之处，即乞迅予示复，毋任感荷。耑此敬候

道绥

后学傅雷拜上

十二月六日

第三十五通　一九四三年十二月十一日

宾老先生座右：

叠奉月之四日、六日两次手教，藉稔种切。账略及画册两大包，均于上月二十九双挂号寄出，目下已递到否？甚为念念。印行尊著事，兹再逐条汇合沪上诸老意见，谨答如下（大概皆上星期日餐叙后所谈结果）——

一、自资印书以一般书坊不肯承印者为限，如冷僻美术书每种只能印一二百部者是也。纸价印费之昂，不独目前为然，即事平后亦难低降。若每书皆由自资刊行，恐任何人无此财力，且自印书只限赠送，不宜销售，无法使所费资金归还复印他书。

二、私人好事集赀印书之辈日见其少，故宜尽量利用现有书局之愿意印刷者。如陈叔老前言捐款印有关书画著述之李君，近受棉纱影响，已无力再举。若有书局负责，则或抽版税或共同出资皆可，赖书局之经营得有收回本金之希望。本金而能收回即可再刊他书，以取于众者用之

于众，循环不息，利己利人，莫善于此。

三、一稿付印之先，必须全稿寄到，免排印中发生困难以致纠纷。

四、委托书局代印（不论何种方式），版本皆求一律，则好事读者向各书局分购后，仍可合在一处，成为完整之丛书。

五、开本大小不能过于苛求，若以木刻书为例，在目前环境以及战后生活标准下，推销必多窒碍。沪上诸老如秦曼青君素讲书版，此次亦主张以毛边十二开排新四号字（即前函寄呈之纸开大小及附黏字体），盖物质条件必须兼顾也。

以上乃系原则问题。至此次开明承印一事，缘鄙意认为《画家轶闻》一书篇幅似最巨（据历次手教而推测），印费亦最昂，故贸然与夏与尊君言之，讵彼二三日内即决定接受，但渠意稿子必寄齐后方可发排，否则时作时辍，于排工方面甚多不便，且不宜遵照来书所言陆续出小册，待出完后并成丛书。因现下大部书易销，零星小册难售，无人注意，反不普及故也。若《画家轶闻》一书，据夏、章二位估计，半年内售去三四百本必无问题。彼等于战后苦苦支撑书局，深知时下购买力，决无虚语，可以断言。今尊稿尚在整理中，则暂时只能先将需用纸张买就，存放栈房（保就火险），排印只可待稿到之日再商。惟彼时排印工势必又是新价目，不比现下矣。此亦无可奈何之事。画款待购就纸张后当遵命划交吴仲坰君，以清手续，并了责任。惟沪上诸老意咸不主存放银行，因将来一年之内即无保障，众意佥主全部购纸。若尊寓需用，则可随时变卖。至吴仲坰君曾提议以一部分款购买股票一点，当场为诸老反对作罢。以画会所得来源不易，不宜作投机事业，增加同人责任，此议树滋君及晚皆表反对，故尊款暂时未动分文，即纸张亦尚在托树滋君探问行情、索看纸样，未敢贸然决定也。王锡蕃君信已为转递，勿念。敝友张女士在青岛存有联币贰百元，于日内汇上，拟求赐册页一部。张女士对尊作极钦慕，画会中亦购有多幅，故敢冒昧介绍，未识能蒙慨允否？前寄叶信芳君纸一页，求册页一方，想可先呈左右。余

容续详。耑此敬候

道绥

后学傅雷拜启

十二月十一日

第三十六通　一九四三年十二月十六日夜

宾虹老先生座右：

十日复上寸缄，谅可先呈。兹陆续收到王雪帆君寄来贺诗及信，姚虞琴先生书画扇及信，均一并附上，即乞詧收。筹组小团体事，际此时势决难实现，沪上同人皆有同感，非后学一人私见为然。吴斌臣君住白克路久兴里十一号，陈右泉君寓霞飞路五六七弄二十号。前云购存纸张以备他日印书之用，因树滋兄尚在接洽中，未即成交，事前审慎不敢怠忽也。三日前收到前月二十九寄上画册双挂号回单一纸，但另一纸迄未转来，不识画册两包（内附账略三份）已达尊处否？便恳示知为幸。耑此敬候

道绥

傅雷拜启

十二月十六日夜

姚公住梅白格路新余里六十二号

第三十七通　一九四三年十二月二十九日

宾老先生赐鉴：

昨晨挂号寄上一书，报告托“荣宝”拨汇事。兹得该号电话，谓昨日先行拨划联券壹万元至京，余数稍缓候便再划，故截至今日为止，吴君及敝处两共经手汇京联钞壹万贰千元整。鄙意尽半个月内陆续托拨，以凑足

申币拾万元，适合沪存画款三分之二之额。惟拨划必候机会，不能过急耳。敝处西友亦有于会后见尊制而酷爱者，倘有二尺以内小幅画，有兴寄沪数帧，彼等当乐于选购，以备日后携归欧土，做永久纪念。前次尊示言拟将黄山、青城、峨嵋等胜迹专绘一处，如册页大，半年内销四五百册决无问题；古钵研究之作，则销路较前者自必减逊数成。囤纸一举，亦未实现，树滋兄既未报命，敝处亦不欲急遽从事，且目前留沪不过四万余元，暂待先生后命可也。股票为近顷投机事业，沪上诸老皆以为戒，不知吴仲坰君何以独主此说，甚可异也。草草，敬颂著绥　并贺

年禧

后学傅雷拜启

十二月二十九日

又前嘱致送五百元与徐丹叟，拟即代为送去不误。日内俟机再托人拨划，以凑足申币拾万元之数。

第三十八通　一九四四年一月十三日

宾老先生座右：

昨得腊月八日挂号手教，并附法绘壹帧，均收。承贶寿面款项，盛意心领，敝处与裘、顾二君均谨辞谢。树滋君如何，由渠自定。先生述及著述问题，未免过于谦抑，高论卓见皆所钦佩。画款自得吴仲坰兄电示嘱停汇后，即未续汇，惟前托"荣宝"经手之联钞壹万叁千元，已否递到，甚为念念。敝处经手款下，尚余申钞陆万贰千元，究应如何处置，交与何人，至乞迅予指示明白，以便遵办。盖十一月二十七八间，先生有信致裘君，嘱其将十万元交吴君仲坰转存，但同时敝寓与吴君所接尊札内均未提及；十二月底吴君又获尊示，嘱将敝处代存之款一并收存金城银行总行，但吴君并不径至敝寓说明，而但以示王秋老，秋老又转告裘君，转辗相传，

终非切实办法，鄙见总须请先生来信，将此项余款交与何人一节，详叙明白，直接告知敝处，俾可凭条付款，以清手续。事缘十一月九日吴仲坰来舍，面称渠友某君以押款到期，托其商借，吴君因欲暂移画款，愚初加拒绝，后经吴君说之再三，勉允一部，开口本为十万，愚减为七万，本欲为期一月，经减为半月，及到期之日，吴君又来商量展期半月，愚即将吾公嘱汇款北上之信出示，吴君方催促前途于三日内本利归楚。查愚代人经手款项非止一次，从来清白，未有专擅做主如此次，然徒以吴君情面难却，遂致破例，大背历来行事原则，中心愧恨莫可言宣，因特详叙经过，请罪于先生。且此次吴君接到尊札后，并不直接见告，而转述与王秋翁等，如此做法令人大不痛快，岂愚霸占尊款有所私利也耶！存折具在，除吴君借去七万元（现已归还）时，有一笔支出外，其余仅有交“荣宝”汇京之支款。此外一概有存无支，以示信实，故愚昨日特发一电请示，以表郑重，但望迅予示复，以便将余款交代，以了手续，以免他人误会，实为万幸。先生此次信中言及目力已乏，最好不作画，此点愚已稔知，惟因十二月四日吾公手札，有“介绍作画，甚愿多为传播，繁简纤巨，均可应承”等语，故不辞唐突，尝为代受一二知友之托，今后决遵命办理，不敢代求矣。前此冒昧，幸乞恕罪。惟前敝友张小姐托青岛熟人由该地上海银行拨京联钞贰百元（已收到否，乞示及），系求册页壹部。此次赐寄大作，乃系二尺小屏，适旬日前旧同学华亭雷君（陈陶遗友）送来申币八百元，嘱代求二尺小屏，因即以此付彼。至张小姐所求册页壹部，若吾公以休养目力，不欲制作，则可由敝处在申地将拨京之贰百联钞就近送还，决无妨碍。耑此拜复。敬候

道绥　并盼

玉复

后学傅雷拜启

一月十三日

画会闭幕后收支账，待交代余款时，当有清单寄京不误。王雪帆君住

上海徐家汇路一〇八八弄十八号。

第三十九通　一九四四年一月十五日

宾老先生座右：

十三日挂号寄京长函，谅可先达。今晨奉电示，只称"款存总行"，未注明交与何人，拟恳迅予赐复叙明。倘欲交吴君仲垌，并乞详述，以便移交。因问题不在于分行抑总行，而在于交付何人也。敝处决意全部交代，以卸责任。义利关头，素不含糊，幸乞鉴谅。又张女士由青岛汇京联券贰百元，已否收到？彼所恳求之册页，倘吾公无意应承者，亦盼即日示及，以便于移交尊款之前，先将张女士之联券贰百元在沪拨还，以了手续，至恳至盼。匆匆。敬候

道绥　并贺

年禧

后学傅雷拜启

一月十五日

第四十通　一九四四年二月八日

宾老先生座右：

叠奉教言并法绘两幅，今晨又接册页十二幅，滂湃淋漓，变化万千，如此绝艺，如此精神，令人倾倒不已。张女士尤为雀跃，嘱郑重道谢。青岛汇款，前又去函催询，谅不久即可到京。张女士顷又送来沪币千元，谓联币（即青岛款）之敬实在太少，中心过意不去，已代收入尊账画款。顷又汇出联钞壹万元，届时当有代汇京庄通知尊处，具领不误。京沪汇款迩来愈感困难，即"荣宝"亦鲜机会，经转辗托人，方于今晨办到。沪地今尚余五千八百余元，稍

缓拟一并送交吴仲垌兄，转入金城总行尊户，未知当否？先生高年劬学，时间宝贵百倍常人，故敝处代友求画，从不敢许以近期取件，盖亦后学区区爱护先生之忱，将来春暖之时，倘或有兴，尚恳再赐册页一部，以作纪念，润资容缓送交吴君。惟画件决不急需，至前寄短幅贰件，暂代保存，容遇友人中有索尊画者得以承应，免屡次远道烦渎。来书所言尊著《画法绪言》尚未收到，谅系另邮寄发之故。画家不读书，南北通病，言之可慨。此海上诸公所以亟望尊著之刊行问世，以振颓风也。草复不恭，敬候

道履清吉

后学傅雷拜启

二月八日

年前由"荣宝"拨上之壹万叁千元已否全部收到，盼复。日来略有琐事，稍缓当将画会以后之尊账编成清单寄呈。又及。

第四十一通　一九四四年三月二十日

宾老先生座右：

前奉大著《论画》，拜读之下钦迟无已。所恨目前纸价较去冬涨至一倍半以上，故海上几无法印书，即开明方面亦暂停出版。尊稿只能代为保存，以待机缘。王秋老不幸于本月十六日以中风不起。当时系往关春草君处闲谈，讵当场发作，送至医院，当晚即告不治。如此噩耗，诚出意外，盖秋翁平日精神甚健，春秋未高，方期克享大耋，孰意前后不出十小时即一瞑不视，谅先生闻之，亦必不胜悼惜也。"荣宝"末次所拨千元，现已收到否？青岛之款，张女士又已去信催问，促其即汇。近又有敝友邓君欲以三千元为润，拜求吾公册页一部十二幅，水墨设色不拘，未审先生肯承应否？便乞示及为幸。倘蒙俯允，亦不必急急。前次会后寄来二幅，已有友人购去一幅，作价一千二百元（该画系二尺幅），款暂存敝处，待积满整数后，

设法拨划。若吾公有现成画稿二三尺幅者，不妨便寄数幅。因有友人物色也。余俟续罄。敬候

道绥不一

后学傅雷拜上

三月二十日

第四十二通　一九四四年四月十四日

宾老先生赐鉴：

月之四日接获手教并尊制近作两帧，以原托友人因事离沪，暂为妥存敝处。王秋翁身后萧条，且系中风，故临终一无遗言，即平日略有经营，亦未曾交代，倘有人欠，亦只能凭他人天良自动偿还，凡此种种，闻之凄然。日前石子先生有电话来，略称前曾恳求吾公法书，润资拟就近拨交敝处合并汇京云云，特先附闻。耑此布复，祗候

道绥

后学傅雷拜上

四月十四日

第四十三通　一九四四年五月一日

宾虹老先生座右：

上月有太原熟人梅君汇沪家用，乃由敝处托其划转联券两百元至京（合申币壹千壹百元），日昨由梅君寄下尊处收据，知已送达无误。顷奉上月二十二日手教并宝绘壹帧，拜观之余，觉简淡平远之中，仍寓铁划银钩之笔法。宋元真迹平生所见绝鲜，未敢妄以比拟。但尊制之不囿一宗与深得前贤精髓，固已为不易之定论。历来画事素以冲淡为至高超逸，为极境。

惟以近世美学眼光言，刚柔之间亦非有绝对上下床之别，若法备气至、博采众长如尊制者，既已独具个人面目，尤非一朝一派所能范围。年来蒙先生不弃，得纵览大作数百余幅，遒劲者有之，柔媚者有之，富丽者有之，平淡者亦有之，而笔墨精神初无二致，画面之变化，要亦为心境情怀时有变易之表现耳。鄙见论画每喜参合世界艺术潮流，与各国史迹综合比较，未知当否？去冬所草拙文，见解容与昔贤传统不尽相侔，即以此。故吾公暇日倘能不吝指正，实深感幸。尊画暂存敝处，遇有真正知好能赏者让与之，或待“荣宝”开会之便，以一二帧附列，不知尊意以为何如？画款容陆续汇奉。闻南北汇款本月起解禁，果尔，则便利多矣。耑此拜复，敬候

道履清吉

后学傅雷拜启

五月一日

秋翁女公子名智圆，习渐师画法，刻在沪整理乃翁诗稿云。

第四十四通　一九四四年五月十六日

宾虹老先生道席：

日前复上寸缄，谅呈左右。上周晤邓秋老、秦曼老，均殷殷询及吾公近况，当为略述一二。兹附上扇面四页，乞乘兴为之。又有知友恳求近作山水三尺以内者数幅，墨笔设色不拘，谨以联钞贰千元为寿。又敝求扇箑，敬致薄润联币千元，以上合共联钞三千元，当于日内托中国银行一并汇京。干求无厌，至乞恕罪为幸。今岁南中书画情况萧条，迥非昔比，所望承平有日，大驾南旋，俾得面请教益耳。耑此祇候

道绥不一

后学傅雷拜叩

五月十六日

第四十五通　一九四四年五月二十二日

宾虹老先生座右：

顷奉五月十五日手教并法绘两帧。蕴藉多致，又是不同，钦佩之情，莫可言宣。下月初默飞举行画展，本拟将大作附列一二帧，以飨同好，嗣悉沪地小报界曾有谰言，谓去冬吾公画展售款，悉为裘君花去购买股票，亏折不赀云云，荒唐无稽，不值一哂，惟为避免外间误会起见，附列尊画一举只能作罢。鄙意俟上海荣宝斋举办展会时，再与商洽附列。至留存敝寓之大作，迄今为止尚有九件（内三件系去冬画会后未售出者，余六件二大四小皆今春先生陆续新寄之作）。前开款项及画件总数，均盼钞录留底（及报告日期一并记明），以备日后查核。"韩非疑难"，承详予指示，感不胜言。大著录副工程进行若何？海上故旧均念念也。耑此布达，谨候

道绥

后学傅雷拜启

五月二十二日

第四十六通　一九四四年六月十八日

宾虹老先生座右：

昨奉月之十日手教并法绘五帧，迭蒙厚贶，愧不敢当，除遵命拜领一部外，余仍当代为保存，以备同好集藏，藉广流传。王雪帆君昨去寻访，始知已迁至沪南乡间，转辗问讯方获晤面，尊札已代面致矣。敝友邓祝青君亦六旬又半人物，民初并曾参与光复运动，与敝处为忘年交，渠所求册页尺寸不拘，但望赐以斗方小幅八数十数即可。本月十五日大陆银行汇京联钞四百元中，即有沪币贰千元为邓翁补缴画润，时间迟速固勿论也。至

尊论画理近人不欲传播一节，诚洞切时弊之言，若颠倒黑白造谣诬蔑，原为沪上小报界惯技，不值一哂，裘君亦未尝介怀也。默飞画会已闭幕，成绩平平而已；虽画会主旨不在求售，惟艺人生活亦须赖此挹注耳。承示治诸子可先留意艺术譬喻，甚感。顾以驽骀，复加疏懒，诚恐有负雅望为惶恐耳。耑此拜候，肃候

道绥

后学傅雷拜启

六月十八日

王雪帆君新址：上海斜土路二一六七弄一号

第四十七通　一九四四年六月二十三日

宾虹老先生道席：

日前复上寸缄，计呈左右。顷接赐绘扇面，拜谢拜谢。题识中述及元人以青绿为设色，倪、黄均为之，诚为通常论画书籍所不及。另幅仿营丘而兼参二米者，尤见吾公深得宋人神髓，佩甚佩甚。寒斋所藏宝绘，历年已积大小四十余件，深盼将来得有机缘展露海外诸邦，为吾族艺术扬眉吐气，盖彼邦人士往往只知崇仰吾国古艺，而不知尚有鲁殿灵光如先生者在也。近见尊制题记多关画理，想此类著作材料益富，论见益精，后日传世可以预卜。月之十九日，又托中国银行友人裘劭恒君汇上联币叁千元，想可先达，稍缓拟再由敝友设法续汇。但望于暇时乘兴挥洒小幅尺方，纪游写生，悉随尊意可也。屡渎清神，罪甚罪甚。耑复，祗候

道绥百益

后学傅雷拜启

六月二十三日

尊画多盖章，问诸秦婴老，亦不识何字，乞赐告为感。邓秋老旧藏，历年多持以易米，所存者已不多。

第四十八通　一九四四年七月十三日

宾虹老先生座右：

日前接奉尊画册十二页，当即转致敝友邓翁收讫。惟递到时信封内外皆已湿透，谅系邮包遇雨浸水，且信笺红格印染画上题款处者有四五帧之多，盖亦遭厄也。此后寄画时，拟请勿用红格信纸，则即遇水浸亦可无害。又敝友严君介绍购去尊画大小四幅，致酬共陆千元整。金城银行分行去冬曾短期存过画会款项，后本金虽已全部支出汇京，但息金照章须待至本年六月底总结账时核付。故于前日始行结出四百四十余元，今由中国银行汇上联准券壹千壹百五十元整。尚存敝处一百三十八元九角，容后积满整数再汇。尊画已遵嘱代赠张天奇君一小帧，嘱代郑重道谢。现存敝处者尚有六件，过去敝处曾购藏一帧，后获六月十日大示，承慨赠多幅，当即选藏三帧，容秋收后寄上薄酬，以表微意。屡蒙厚贶，感不胜言，区区钱物难表寸心于万一也。兹附上扇面二箑，其一敬求法书法绘并赐题贱名，以留纪念，其一单面作画即可，设色或水墨悉随尊意，薄酬容缓寄奉。惟扇面寄沪时，请用油纸包裹（即此次包裹寄上之纸，系西洋油纸，绝对不致受潮，乞妥留备寄沪时应用）。上月王雪帆送来支票壹纸，计贰千元整，嘱转送树滋兄转入尊账，已代送去，特以附闻。近日沪上藏家颇有出藏品易米之事，惜大半赝鼎，不堪寓目。偶有佳者，虽尺缣寸素亦非巨万不办，徒令寒士兴叹耳。暑热，伏维

珍摄为幸

后学傅雷拜启

七月十三日

第四十九通　一九四四年七月十六日

宾虹老先生座右：

十三日曾上一缄，缕陈琐屑，附扇面二箑，计当先达。绘扇一事，素知非吾公所乐为，故熟人时时相委，均代谢去；此次以一二知友力请，爰为代求，且后学仰慕先生高艺非言可尽，常以未得绘扇为恨，故亦乘便附求，唐突干渎，幸乞恕罪，好在事非急急，可待尊笔得暇时为之。倘扇面寄到时，折痕过深，不便挥毫，径乞在京另购，款容补奉，万勿客气为荷。顷在某古画展览会中，见有李流芳二尺小轴山水，笔致明朗爽硬，皴法甚简，用墨略似梅道人，而骨子仿佛源自大痴，题款行楷秀丽可爱，较印刷品所见者较为柔媚，署名上有天启元年字样，当为李氏四十七岁作，距卒年仅隔八载，布局较为平实，繁密不若画册上所见之疏朗稀少，未审李氏早作晚作风格果有繁简之别否？画心已极陈旧破碎，补缀处历历可辨，故全画神韵未能饱满，以其价廉（仅申币千五百元），故不问真赝购归。另纸录奉题诗，备大雅参考耳。又吴湖帆君近方率其门人一二十辈大开画会，作品类多，甜熟趋时，上焉者整齐精工，模仿形似，下焉者五色杂陈，难免恶俗矣。如此教授为生徒鬻画，计固良得，但去艺术则远矣。草草，幸恕拉杂。敬候

暑祺不一

后学傅雷拜启

七月十六日

秋窗日日晴云里　何事烟岚暗不开

看到墨花零乱处　楚山天半雨声来

天启元年四月　李流芳　李印流芳（白文）长蘅（朱文）

又收藏章三方：

一、珍□山馆珍玩（朱文）

二、宛安山房秘笈印（朱文）

三、石泉山房珍藏（白文）（此印最新）

第五十通　一九四四年七月二十三日

宾虹老先生道席：

前上数缄，谅邀台詧。两次由中国银行汇上陆千元，未审均已送达否？最近又托寓平熟人，就近赍呈万五千至贰万之数，不久拟再由中行划奉一二万。顷在沪见有寿石公夫人宋君方女士写生花卉，颇不俗，较诸南方诸位有书卷气，拟恳吾公便中于前寄款项中拨送四百元，倩其赐绘便面数页，一律单款，并希说明求其简笔。据沪上所见宋氏润例，乙酉元旦订每扇十元，今以十倍计，亦不过百元左右，好在页数多寡并不计较，惟便面以邮寄不便，即烦宋女士代办琐屑之事。本不当重劳长者，惟旧京无知友可托，且吾公与寿石公有旧，较易干渎也。一切幸乞恕罪。酷暑伏维

珍卫不宣

后学傅雷拜上

七月二十三日

吾公赐绘花卉扇竣工时，即恳瞿兑之先生一书如何？

第五十一通　一九四四年七月二十四日

宾虹先生座右：

十三日汇上联钞壹千一百五十元，又另挂号寄上扇面贰箑，谅邀詧收。三月中赐寄尊著论画绪言，近复细读数过，宏论精当，洞切时弊，材料丰富，又多经验之谈，尤足为后生宝筏，钦佩无已。浅学如晚于画事复属门外，本不敢妄议是非，惟念学术不辩则不明，故不揣冒昧谨附管见七页，敬乞不吝教诲。率直之处，幸勿见罪，请以至诚曲恕为荷。鄙意甚欲以沟通中西画论为己责，深愧懒废老大无成耳，尚望长者时加鞭策为幸。草此，敬候暑安不一

后学傅雷拜启

七月二十四日

前浼求法书扇面，乞赐行楷（如小帧题画字）。尊著纪游诗，以为纪念，尤为感荷，润稍缓并汇。又叩。

前书言及李流芳画轴，恐系赝品。

第五十二通　一九四四年八月一日

宾虹老先生道席：

顷奉上月二十五日来示并尊绘扇面，拜谢拜谢。大笔老而愈壮，愈简愈炼，而亦愈蕴藉、愈醇厚，题识所云适足与尊画互相发明，传诸后世永为楷式，启迪来者功岂浅鲜！不徒为寒斋矜为秘宝已也。兹复附奉二页，其一为友人谢君澹如所泥，伊与裘君为老友，去冬画会亦曾购藏大作，敢请一面赐以设色小景，一面并恳赐以法书。另页为后学自求，倘蒙以水墨勾勒山水见贶尤感。匪敢任意点景，实缘吾公铁划银钩爱之弥笃，不觉形诸

辞色耳。不情处万望恕罪，前后所求扇面润资，拟以每页联钞百元为准，容收齐后并汇。近来南方北汇者远过于北方南汇，故头寸甚紧，必候机缘方克汇出。以金酬艺，非惟亵慢，抑且不足报答万一，只以朋辈相属，不忍峻拒，爰为酌收墨费以示限制。留沪尊作，来示过于谦抑，实则晚交游素寡，非知好而真有鉴赏力者，从不以尊绘轻易出示□□事画者大多为有真知灼见之士，故珍若拱璧，护如头目，决非趋时俗物仅以装□□□□□□堪以慰。致有留存，非关作品优绌也。至蒙厚贶，以数量过多，惶恐不敢全领，小子浅学，何云挑选耶？即所受数幅，今冬亦当筹汇，区区为长者寿，知己之感，师友之谊，常以无从图报为恨。前书妄论画理，语多狂悖，甚愿抛砖引玉，藉以多聆训诲。且学术大同，晚近风气愈见此象，鄙论自然与艺术之关系一节，为近二十年西方学者新发明之说，为求参证计，谨缕陈乞政。李长蘅轴，据陈佑泉君言为□画，所题大抵为乾隆时拟董之作。又经后人挖去题款，□加李名。惟陈君所云，并无学术根据，全凭经验立论，究竟若何，尚待异日持请吾公法眼审定。又近得罗振玉君殷墟文字一联，似与金文较近，但殷墟普通多指甲骨，未审究竟为何？谨另纸录呈，乞暇时代为释注。关春草君言，近代友购庞虚斋氏所藏赵吴兴、管夫人、赵仲穆《三竹图》一卷，斥赀贰百万元成交，闻之咋舌。敝处偶捡一二小品仅供研究，何敢言收藏，即陈佑泉、吴秉臣处旧物，价亦动辄巨万。今春某画会陈列程孟阳简笔山水，近景高柳萧疏，一人背立，中间一片湖面，远山淡渲数峰，统篇落墨之少，亦所罕见。惟画中九友诸家落笔皆不多，然否？□人出价八万元，主人未允。闻此幅曩为叶遐庵君□藏，尚有藏章。拉什书此，以见沪上画值一斑，幸恕赘渎。敬候

道绥百益

后学傅雷拜启

八月一日

扇面得暇乘兴挥洒，务勿急急，致伤目力。又晚自求之扇面，倘北方

尊友中有书法古雅，且与吾公声望相差不过巨者，拟乞于反面代求一挥如何？（总以书画双璧为尚，然否？）否则绘后径寄，不再劳神亦妥。浼渎不已，死罪死罪。又叩。

第五十三通　一九四四年八月十六日

宾虹老先生座右：

月之二日，大教早经拜读，名言谠论，佩甚佩甚。笔法简图，尤可为后学指迷。晚于艺事，无论中西皆不能动一笔，空言理法，好事而已。为学芜杂，涉猎难精，老大无成，思之汗颜。私心已无他愿，惟望能于文字方面为国画理论略尽爬剔整理之役，俾后之志士得以上窥绝学，从而发扬光大。倘事平之日，能有机缘追随左右，口述笔录，任抄胥之劳，则幸甚矣。先生前书自言，尊作近十年尚不脱摹拟宋人习气，谦抑之情，态度之严，令人敬畏。惟时贤尊元薄宋，发为文字，屡见不鲜，躐等越级，好为大言。小子不学，窃甚非焉。元人超然物外，淡泊宁静之胸襟，今人既未尝梦见于万一，且元画渊源唐宋，笔墨根基深厚，尤非时人所尝问津。荆、关、范、李，何等气象，何等魄力，若未下过此段工夫，徒以剽窃黄鹤皮相为事，则所谓重叠岗峦、矾石山头，直一堆败絮之不若。无骨干即无气韵，有唐宋之力而后可言元人。尚意先生以数十年寝馈唐宋之功，发而为尚气写意之作。故刚健婀娜纯全内美，元气充沛大块浑成。前书云云，虽于先生为过于谦逊，实亦自道甘苦，鄙见如是，质之高明以为何如？上月尾，续寄两扇乞绘，想可先呈。兹得敝友邓翁复书，谓蒙许另赠数纸，即乞于兴到不急急时，随意挥写数帧，不必与原册大小相同，页数多寡尤所不拘，邓翁亦南社旧人，于吾公深致拳拳也，附缄可见情致并乞赐款。屡渎至歉。酷暑多所惊动，尤深惶恐。耑复，敬候

道绥百益

后学傅雷拜上

八月十六日

第五十四通　一九四四年八月三十日

宾虹老先生道席：

赐绘扇面贰箑收到。精采（彩）逾恒，敝友得之甚喜，嘱代道谢，画润拟日内先行汇上一部，因谢君尚拟浼求法绘册页也。日前友人携示晋元帝绘《溪山高隐图》一卷，首尾有褚理堂君题跋，并有历代名臣如王导、庾元规、虞监、南唐后主、赵普、米友仁等奉敕拜观字样及签名图记，又有贾似道秋壑藏章。考褚题年月为癸酉，彼时吾公亦寓沪上，未审曾否见及或听人谈及？物主系上海邑人，祖上以二千两白银押进，嗣后债主不赎，遂为己有。今家道中落，长物典质已尽，不得不割让此宝，意欲得千万元。窃以为晋画世间罕睹，真伪大是问题，且海内恐亦无此大力者承受。敝友邓祝青君有旧友刘大同君，为刘石庵氏后人，向寓天津，今夏邓君去信遭退，彼已八秩开外，不知住处有否变更，与先生相熟否？倘能探得行踪见告，则邓君感激不浅矣。沪上秋暑逼人，北地较凉否？诸乞珍卫为幸。草草，肃候

道绥

后学傅雷拜启

八月三十日

去冬尊书篆联，在画会中为人于第一二日争购一空，深以未获墨宝为憾。兹拟拜求七言一联，大致三尺许，琴对格式稍狭带长为便，如蒙将释文录示尤感。润资容后一并汇奉不误。纸张寄上恐多折痕，不便挥洒，故未敢邮奉。又叩。

第五十五通　一九四五年四月二十九日

宾虹老先生座右：

前承惠赐篆联，甚谢甚谢。顷复蒙寄扇箑，用笔苍劲而规矩森严，脱尽前人窠臼，而宋元精神跃然纸上，出神入化，钦佩莫名。迩来百物飞昂，恐南中尤甚于北都，旧物流传亦南少于北，且藏家大抵为商贾中人，故价虽高昂，并无佳品可见，言之可慨。尊书屡次提及乾嘉间书画家，未稔近来收得多少剧迹。想事平后大驾南旋，定可一饱眼福。屡渎清神，不胜惶恐，草此道谢。敬候

艺绥

后学傅雷拜叩

四月二十九日

赵叔孺先生昨晨作古，汤定云翁亦多病，叶玉甫先生亦卧床，此间老辈恐将先后凋零矣。又及。

第五十六通　一九四五年八月七日

宾虹老先生道席：

前上数缄均达左右否？念念。去岁寄沪尊画中，近为售去三尺许之一帧，得价申币□贰万元，本拟直接汇奉，奈转辗请托皆未如愿，只能照数送往吴仲坰兄处，解入金城银行尊户内入账，解款收据以银行拥挤未能当日领到，稍缓当即寄呈。前年展会留存大作尚有二幅，去岁寄申留存者尚有三幅，共计五件，是否无误，敬希查复。以后倘有受主，仍拟陆续将画款解入金城尊户。今岁沪上天气凉爽，殊无炎暑之苦，但恐于农事不□□百物飞腾日甚一日，升斗细民已濒于沟壑矣。最近托友自京送□□□收到

时乞便示为感。草草祗候

道绥

后学傅雷拜上

八月七日

第五十七通　一九四五年九月

宾虹老先生道席：

久疏问候，罪罪。前奉手书并赐册页，拜谢无既。适以大局转变，南北邮阻，未即奉复，近与友人在沪办一学术文艺半月刊，杂务纷冗，尤少暇晷，惟便逢美国新闻记者及本为艺术家而被征入伍之军人约观法绘，一致钦佩，已就敝藏中择一二转赠，以广流传，彼等有意:（一）恳求大作（查美金兑率甚高，若以润资易吾公喜爱之古书画，亦大佳事）。（二）设法在美开一画会，为吾翁宣扬海外。此为晚数年夙志，万一实现，足为吾中华民族增光。甚望即日择成作中小幅及册页数品航空挂号寄申，此为应旅沪美侨之索，将来润资汇划，当托美国军部或驻平使馆转达，较为妥便。至于画会之品，若有五六十件精品即可，愚见亦宜早日筹备。匆匆走笔，未审尊意何若？亟盼示复为幸。耑此祗候

道绥不一

傅雷拜启

陈叔老近常晤谈，彼精神极好，对国事尤为关怀，故常来敝寓畅谈。赵含英之兄赵班斧已来沪，与敝友周君相熟，因知含英为高足，故特附闻。又叩。

第五十八通　一九四五年十月二十五日

宾老先生：

手教并画幅八页均收无误。惟按先生语气，似上次册页以外尚有他件寄沪，敝处迄未收到，甚念甚念。和平至今，津浦路南段长期阻断，未知各该画件是否延搁半途？今后总以航空寄递为妥捷，沪上美友暇时约观，倘彼等有意购藏，画款当以美金计算，并拟由彼径托北京美使馆方面直接送府，不由敝处转划。又吾公画值素不计较，此于发扬文化、宣导绝艺确有绝大贡献，唯一旦售与外侨，亦当顾及画人身份，故鄙见倘沪上外侨收买时，拟暂订三尺者美金三十至五十元（合法币三万至五万），二尺者美金二十至三十元（约合法币二万至三万），四尺者八十至一百元（法币八万至十万）；册页每方十元（合一万）。是否有当，敬乞克日示复，以便遵循，毋任盼祷。但遇国人购求时，可照上例酌减，亦顾及实在经济状况也。耑此，祇候

道绥

后学傅雷拜启

十月二十五日

第五十九通　一九四五年十一月十七日

宾虹先生座右：

顷奉十一月十六日航函，及册页十帧，条一幅。计和平后除去赐敝处册页（有上款）外，前后共收到条十七帧，册十帧，皆系航空邮递。先生前函语气，似于航空寄递之前，尚有他件由普通邮递者，不知共有几件？何日寄出？恐以津浦铁路阻断，迄未送到。又敝友宋君托人于八月二十四

日由天津中国银行汇上国币壹万伍千元，刻以原寄汇款收条送至敝处。查收条上尊处地名，误书为“北京西单石驸马后宅”，下面汇款人又误为“傅恕庵”。未悉此款曾否送达左右？亟盼赐复。倘已收到，则鄙意拟就已经寄沪画件中，请敝友择取二三幅，尊意以为如何？至存于敝寓各件，则拟每次将尤精者挑出，存放一处，待日后积有成数而时局大定时，或举行画会，或寄外洋，或印画册。至余件则待友好选购。美国友人大半在军中服务，来去无定，上次称赏尊制诸友，近已飞回美国，且俟后日机会耳。来示提及有纯用线条之作，闻之甚为欣喜。此道在国内久成绝响，惟前年吾公画会中有二三件，皆由敝处购藏。陈叔老日前来舍谈话，见及尊制，谓微嫌太湿云云。此公迩来忧愤国事，常相顾纵谈也。敝处所办半月刊，另邮寄奉四期，敬乞指教为幸。匆匆，祗候

道绥

晚傅雷拜启

宋君汇款事，盼即赐复为幸。

第六十通　一九四五年十一月二十八日

宾虹老先生座右：

十七日曾上一缄，顷又奉手示并大作五帧，嘱转常州邵君扇面壹箑。留沪法绘已由宋君（即宋春舫先生哲嗣）购去六帧，周君购去二帧，敝处购赠友人一帧，又周君购藏一帧，共十幅。另册页及小幅一帧，已交宋君作为酬答。八月中寄吾公联钞万伍千元。今晨又接八月二十四日（不知八九月中尚有他批搁在途中否）大示（知万伍千元已收到）及扇面贰箑，津浦路上耽搁三阅月而仍保完璧，可庆也。刻画款已收到者为法币壹万贰千元整，宋君处尚有数万元未送下，拟稍缓托人汇上。现在存沪画件，共拾壹件。以后倘有专重线条之作更为欢迎，友朋中颇多以此类作品见讯也。

常州尚无回音，并此附闻。匆候
艺祺不一

后学傅雷拜上

十一月二十八日

第六十一通　一九四五年十一月下旬

宾虹老先生座右：

本月十日翰教并画屏四条、篆联壹副均收。迩来时局险恶，物价飞腾，居住自由亦且不保，种种黑暗尤甚于敌伪盘踞之时，我辈即与世无忤，与人无争，亦有难以立足之感，怆痛恓惶之情，难以言宣。此次尊绘四帧，拟由敝处珍藏，下月初当筹措数万元汇奉，前存尾数亦可一并寄京。月之二十日有友人去美，特托其带去尊存画中二小条，并由晚用西文撰一吾公简传，以资介绍，未卜能有若干成就否？月初荣宝画会由敝处送去六帧，皆未获售，知音罕觏，于此益信。大作简笔者极精，与近代欧人理论风尚尤不谋而合，足征艺术一道固不分疆域种族也。耑此布复，祇候
道绥

后学傅雷拜启

柱常任职报社，已足赡家。默飞近执教某女中学，整日在校仅得六七万元，而绘事久荒，殊不值得。渠为吾公入门弟子，惜立志不坚，不能终始为憾耳。又及。

第六十二通　一九四五年十二月十七日

宾虹老先生座右：

顷诵十四日手教并奉到尊制四帧。敝处现存画款，因南北汇水无论何家行庄皆须每千元贴至百元，恐损失太大，未敢造次，倘先生需用而不以九折为苛者，请克日示复，以便遵命汇上（现已收到者有七万法币，尚有贰万余未收）。如何乞示为感。耑此顺候

艺祺不一

晚傅雷拜上

十二月十七日

前年画会时，尊作有纯白描之山水，线条细如刀刻而活泼天真，友辈皆以此为问。

第六十三通　一九四五年十二月二十七日

宾虹老先生座右：

顷奉教言并阳朔山水册十二页、小屏二帧、跋二纸，拜收无误。山水册遵命敬领，笔法墨法变化万千，又兼佳纸相得益彰。敝藏从此又添一宝，私心喜悦何如！尊论士人作品最好不鬻，诚为千古名言，惟生活迫人，即元代高士亦难免以之易米耳。敝处历来传播法制，均以不落俗手为原则，且寒斋往来亦无俗客，而多寒士，大抵总不致使吾公有明珠暗投之叹，可以告慰耳。兹随函附上白纸八方，系敝友严君重托代求山水小册，润资八千元，且已送下，谨附此次汇款内一并汇京。至尊款全数汇划手续，因今日时间已晚，准托友明晨办理。汇水若干即在总数内除扣，确数容明日

探明续报。另附清单壹页，至希台核为幸。耑此道谢，祗候
道绥

后学傅雷拜启

三十四年十二月二十七日

第六十四通　一九四六年一月四日

宾虹先生道席：

年终由聚兴诚银行汇上法币捌万元（汇水一成计八千元），未审已否递到？近见《大公报》载北方通信故都政况，似与此间同样混乱，民间疾苦到处皆同，甚或较敌伪盘踞时尤甚，和平虽降，国难未已，奈何奈何。尊寄线条各帧，甚佩甚佩。鄙意若古法重线条而淡渲者，恐物象景色必不甚繁，层次必不甚多，否则有前后不分，枝节与主体混淆之弊。盖勾勒显明而着色甚淡者，必以构图简单落墨不多为尚。惟不用色而纯出白描，仅偶以墨之浓淡分层次者，又当别论。鄙陋之见，幸乞教正。拙译法国名家小说一种，近将出版，拟恳先生赐题书面“高老头”三字，能用楷书白纸无行格者尤妙，并乞日内即寄。冒渎处不胜恐惶。匆匆，祗颂
年禧

后学傅雷拜上

元月四日

第六十五通　一九四六年一月九日

宾虹先生座右：

昨奉手教并册页二部。一再受贶，不知何以图报。所写《桂江龙须草》，笔飞墨舞，尤为生色，同座友朋莫不同声倾倒。又代敝友严君所作着色册页，明媚秀丽，含蓄蕴藉，兼而有之，感佩感佩。邵润龙君扇存敝寓而云已收

到，诚为异事。日前有马君者，持来尊处方子才君陶器拓片，上有吾公补梅，嘱代销云云；此类拓片，友好中甚少知音，恐难如命。原物暂为保存，乞便时代达方君为幸。年底（十二月二十八）由聚兴诚汇上八万元，未审已否送到？以后吾公倘有小册陆续惠寄，当为友辈爱好。匆复，祇候

道绥不一

后学傅雷拜上

一月九日

第六十六通　一九四六年一月十四日夜

宾虹老先生道席：

顷诵九日手教并条幅一帧、书签二条，甚谢甚谢。今日又托友人许本善君由中央银行汇上法币叁万元，内计：

许君求绘册页（设色）预付润资八千元

许君另购条幅（已于敝处存画中选去）二千元

刘君购条幅（已于敝处选去一帧）一万元

宋君求绘册页（设色）预付润资八千元

求绘条幅（将来于敝处画中选择）预付二千元

许君在中央银行供职，由其出面可免汇水，故于汇款人附言栏内注明“还欠”字样，仅为托辞性质，幸勿误会。又许君恳求于册页内附一二页题跋法书，未知可否？绘画用纸送来者仍系玉版笺，恐不合浑洒，故不附奉。又海上友好希望有吾公花卉小幅留存纪念，便时乞赐寄一二为感。线条中倘用纯白描者，亦盼掷下。今日奉到大作，精极，佩甚。匆此，祇候

道绥不一

后学傅雷拜上

十四日夜

方君子才存寄敝宅之拓片大小三纸，无爱好同志可以推荐，便乞转致为幸。又叩。

此次汇上三万元中，仅有册页贰部系预付润资，希望惠寄者。至另有预付二千元，则随时可在敝处存画中选购。

第六十七通　一九四六年二月十七日

宾虹先生道席：

旧历小除夕又由中行许君汇上壹万元，未审已否递呈？念念。一月二十九日，大札并册页及小帧墨笔山水均收。敝存尊画中，又有友人购藏三幅。许君嘱寄白宣纸十页，内八页乞赐横幅山水，余二页乞赐花卉。预付画润及他友交下画款，又敝处薄润，统托许君由中行汇上，共计肆万元整。另附清单，希詧核。常州邵君扇已取去，润资贰千元亦于日前送下。此次汇款以整数为便，故此贰千元暂存敝处，待下次并汇不误。敝处屡辱厚贶，谨以万元为寿，聊表寸心，务乞哂纳为幸。和平以来，国事蜩螗，不减战时，瞻望来兹，忧心如捣。南北交通恢复无期，不知何日方能亲聆教益耳。

草草祗候

道绥不一

后学傅雷拜上

二月十七日

又舍亲托求小幅山水条幅，能较为细笔尤妙。

第六十八通　一九四六年三月八日

宾虹老先生著席：

昨奉教言并花卉册二页、山水册十六页，辱承厚贶，感何可言。许君处遵命转去八页。尊作《金焦东下平芜千里》一帧，风格特异，当与《意在子久仲圭间》同为杰构。犹忆姚石子君藏有吾翁七十岁时所作《九龙诸岛》小册，仿佛似之。除大处勾勒用线外，余几全不用皴，笔墨之简无可简，用色之苍茫凝重，非特为前人未有之面目，直为中外画坛辟一大道。鄙意颇欲得一此类小册以为纪念。盖即在尊制中似此作风亦极罕觏也。暇时并乞续寄较为简笔之小屏条，求者甚多，瞩望极殷。敝处并盼赐一金文联，联语最好为“天马行空羲献书”，上联为“……徐黄画”，不复记忆，惟纸质恐市上无佳者，不敢寄上耳。日前有加拿大经济学教授摩南君来访，选购法绘一小幅，当代索值美金二十元，约合法币四万元，待其送到后当托友汇奉不误。摩君并已嘱敝处代办装裱事宜，外人生活标准高，币值观念不同，故画值自当另定。迩来国是日非，内外多故，触目惊心尤较战时为可怖。日惟书空咄咄，忧心如捣，仅在展玩尊制时神游化境，略忘尘扰耳。陈叔老感愤尤多，见面不胜欷歔，草复。谨伸谢悃。敬候

艺祺不一

后学傅雷拜上

三月八日

附上油纸一页，备寄画时防雨保护之用。又及。

第六十九通　一九四六年三月二十六日

宾虹老先生道席：

日前张谷雏先生携来补款画件并新制四页，均拜收。甚谢甚谢。张君搜购各件亦经寓目，敦煌诸品有年号者，字迹有涂改处。郑振铎兄以为不可靠；晚所见少，不敢置一辞。宋人杂册，鄙见赵大年、刘松年金碧山水甚佳，未知是否真迹。便乞赐告。闻陈叔老言，去岁东北有古画流南，其价甚贱，想故都亦自否（原文如此）。腊尽春来，气候渐转，未悉吾公有南归意否？

古钵拓片已面转，祈释念。匆此布复，祇候
道履清吉

晚傅雷拜启

三月二十六日

吾公细笔仿宋山水，渴想数载，以尊视费力，不敢启齿，倘旧作中能检掷一斗方，以慰渴望，则幸甚。

第七十通　一九四六年四月十四日

宾虹老先生道席：

前孙会元君带下尊赐古铜印一枚，甚谢甚谢。方子才君存件，去年似有人来舍取去，惟记忆模糊，不敢确定，倘日后清理书物发现，必当寄奉归赵不误。敝友庞薰琹君，近受英国著作家苏里文君之托，搜集吾华近代作家材料，以便写为比较艺术史，原函特此附上。晚不揣冒昧，已将旧存吾公画会特刊一册（内有自序及各家诗文）送去，并拟将寄存敝处之大作册页内选择一二帧送去，作为参考，效果必远胜于照相翻印。倘能在英伦制版，亦流传吾国绝艺之一法，不知尊意以为如何？又舍戚朱君近选购尊画册页一部，致润拾伍万元，日内当托人汇奉不误。耑此祇候
道绥

晚傅雷拜叩

四月十四日

何日南来，乞先示告为幸。

第七十一通　一九四六年四月二十五日

宾虹老先生座右：

月初接奉教言并尊制四条。所论作画须候兴会，具见卓识，甚佩甚佩。即为文写字亦然如此，奈时贤均不免敷衍酬应之病，一般作家更无论矣。下月一日起，此间荣宝斋举办画展，拟将留存敝寓大作择尤陈列数幅。想必邀俞允也。上次由青岛友人汇上五万元，已否送到，甚念。尚有零数万余元，拟俟机再托中央银行许君划上。因该项汇款系用行内同人名义，免除汇水，故不能常汇。匆此布复，祇候

道绥不一

晚傅雷拜启

四月二十五日

叔通先生处一函及拓印已转去。夏丏尊先生前日作古。陶遗老人亦病危。油纸一页仍附奉，备寄画防雨用。又及。

第七十二通　一九四六年六月十一日

宾虹老先生座右：

日前关春草兄招饮，座遇宋小坡、鲍扶九诸先生，均以吾公近况垂询。又在关寓见有黄山郑子栋于康熙间所作山水小堂幅一帧，仿山樵笔意题句，大旨与先生平日持论极近，惟春草谓手头无书可查，不知此人生平。兹附上扇面壹箑，便乞赐绘，设色与否悉随尊意。寄还时乞仍用油纸包衬，以免受潮为荷。屡渎不胜惶悚。匆此，敬候

道绥

晚傅雷拜上

六月十一日

月初寄款六万元，已送达否？念念。

第七十三通　一九四六年八月二十日

宾虹老先生道席：

顷奉教言并扇册，屡蒙厚贶，愧何以当。题词奖饰逾分，尤增惶悚。近年尊制笔势愈雄健奔放，而温婉细腻者亦常有精彩表现，得心应手超然象外，吾公其化入南华妙境矣。规矩方圆摆脱净尽，而浑朴天成另有自家气度。即以皴法而论，截长补短，融诸家于一炉，吾公非特当世无两，求诸古人亦复绝无仅有。至用墨之妙，二米房山之后，吾公岂让仲圭！即设色敷彩，素不为尊见所重者，窃以为亦有继往开来之造就。此非晚阿私之言，实乃识者公论。偶见布局有过实者，或层次略欠分明者，谅系目力障害或工作过多，未及觉察所致。因承下问，用敢直陈，狂悖之处，幸知我者有以谅我。今夏顽躯善病，右肺略有异状。六月以来，每日体温皆有增高。医嘱终日卧床，即读书作文亦被禁阻，苦闷殊甚。今日拜观尊赐画册及便面，精神为之一振，病中快事莫过于此，草草申谢。敬候

道绥不一

晚傅雷拜叩

八月二十日

来书封面所书地址改为石驸马后宅三十五号。未悉是否更动？乞示知，免后此信件遗失。又叩。

第七十四通　一九四六年十一月二十九日

宾虹老先生道席：

前奉教言并大作文字山水，稽复为歉。尊处为房主所迫，令人恨恨。未悉近已解决否？晚今夏肺部略有黑点，每日有低温度，遵医嘱休息数月，致各方故旧久疏音信。逮病体少痊，又为老友庞薰琹兄筹备画会，近始结束。迩来沪上展览会甚盛，白石老人及溥心畬二氏未有成就，出品大多草率。大千画会售款得一亿余，亦上海多金而附庸风雅之辈盲捧。鄙见于大千素不钦佩，观其所临敦煌古迹，多以外形为重，至唐人精神全未梦见，而竟标价至五百万元（一幅之价），仿佛巨额定价即可抬高艺术品本身价值者，江湖习气可慨可憎。尊存敝处画件，近为售去一小帧，得价五万元。又敝邻陈君嘱代求山水册一部，二三尺小屏若干幅，均设色单款，已送来支票一纸，计五十万元。俟托人兑现后，当于三日内托中央银行许君汇上。款到之日，尚乞赐复。陈君所求画幅件数不拘，悉听先生兴到为之可耳，耑此拜恳。祇候

冬绥

晚傅雷拜上

十一月二十九日

陈君求画款五十万，又代售去旧存小幅五万元，共五十五万元，下周汇出。

第七十五通　一九四六年十二月二十三日

宾虹老先生座右：

月初奉教言并大作两幅，适以事冗，稽复为罪。六国文字得吾公研摩，

发明于经籍古史文义，实有莫大贡献，甚望能将历年心得陆续行世。嘱转陈叔老函及印谱数页，均早邮寄。今冬海上严寒，复以燃料昂贵，寒斋火炉已取消。四五年因益畏寒，不甚出门。日前有敝友无锡裘劭恒兄购去尊制山水册四页，敬致薄润壹百万元，已于今晚由裘君托中国银行汇上，款到之日尚乞示知，以释远念为幸。耑此，祗候

道绥不一

晚傅雷拜上

十二月二十三日

第七十六通　一九四七年一月十八日

宾虹老先生道鉴：

前缄计呈左右。关春草先生不幸于前日（一月十六）病逝，今日大殓。据云系心脏衰弱，卧床两阅月。晚前往吊唁时，曾遇王秋湄先生女公子，为言如此。艺文同志亦弱一个，且吊者寥寥，更增凄凉景象，令人酸鼻。以吾公素甚许可关君，特为走笔奉告。岁暮，诸维珍重不宣

晚傅雷拜叩

一月十八日

倘天时不过寒冷，能有得意杰构寄下尤盼。

第七十七通　一九四七年四月十三日

宾虹老先生道席：

前奉教言并大制二帧均收。英国作家苏里文君，抗战期间曾来华，游历蓉、渝等地，回国后拟以现代中国画家为题，著为专书。曾托驻华大使馆英国文化委员会代借国内名家作品摄影寄去，俾列入书中，作插图用。

敝藏尊作三幅，即在征借之列。兹特恳英文化会添印一份，寄呈吾公留为纪念，即乞检收为幸。耑此顺候

艺祺不一

晚傅雷匆叩

四月十三日

第七十八通　一九四七年五月二十七日

宾虹老先生道席：

前奉教言并山水册十二页，均拜收。月初托中国银行友人汇上拾伍万元，谅可送呈左右。昨晤陈叔老，言及吾公南下恐有变卦中止情事，未审确否？天津国华社曹君携书画来沪展览，尊作二帧已代友朋购藏。令亲徽宁小学江老先生日昨亦晤及，并出示先生旧制多帧，观赏甚快。匆此，祗候

道绥

晚傅雷拜叩

五月二十七日

第七十九通　一九四七年十一月十四日

宾虹老先生道席：

暑中曾致寸缄问候，未蒙赐复，未审起居何似，甚念甚念。晚蛰居牯岭逾三阅月，秋节后始返，长期疗养，顽躯未见加健，而疏懒益甚，学业荒率，言之滋愧。近有英国文化委员会友人希特立君，在寒斋获睹敝藏尊制，叹为见所未见，欲择尤摄影寄至伦敦，为其友人苏里文氏写作现代中国画史参考，并供插图之用，已与约期选择矣。报载北地早寒，温度已降至零

度下，吾公高年尤望

珍卫不宣

晚傅雷拜叩

十一月十四日

第八十通　一九四八年三月五日

宾虹老先生道席：

顷奉教言，并画册十二页，敬当待机分发友朋。吾公决意南归，沪滨旧雨，闻之均不胜欢忭。惟时局不靖，舟车局促，一路必有妥伴照料，方策万全。何日成行，乞早示告。上海住处，动论金条，未审已有接洽否？晚近来忙于董理旧稿，改削涂抹，浪费光阴而已。稽复之罪，乞谅为幸。叔老时来闲话，嘱代问候。耑此敬候

道绥不一

晚傅雷拜叩

三月五日

第八十一通　一九四八年五月十四日

宾虹老先生道席：

前日寄上大作照片数纸，谅尘左右。迩来大局益趋险恶，颇拟及早来旧京观光，现正订购飞机座位，大概下星期内可能成行。抵京之后，定当趋前晋谒，畅聆教益，并拟恳请吾公绍介，多多观赏宋元剧迹，藉增识见，匆此布达，祗候

著绥

晚傅雷拜启

五月十四日

第八十二通　一九四八年六月二日

宾虹老先生道席：

在平搅扰至再至三，中心惶悚难以言宣，复蒙厚贶尤深铭感。昨日以沿途气候欠佳，均在一万公尺高度飞行，白云如银海尽在脚下，极目无际，蔚为奇观。旧京半月，游踪历历，犹在目前，翘首北望，曷胜依依，特此申谢。耑候道绥　并祝

夫人纳福　世兄等均此不另

后学傅雷拜启

六月二日

临行有函致志钧兄，托其将尊处代求刻石将来转送徐启明夫人携申，伊约在月之九十日成行。又及。

第八十三通　一九四八年六月十五日

宾翁先生道鉴：

前奉画册十二页，容俟同好代为传布。历年尊寄画幅积存敝寓为数甚夥，近来市面萧条，较诸战时尤有过之，虽吾公作画意不在物质，但积压敝处过久，终觉难以交代，因特拣出大小十四帧，托国华社曹书农君北返之便，带奉尊处。求画者多，当可广为流传，较诸冻结寒斋优胜多矣。此外尚存二尺至三尺许三幅及画册二整部，仍当相机以飨同好，以副雅意。耑此敬候

道绥不一

晚傅雷拜上

六月十五日

第八十四通　一九四八年七月五日

宾翁老先生道席：

前以曹书农君北返之便，托其带上历年积存敝寓画件，谅早奉呈左右。此乃端为作一交代，别无他意。吾公以后倘有画件寄下，仍极欢迎，并将继续代为流布。最近郭有守君在法国巴黎来信，托庞薰琹兄代定国内名家佳作，以便秋间携往国外展览，宣扬中土绝艺。鄙意吾公若有零简寸片，不论大幅、便面，均希择尤得意之笔赐寄若干，以便转交郭君。窃以为当今艺坛，公为祭酒，非大作不足以代表吾华古艺精髓。晚举家于六月杪乘轮经浔，上匡庐，与庞兄合赁一屋于密林山坳间，拟小住三月，暂抛世事。山上气候凉爽如初秋，日夜惟泉声潺潺相伴。际兹乱世，亦可谓世外桃源矣。按匡庐为吾公旧游地，满山胜迹，早为妙笔长留画面，言念及此，曷胜神往。赐书赐画，均希径寄"牯岭中路一五三号"。沪浔间航空每周三班，信件往返，甚速且妥。匆此，敬候明教。即颂

道绥不一

晚傅雷拜叩

七月五日

第八十五通　一九四八年八月七日

宾老先生道席：

叠接沪友报告，悉大驾业已抵沪，甚慰甚慰。惟晚适在匡庐，未能一

尽地主之谊，不胜憾憾耳。此次是否由赵志钧兄陪送？宝眷何日南下？尊藏书画已否起运？杭州卜居之事，未审已定局否？顷据前次同赴北平之友人吴一峰医师（渠为杭人）见告，西湖一带觅屋不易，城内上中房子每间顶费约五六石米，每月租金约一石，普通者七折左右；倘吾公需要，可电达吴君，约其面谈，彼曾允尽力帮忙也。得便尚盼赐示为感。耑此，祗候
暑祺

晚傅雷拜启

八月七日

牯岭河西路 50C

吴一峰医师寓巨鹿路 856 号，早晚在家，电 72069，下午二至四时内，可通电话至怡和医院。

第八十六通　一九四八年八月十九日夜

宾老先生座右：

前奉手教并大制小册二页，均拜收。谢谢。海上旧友谅多已聚首，陈叔老、秦曼老等谅亦会晤。离沪去杭之前，乞留示通讯处。晚中秋后下山，旧历九月中或能赴西湖小游，届时当再趋谒。蒙带石章，烦赵兄便时送往巴黎新村四号敝寓（或留交商务印书馆程雪门兄亦妥）交由舍亲代收，至谢至谢。海上酷暑，未审起居何似，甚以为念。草草，敬候
道绥不一

晚傅雷拜启

八月十九日夜

附函乞饬人代为投邮为感。

第八十七通　一九四八年十月二十日

宾虹老先生道席：

九月二十一返申后即赴徽宁小学，适汪振老外出，未获吾公在杭地址。昨庞薰琹兄归来，始悉暂居西湖艺专。晚明日（二十一日）下午搭钱塘号车赴杭，二十二日转往东西天目山游览二天，二十四日过杭返沪。倘明晚或二十四日午后二时许能抽暇，必当趋谒，一道契阔。所存尊处图章，亦可面领。晤教匪遥，一切面罄。匆此布陈，敬候

道绥

晚傅雷拜叩

十月二十日

第八十八通　一九四八年十一月二日午夜

宾老座右：

兹应友人之招，前往昆明小作经营，际此末世亦可避乱。沪寓已全部清算完讫，准明日拂晓举家登程，云山数千里亦不过数小时。惟吾公方南归，晚又作远游，未能常聆教益，引为大憾耳。专此告别，祗候

道绥　并候

阖府均吉

晚傅雷拜启

十一月二日午夜

抵昆后当再将通信处函达。

第八十九通　一九四八年十二月二十二日

宾虹老先生座右：

临行曾上寸缄，想尘左右。来昆倏已两旬，以居处难觅，租金奇昂，拟在旅舍作久居之计。幸此间原系法人创办，今虽转与中国旅行社，旧日规模犹未尽失。环境幽静，远山在望，颇有西泠饭店风味。友人托办商业，方在筹备中，一时尚难开展。敝藏尊画，除装有木轴者以过于笨重，留存上海妥友处外，余均携带来此，朝夕晤对，藉遣客怀。吾公原有仲冬去沪一行之言，未审曾否实现，得便甚盼时赐教言为幸。耑此肃候

道绥不一　并颂

夫人万福

晚傅雷拜叩

十二月二十二日

赐示径寄昆明巡津街商务酒店。

第九十通　一九四九年一月十六日

宾虹老先生道席：

上月曾上二缄，二十二日一信且系航挂，未审均尘左右否？以尊寓地址未明，前信均寄艺专校内，恐遭遗失。晚举家抵昆后，滞留客舍，以居处难觅，租金奇昂，一时亦不思自营栖身之所。书箧由渝转运，迄未抵达。旅中寂寥，尚盼时赐教言为感。耑此祗候

道绥不一

晚傅雷拜上

一月十六日

来示乞告尊寓地址为荷。

第九十一通　一九四九年三月四日

宾虹老先生道席：

前奉一月十七日教言，藉悉起居清吉为慰。承赐香江小册四帧，已分馈此间友好。吾公作品在滇中尚极罕觏，故敢代为宣扬，稍缓待申地有款项收入时，当托留申友人汇奉若干，略表微意。晚等在此亦属避乱性质，而本地物价近月来狂跳不已，与上海仅差半数，而米价已并驾齐驱，瞻望来兹，不知何以度日。来示曾谓尚有香江小品，纯从远处取景者，若邮便能赐观一二尤所翘企。耑此拜复，祗候

道绥　并颂

夫人万福

晚傅雷拜启

三月四日

赐书可寄航空，较为便捷。又及。

第九十二通　一九五〇年六月二十七日

宾虹老先生道席：

前岁去昆明逗留七阅月即谋归计，绕道香岛，阻于海运者五月余，方于去腊乘船取道津沽南返，浪迹年余，徒耗旅资而已。蛰伏沪渎忽忽又已半载，苟全生命，乏善足陈，方今诸子百家皆遭罢黜，笔墨生涯更易致祸，懔懔危悚，不知何以自处。吾公起居何似，目力得无稍感疲乏，艺专课务照常否？风便尚盼赐我教言，以慰长想，匆此不尽。祗候

暑祺　并颂

阖府均吉

晚怒庵

六月二十七日

敝寓改居江苏路 284 弄 5 号。

第九十三通　一九五一年九月二十三日

宾虹老先生道席：

年余未通音问，伏维起居佳胜为颂。裘君柱常谈及尊址已迁离栖霞岭，但亦未知新居所在。又昨得国光印书局电话，谓邓秋老已于本月十四日谢世，嘱为转达左右。老成凋谢，良可悼念。晚蛰居不出，仍藉译书糊口。生性顽劣，未能与世浮沉，视旧日同学如庞君薰琹辈，深愧落伍矣。秋凉诸祈珍摄，草草，祗候

道绥不一

晚怒庵拜启

九月二十三日

第九十四通　一九五二年四月九日

宾虹老先生道席：

去岁枉驾未能畅领教益为憾。迩来迫于生计，日夜忙于译事，而以前旧译，细检之下，均嫌文字生硬，风格未尽浑成，目前正从事校勘重译之法国文学巨著，共有百余万字，故常以艺术之境界无穷而个人之生命有限为恨。古人每惭少作，晚于翻译亦具同感。近有苏联友人二位即将离华，平日极爱吾国文物，不知可否请赐山水及花卉小册，不拘数量，能各赐三四页即可。国画知音，国外恐仍多于国内。寒斋所藏先生小册，五年中

为中西友好索取殆尽。故敢不揣冒昧，再作不情之请。晚自前年返沪以来，屡欲筹寄少数款项为吾公寿，均以心长力绌未果，言念及此，易胜愧恧，幸知我者不以为罪耳。耑此拜恳，敬请
道安不一

晚怒庵拜上

四月九日

第九十五通　一九五二年五月二十五日夜

宾虹老先生座右：

最近又蒙惠寄大作，均拜收。墨色之妙，直追襄阳房山，而青绿之生动多逸趣，尤深叹服，谨当候机代为流散以飨同好。今晨以事赴国光印书局，方知秋枚先生女公子（未交谈）正在该局负责经理事宜，惟年事尚幼，且与印刷及书业素少接触，恐未必能胜任耳。匆此拜复，谨布谢言。

晚怒庵拜上

五月二十五日夜

第九十六通　一九五四年四月二十八日

宾虹老先生道席：

承惠画幅贰批，均已拜收。尊论画派精当无匹，惟欧西有识之士早知宋元方为吾国绘画极峰，惜古来赝制太多，鱼目混珠，每使学者无从研究，斯为憾事耳。尊画作风可称老当益壮，两屏条用笔刚健，婀娜如龙蛇飞舞，尤叹观止。惟小册纯用粗线，不见物象，似近于欧西立体、野兽二派，不知吾公意想中又在追求何等境界。鄙见中外艺术巨匠毕生均在精益求精，不甘自限，先生自亦不在例外，狂妄之见，不知高明以为然否？倘有谬误，

尚乞不吝教正为幸。耑此拜谢，敬候

道绥

晚傅怒庵拜上

四月二十八日

下月初拟邮奉薄润，仅足略偿纸墨，区区之数实不敢言酬也。前西友嘱代求先生比较细笔作品，晚以有损吾公目力，代为辞谢。又白蕉先生地址，容探明后奉告不误。

第九十七通　一九五四年四月二十九日

宾虹老先生座右：

昨寄寸缄，谅可先尘。此次尊寄画件，数量甚多，前二日事冗，未及细看，顷又全部拜观一过，始觉中小型册页内尚有极精品，去尽华彩而不失柔和滋润，笔触恣肆而景色分明。尤非大手笔不办。此种画品原为吾国数百年传统，元代以后，惟明代隐逸之士一脉相传，但在泰西至近八十年方始悟到，故前函所言立体、野兽二派在外形上大似吾公近作，以言精神，犹逊一筹，此盖哲理思想未及吾国之悠久成熟，根基不厚，尚不易达到超然象外之境。至国内晚近学者，徒袭八大、石涛之皮相，以为潦草乱涂即为简笔，以犷野为雄肆，以不似为藏拙，斯不独厚诬古人，亦且为艺术界败类。若吾公以毕生工力，百尺竿头尤进一步，所获之成绩岂俗流所能体会。曲高和寡，自古已然，因亦不足为怪。惟尊制所用石青、石绿失胶过甚，邮局寄到，甫一展卷，即纷纷脱落。绿粉满掌，而画上所剩已不及什一（仅见些少绿痕），有损大作面目，深引为恨。兹附奉汇票一纸，计贰拾万元。世道多艰，绵力有限，聊表寸心，不敢言酬，尚祈勿罪为幸。匆此，祇候

道绥　并颂

夫人万福

晚怒庵拜上

四月二十九日

第九十八通　一九五四年五月十三日

宾虹老先生尊右：

承续赐山水及花鸟散页，均拜收，甚谢，甚佩。适以译事忙碌，未克早复，尤为罪罪。友朋多以代求先生以前淡雅之作相托，晚均婉辞谢绝。惟若吾公存画中有比较细笔之旧作，尚望便惠一二，不胜感荷。匆此拜复，敬候

春绥

晚怒庵拜叩

五月十三灯下

白蕉先生地址据顾飞见告为：上海愚园路庆云里内连升里三号。

第九十九通　一九五四年九月二十六日

宾虹老先生道席：

二十日参加开幕式后，二十一日下午即以感冒发微热，连日不断，未能外出，而先生日间每多开会，晚间则以感冒避寒，遂致不克造寓拜谒。昨夜今晨，两度电话锦江饭店，方悉大驾业已返杭。晚未尽地主之谊，深以为憾，即先生所携其他制作，亦未获拜观，辜负盛情，尤感歉疚，特即驰书告罪，尚乞见谅为幸。耑此敬候

道绥

夫人前并乞致意

晚傅雷拜上

九月二十六日

第一百通　一九五四年十一月八日

宾虹老先生道席：

昨由洪君送下尊赐吴侃叔山水册二页，拜领，谢谢。上周波兰文化代表团过沪，内有团员二人（一为女钢琴家）、副团长一人过访，特以旧藏大作山水及花卉便面分赠，俾吾国画艺精华播扬西土，想亦为吾公所乐闻也。明晨拟挈眷来杭小住一二日，届时当趋候，并拜观尊藏精品，倘有现成小册页（寄国外尤以小幅为便），亦恳拣出若干，敝处所存近已分罄。匆此先闻。谨候

道绥

晚怒庵拜上

十一月八日

第一百零一通　一九五四年十一月十三日

宾虹老先生道席：

在杭叨扰多日，深恐过于劳顿；夫人殷勤相款，亦以精神亏损为虑。携沪画件，承慨允割爱，尤见盛情。兹将题款另纸录奉，尚盼摘示价款，俾便将不足之数即日汇杭。叨蒙厚爱，万勿客气是幸。特此布谢。敬候

道履清吉

晚怒庵拜上

内人同叩

十一月十三日

欲转钱君匋画幅，可请寄下，必当妥交不误。仇英人物署款疑有问题，将来是否可请装池者抹去，便乞见告为幸。又叩。

〔附〕

赵㧑叔花卉立轴 齐白石山水立轴 伊秉绶梅花立轴 王丹农竹木小石立轴 文五峰山水横披 ——以上均有裱头	云懒山水立轴 樊圻人物扇面（裱轴） 张月川山水立轴 仇英小幅人物 道家像（四幅之一） 大士像 行猎图（二幅之一） 花鸟（横幅——零） 道经画像（有人物二——二幅之一） ——以上唐、五代画
又翁松禅山水立轴（有金门贤甥上款） 罗两峰画像 陈曼生山水 丁暠画岭南木棉 方光宝花卉横披 ——以上无裱	又高垲行书屏
（以上共大小贰拾件）	

致宋若婴

第一通　一九五五年三月二十四日

黄太太：

久未通函，因去冬不慎失足，伤腿卧床旬余，前日得郑铁甫君电话，悉宾翁胃病甚剧，闻之殊深焦虑，又以工作繁忙，未能到杭省视，益为怅怅。近日医院治疗经过如何，杭州主治医生曾提及需要到沪用镭锭医治否？倘蒙将近情见告，以释远念，尤为盼切。随函附奉汇票壹纸，计贰拾圆，聊表微意，尚乞哂收，并请代向宾翁多多致意，耑肃，敬候

春绥

怒庵拜上

内子同叩

三月二十四日

第二通　一九五五年三月二十六日

黄太太：

二十四日方寄上寸缄及汇票一纸，昨晚忽接美协电话，惊悉宾老先生竟告不治；哀恸之余，竟夕不能成寐。去年十一月到杭小叙，竟成永诀，实非始料所及。尝以为宾老先生精神矍铄，老当益壮，必可寿享百龄，继续为吾国画坛增光。孰知染此沉痼，遽归道山，非但在个人失一敬爱之师友，在吾国艺术界尤为重大损失。雷去腊健康不佳，兼以失足受伤，与宾老通信极少。闻此次病中尚道及贱名，尤深怅触。而雷得讯甚迟，未能亲来问疾，近日又以杂务羁身，不克来杭瞻仰遗容，更觉罪戾。除另托唐云先生面致奠敬外，特再驰书慰唁。夫人以后住址倘有变更，务请通知。暮春时节，或能抽暇到杭趋谒。宾老前后病况如何，临终有无遗言，均深念念，倘蒙转恳令婿赵先生函知详情，尤为感幸。临书不胜哀痛之至。匆匆，敬候

礼安

傅雷怒庵拜上

内子同叩

三月二十六日

关于宾老遗作及收藏处置事宜，夫人倘有意见，需要由雷向美协商谈者，当可与赖少其先生磋商。又及。

致耶鲁大学音乐院院长布鲁斯·西蒙兹

第一通　一九四八年十月八日

敬爱的院长：

八月十六日曾致函保罗·欣德米特先生，告知他唯一的中国学生，也即现今我国仅有的作曲家谭小麟去世的消息。谭小麟一九四二至四六年在贵校就读，曾以其《弦乐三重奏》获杰克逊奖（John Day Jackson），也许先生还记忆犹新。

由于未获美方任何回音，我于十月六日，也即两天前，再函欣德米特先生，问他是否愿为我们筹备中的谭氏作品专集作序。昨晚偶然得知，欣德米特先生今年休假，可能不在纽黑文（New Haven），一九〇七年耶鲁大学创建于此城。因而冒昧恳请告以贵同事的现址，以便联系。如能将我十月六日那封挂号信径直转给欣德米特先生，那再好不过。该信当和本信同时到达贵校。

我们一群谭小麟的老友，已组成纪念委员会，准备第一，开纪念他的音乐会；第二，编辑他的作品；第三，选出其代表作录音灌唱片。

深信先生一定会助我，盼速回函；并请接受我的致意。

傅雷

一九四八年十月八日

倘以航邮回复，则甚感。又及

第二通　一九四八年十月十八日

亲爱的先生：

十二日来函敬悉，现将敝友谭小麟去世详情，奉告如下：

谭氏回国后，忙于整顿战时受损家业，纠纷不少，烦恼丛生。其妻患有肺病，在他外出期间已动过几次手术，等他回来已奄奄一息，终至卒于四七年八月，先丈夫一年而去。谭甚伤心。四八年七月，自觉虚弱，十六日起，每天有低烧，他并不在意，也不求医，依旧夜以继日（此说毫不夸张），为上海音专的毕业生音乐会操劳。迨至二十六日，因剧烈头痛和高烧，病倒不起；二十八日，下肢开始麻痹；二十九日，病魔侵入呼吸道，遂于四八年八月一日下午三时不治身亡。迄今尚不知他所患何病，医生说法各异，或谓急性小儿麻痹症，或谓结核性脑膜炎。

不过，友朋辈认为，真正的死因无他，乃其家庭，乃可诅咒之中国旧式家族制。事上以孝，隐忍不言，以致烦恼缠身，体力日衰。

其遗作现正请人抄谱，期能出版。可惊异者，其《弦乐三重奏》，只是草稿，且涂改甚多。贵处存档中，是否有此《弦乐三重奏》之定稿本？如有，可否借予抄录？倘航挂寄递，敝处月内便可寄回美国，估计副录此乐谱一周可了。若依现有草稿为蓝本，既耗时费力，更有讹误之虞，后果堪忧，故切望贵方惠予协助。

今日同时致函奥国欣德米特先生，惟恐信件不能及时抵达，因欧亚间航班较少之故。

尊札提到黄姓新生，不知能继谭氏足迹否？除寄厚望于新人继绝存亡，别无慰藉。谭之歌曲，可目为中国人真正之新声。词曲分离，在吾国已历六百余年，南宋以来，曲已失传，不复能唱矣。

以此渎神，万望俯谅。

傅雷拜启

一九四八年十月十八日

致成家复、朱嘉棣

一通　一九四九年十二月十日

家复
嘉棣 双鉴：

航海十一昼夜，从台湾外圈走仁川，勾留一日，再到天津，一路辛苦，自不待言。风浪不大，奈船小兼轻，动荡颇甚。加之吊铺位于船尾，螺旋桨在水面上打空转时，声如迫击炮，床位震动，无法入睡。伙食恶劣，非自带饭菜不可。罐头食物淡而无味，倒胃之至。最好是酱瓜、香肠、咸鱼、腐乳、肉松、皮蛋、咸蛋之类。即带罐头，亦以“梅林”之凤尾鱼为佳，美国出品千万勿带。吊铺虽分“A”“B”，但A级一部分即在厨房后面（另一部分在厨房旁边，略胜一筹），油气熏蒸，晕船时尤令人作呕（我等此次即是坐的厨房后面，令友张君所云，至少对岳州是完全不符）。B虽在下一层舱，但地位较前，动荡反少。你们来时可不必拘泥A、B。据走过津港的朋友说，太古船中以“鄱阳”为最好，伙食则以“湖北”为上。途中闻船上无线电报告，说二十四日自港开出的轮船已于二十八日进吴淞口，不知是否 Sir John Franklin。据云该轮公司天津头轮旅馆有：⑴利顺德（英文名 Astol），（2）皇宫（英文名 Court Hotel），（3）裕中饭店，（4）泰来（即我们所住）。房间双人住的均在五万左右（附有浴室的）。离港时最好打电报到津托人预定房间，免临时张皇。

刚到一天，忙乱未定，人亦疲乏不堪，即此带住，并问

双安

安
梅 同叩

十二月十日夜

Kleenex 可多买二三匣，路上不用洗手帕，方便多多。吊铺只有床垫，没有盖被，望注意。牛痘证从头到尾无人问讯，大概买船票的通过即可。宋处已去电告知；并希将此信转示，我一时没有精神再写详函给他，请代候他们夫妇、姊姊、弟弟等等。梅馥母子只吐过一次，我仍保持生平不吐记录。船上有 bridge 可打（我居然称霸），你的象棋更可一显身手，如果你能下床的话。

致 宋 奇

第一通 一九五一年四月十五日

悌芬：

大半年功夫，时时刻刻想写封信给你谈谈翻译。无奈一本书上了手，简直寝食不安，有时连打中觉也在梦中推敲字句。这种神经质的脾气不但对身体不好，对工作也不好。最近收到来信，正好在我工作结束的当口，所以直到今天才作复。一本 *La Cousine Bette* 花了七个半月，算是改好誊好，但是还要等法国来信解答一些问题，文字也得作一次最后的润色。大概三十万字，前后总要八个月半。成绩只能说“清顺”二字，文体、风格，自己仍是不惬意。大家对我的夸奖，不是因为我的成绩好，而是因为一般的成绩太坏。这不是谦虚的客套，对你还用这一套吗？谈到翻译，我觉得最难应付的倒是原文中最简单最明白而最短的句子。例如 Elle est charmante=She is charming，读一二个月英法文的人都懂，可是译成中文，要传达原文的语气，使中文里也有同样的情调，气氛，在我简直办不到。而往往这一类的句子，对原文上下文极有关系，传达不出这一点，上下文的神气全走掉了，明明是一杯新龙井，清新隽永，译出来变了一杯淡而无味的清水。甚至要显出 She is charming 那种简单活泼的情调都不行。长句并非不困难，但难的不在于传神，而在于重心的安排。长句中往往只有极短的一句 simple sentence，中间夹入三四个副句，而副句中又有 participle 的副句。在译文中统统拆了开来，往往宾主不分，轻重全失。为了保持原文的重心，有时不得不把副句抽出先放在头上，到末了再译那句短的正句。但也有一个弊病，即重复字往往太多。译单字的问题，其困难正如译短句。而且越简单越平常的字越译不好，例如 virtue，spiritual，moral，sentiment，noble，saint，humble，等等。另外是抽象的名词，在中文中无法成立，例如 la vraie grandeur d' âme = the genuine grandeur of soul 译成"心灵真正的伟大"，光是这一个短句似乎还行，可是放在上下文中间就不成，而非变成"真正伟大的心灵"不可。附带的一个困难是中文中同音字太多，倘使一句中有"这个"两字，隔一二字马上有"个别"二字，两个"个"的音不说念起来难听，就是眼睛看了也讨厌。因为中文是单音字，一句中所有的单字都在音量上占同等地位。不比外国文凡是 the，that，都是短促的音，法文的 ce，cet，更其短促。在一句中，article 与 noun 在音量上相差很多，因此宾主分明。一到中文便不然，这又是一个轻重不易安排的症结。

以上都是谈些琐碎的实际问题，现在再提一个原则性的基本问题：

白话文跟外国语文，在丰富、变化上面差得太远。文言在这一点上比白话就占便宜。周作人说过："倘用骈散错杂的文言译出，成绩可以较有把握：译文既顺眼，原文意义亦不距离过远"，这是极有见地的说法。文言有它的规律，有它的体制，任何人不能胡来，词汇也丰富。白话文却是刚刚从民间搬来的，一无规则，二无体制，各人摸索各人的，结果就要乱搅。同时我们不能拿任何一种方言作为白话文的骨干。我们现在所用的，即是一种非南非北、亦南亦北的杂种语言。凡是南北语言中的特点统统要拿掉，所剩的仅仅是一些轮廓，只能达意，不能传情。故生动、灵秀、隽永等等，一概谈不上。方言中最 colloquial 的成分是方言的生命与灵魂，用在译文中，正好把原文的地方性完全抹煞，把外国人变了中国人岂不笑话！不用吧，那么（至少是对话）译文变得生气全无，一味的“新文艺腔”。创作文字犯这个毛病，有时也是因为作者不顾到读者，过于纯粹的方言要妨碍读者了解，于是文章就变成“普通话”，而这普通话其实是一种人工的，artificial 之极的话。换言之，普通话者，乃是以北方话做底子，而把它 colloquial 的成分全部去掉的话。你想这种语言有什么文艺价值？不幸我们写的正是这一种语言。我觉得译文风格的搞不好，主要原因是我们的语言是“假”语言。

其次是民族的 mentality 相差太远。外文都是分析的、散文的，中文却是综合的、诗的。这两个不同的美学原则使双方的词汇不容易凑合。本来任何译文总是在“过与不及”两个极端中荡来荡去，而在中文为尤甚。

《泰德勒》一书，我只能读其三分之一，即英法文对照的部分。其余只有锺书、吴兴华二人能读。但他的理论大致还是不错的。有许多，在我没有读他的书以前都早已想到而坚信的。可见只要真正下过苦功的人，眼光都差不多。例如他说，凡是 idiom，倘不能在译文中找到相等的（equivalent）idiom，那么只能用平易简单的句子，把原文的意义说出来，因为照原文字面搬过来（这是中国译者百分之九十九以上的人所用的办法），使译法变成 intolerable 是绝对不可以的。这就是我多年的主张。

但是我们在翻译的时候，通常总是胆子太小，迁就原文字面、原文句法的时候太多。要避免这些，第一要精读熟读原文，把原文的意义、神韵全部抓握住了，才能放大胆子。煦良有句话说得极中肯，他说：字典上的字等于化学符号，某个英文字，译成中文某字，等于水是 H_2O，我们在译文中要用的是水，而非 H_2O。

我并不说原文的句法绝对可以不管，在最大限度内我们是要保持原文句法的，但无论如何，要叫人觉得尽管句法新奇而仍不失为中文。这一点当然不是容易做得到的，而且要译者的 taste 极高，才有这种判断力。老舍在国内是唯一能用西洋长句而仍不失为中文的唯一的作家。我以上的主张不光是为传达原作的神韵，而是为创造中国语言，加多句法变化等等，必要在这一方面去试验。我一向认为这个工作尤其是翻译的人的工作。创作的人不能老打这种句法的主意，以致阻遏文思，变成“见其小而遗其大”；一味的只想着文法、句法、风格，决没有好的创作可能。

由此连带想到一点，即原文的风格，越到近代越要注重。像 Gide 之流，甚至再早一点像 Anatole France 之流，你不在原文的风格上体会，译文一定是像淡水一样。而风格的传达，除了句法以外，就没有别的方法可以传达。

关于翻译，谈是永远谈不完的。今天我只是拉七拉八的信口胡扯一阵。你要译的书，待我到图书馆去找到了，读了再说。但在一九四八年出版的 *British Literature Between Two Wars* 中也找不到这作家的名字。我的意思只要你认为好就不必问读者，巴金他们这一个丛书，根本即是以“不问读者”为原则的。要顾到这点，恐怕 Jane Austen 的小说也不会有多少读者。我个人是认为 Austen 的作品太偏重家常琐屑，对国内读者也不一定有什么益处。以我们对 art 的眼光来说，也不一定如何了不起。西禾我这两天约他谈，还想当面与巴金一谈。因西禾此人不能负什么责任。

上星期二，阿聪从昆明回来了，由贵阳——晃县——长沙——南昌这条路来的（共走二十三天，在贵阳等车一星期）。同行是一个二十三岁的极老练的青年。去年下半年以同等学力（历）考了云大，但仍要补证件方有学籍。在昆明他到处替歌咏团伴奏 Handel 的弥赛亚等等，颇负虚名。师友都再三劝他回来，说在昆明要糟蹋了。他现在仍想弄音乐。我想给他找 Mrs.Paci（即 Paci 的太太），把他荒疏的 technique 先恢复了再说。其次沈知白现在住得很近，想叫他去学乐理、和声。英文归我自己。除此也别无出路。幸而你岳母家这几日被逼搬家，piano 就此借了来。也许将来要托你在香港找些乐谱。

在昆明两年半，阿聪在思想、艺术了解上是有进步的，个人生活仍嫌散漫，而且 show-motion 如雷垣。他在昆明弄得满街朋友，据说他最好的朋友都是年纪大的。一个最好的已经是三十二岁的人。这些地方足见他还有进步的希望。我想你知道这些也很高兴。他嘴巴也和我一样的 talkative。关于西南各省的民族风俗也知道得不少。认识的大半是东西南北各省的人。bridge 打得亦不坏，昨天居然跟林医生等上过场，playing 着实不错。

不管怎样，我总希望你把眼前这部书结束。凡是你真正爱好的一定译得好。而且我相信你的成绩一定比我好。因为你原来的文章比我活泼，你北方语言的认识与我更不可同日而语。只要有人能胜过我，就表示中国还有人，不至于“廖化当先锋”，那就是我莫大的安慰。而假如这胜过我的人是我至好的朋友，我的喜悦更不在话下。多做，少做，全无关系，只消你继续不断的干下去。我以最大的热忱等着看你的成绩。

希望来信，大家不能再像过去大半年这样隔膜了，尤其为了彼此的工作，需要经常联络。草草，祝

康乐　并候

文美、希弟均好

安

四月十五

希弟的朋友几时能回来？

今晨你家伯母到蒲石路公寓去替邝亲家看一眼。下午即把家具迁往蒲园。老太太气色甚好，人也胖了些。她不但比我们来到时，并且比希弟离沪时，都更好一些。

第二通　一九五一年六月十二日

悌芬：

另邮寄上杨绛译的《小癞子》一册。去冬希弟来港时，我曾托他带上《欧也妮·葛朗台》，结果仍在你三楼上。现在要交给平明另排新版，等将来与《贝姨》一同寄你了。巴尔扎克的几种译本，已从三联收回（不要他们的纸型，免多麻烦），全部交平明另排。《克利斯朵夫》因篇幅太多，私人出版商资力不够，故暂不动。《高老头》正在重改，改得体无完肤，与重译差不多。好些地方都译差了，把自己吓了一大跳。好些地方的文字佶屈聱牙，把自己看得头疼。至此为止，自己看了还不讨厌的（将来如何不得而知），只有《文明》与《欧也妮·葛朗台》。

你的奥斯丁全集寄到没有？动手没有？

前周，贺德玄请吃饭，给我看到叶君健用英文写的三种长短篇。梅馥借来看了二册，我无暇去读。此公用英文写的书，过去未听说过，不知你见过没有？

附上证明书一件，乞交希弟收存。白沙枇杷时节又到，你们在港是吃不到的。匆此，即候

双福

希弟均此

安叩

六月十二日夜

附信乞转交吴德铎兄

第三通　一九五一年七月二十八日

悌芬：

六月三十日接信，始终未复。今又接二十二日信。这一晌我忙得不可开交。*La Cousine Bette* 初版与 *Eugénie Grandet* 重版均在看校样，三天两头都有送来。而且每次校，还看出文字的毛病，大改特改（大概这一次的排字工友是很头疼的）。同时《高老头》重译之后早已誊好，而在重读一遍时又要大改特改：几件工作并在一起，连看旁的书的时间都没有，晚上常常要弄到十二点。此种辛苦与紧张，可说生平仅有。结果仍是未能满意，真叫做“徒唤奈何”！我个人最无办法的，第一是对话：生长南方，根本不会说国语，更变不上北京话。现在大家用的文字上的口语都是南腔北调，到了翻译,更变得非驴非马,或是呆板得要死。原作的精神一点都传达不出。第二是动作的描写，因为我不善于这一套，总没法安排得语句流畅。长句的分拆固然不容易，但与原作的风格关系较小，能做到理路清楚，上下文章贯穿就能交代。我觉得你对我的第一二点困难差不多不成问题，至于第三点，只能尽量丢开原作句法。我举个例告诉你，使你可以大大的放胆。亚仑·坡的小说，句子不算不长。波特莱译本，的确精彩，可是长句句法全照法文，纯粹的法文（当然，波特莱的法文是极讲究的），决不迁就英文，他就是想尽方法，把原作意义曲曲折折的传达出来，绝对不在字面上或句子结构上费心。当然这种功夫其实比顾到原文句法更费心血，因为对原作意义一定要有百分之百的把握才行。你初动笔时恐怕困难极多，希望你勿灰心，慢慢的干下去，将来你的成绩一定超过我，因为你本来的文格句法就比我的灵活。麻烦的是十八世纪人士的谈话，与现代的中国话往往格调不合，顾了这个顾不了那个，要把原作神味与中文的流利漂亮结合，决不是一蹴即成的事。

芝联来看过我，知道北京出版总署召集的翻译会议，是由蒋天佐（代表官方）、卞之琳、杨绛等四个人（另一人忘了名字）出面召集的，开过二次会，讨论应译的古典作品名单。看来杨绛是被硬拉进的，或者是人家要找锺书而他推杨绛去的。我想写信给她，要她把奥斯丁作品归给你译，则将来出版时不致成问题了。

《四部丛刊》捐献事，已托芝联去信燕京询问，待有回音，再与老太太商酌办理。

志摩译的《曼殊斐尔集》，不敢保险能找到，要多跑旧书摊才有希望。而我的时间与体力都不容许。Kulm 信上有否提及乐谱的事？乞来信告知。吴德铎早来了，一切诚如高论，他对谁都是太厚道，太厚道的人必吃亏，乃是古今中外千古通例。

蒲园事听说老萧部分已查明，认为"并非逆产"，此刻搞到叶鸿头上去了，事情更麻烦。想小陆另有报告给你。前晌你很少家信，老太太牵挂得很，望贤昆仲或文美不时抽空来几个字，长短不拘，只要多来几次，安慰安慰老人家的心。过几日再写，匆此，即候

双福

希弟均此问好

雷叩

七月二十八日

我想托贺德玄写信到英国去，买些乐谱寄到港岛的文化委员会，由你去取，你看怎样？

第四通　一九五一年九月十四日

悌芬：

信到多日。以你如此准备功夫，深信一定会做得好。初开手也许感觉

沉闷，译过了三四十页，就能顺手。我因为本能关系，总是改的功夫比初译功夫花得更多。暑中收到锺书来信，果不出所料，杨绛是代他出席的。据说定了五十种“数一数二之书，落于不三不四之手”。《傲慢与偏见》，既是杨刚所译，云为“尽信尽达尽雅，不问可知”，至多请原译者重校二遍而已。《匹克威克》交清华审查，结果亦复相同。以上种种，都在我意想之中。破除不了情面，一切等于空言。破除了情面，百分之九十九点九的翻译书都要打入冷宫。这是一个无法解决的难题。*Emma* 根本未列入表内，故你的翻译与否，不成问题。愚见眼前只能不问将来，只问目前，不求其他，但求自己做些工作。你译的音乐书是哪一本，什么条件？国内何家出版社所约？便乞一告。拙译《贝姨》九月初即印出，因托书店代寄，搁到昨日方始寄出。读后希望提意见。至于对话，以生长南方的人，无论如何免不了南腔北调，即使请教人家，也是东鳞西爪，不能全体一致。Kulm 处请你代写一信，告诉他：Albert 做事，过去往往数年没有回音，故仍请 Kulm 催其将款交存伊处。乐谱亦托伊代为搜购。唱针事最好亦请 Kulm 代办（G. E. Radio-PHOND Combination, MODEL XF152）。

昨日收到董秋斯从英译本（摩德本）译的《战争与和平》，译序大吹一阵，（小家子气！）内容一塌糊涂，几乎每行都别扭。董对煦良常常批评罗稷南、蒋天佐，而他自己的东西亦是一丘之貉。想不到中国翻译成绩还比不上创作！大概弄翻译的，十分之九根本在气质上是不能弄文艺的。

《贝姨》那个丛书（叫做文学译林），巴金与西禾非常重视，迄今只收我跟杨绛二人的。健吾再三要挤入这个丛书（他还是“平明”股东呢），都给他们推三阻四，弄到别种名义的丛书中去了。西禾眼力是有的，可惜他那种畏首畏尾的脾气，自己搞不出一些东西来。做事也全无魄力，缺少干练，倒是我竭力想推你跟杨必二人。你译音乐书，我更劝你“力求流畅”，此类书近来很好销，但现有译本都是天书。Kulm 地址在希弟处。匆此，

即候

近好

希弟均此

雷叩

九月十四日

青岛已有复信，运费（光是书）约须（老太太说自己担负了）五十万，现已函告芝联，要他向燕京要求，弄一张北京官方的证明，寄往青岛，免起运时受税局留难。芝联复信已到，证明书已与校方接洽。

近已开始准备 *Cousin Pons*，此书比已译巴尔扎克各书尤麻烦。我近来用脑过度，晚上睡觉大有问题，这样下去恐怕要变得真正神经衰弱，因为觉得恍恍惚惚，不光是疲倦。但是目前书的销数激减，不从量上着想，简直活不下去。而我工作速度奇缓，不得不日夜加工，牛马至此，奈何奈何！Kulm 信请即写为感。

第五通　一九五一年十月九日

悌芬：

来信批评《贝姨》各点，我自己亦感觉到，但你提出的“骚动”，西禾说是北方话，可见是南北方都有的名词。译文纯用北方话，在生长南方的译者绝对办不到。而且以北方读者为惟一对象也失之太偏。两湖、云、贵、四川及西北所用语言，并非完全北方话，倘用太土的北京话也看不懂。即如老舍过去写作，也未用极土的辞藻。我认为要求内容生动，非杂糅各地方言（当然不能太土）不可，问题在于如何调和，使风格不致破坏，斯为大难耳。原文用字极广，俗语成语多至不可胜计，但光译其意思，则势必毫无生命；而要用到俗语土语以求肖似书中人物身份及口吻，则我们南人总不免立即想到南方话。你说我请教过许多人倒也未必。上年买了一部国语辞典（有五千余面，八册，系抗战时北平编印），得益不少。又聪儿回来后，在对话上帮我纠正了一些不三不四的地方。他在云大与北京同学相处多，青年人吸收得快，居然知道不少。可惜他健忘，回来后无机会应用，已忘掉不少。又原文是十九世纪的风格，巴氏又不甚修饰文字，滥调俗套在所不免，译文已比原作减少许多。遇到此种情形，有时就用旧小说套语。固然文字随各人气质而异，但译古典作品，译者个人成分往往并不会十分多，事实上不允许你多。将来你动手后亦可知道。煦良要我劝你在动手*Emma*之前，先弄几个短篇作试笔，不知你以为如何？我想若要这样做，不妨挑近代的，十九世纪的、十八世纪的各一短篇做试验。

再提一提风格问题。

我回头看看过去的译文，自问最能传神的是罗曼·罗兰，第一是同时代，第二是个人气质相近。至于《文明》，当时下过苦功（现在看看，又得重改了），自问对原作各篇不同的气息还能传达。即如巴尔扎克，《高老头》《贝姨》与《欧也妮》三书也各各不同。鄙见以为凡作家如巴尔扎克，如左拉，如狄更司，译文第一求其清楚通顺，因原文冗长迂缓，常令人如入迷宫。我的译文的确比原作容易读，这一点可说做到了与外国译本一样：即原本比译本难读（吾国译文适为相反）。如福禄贝尔，如梅里曼，如莫泊桑，甚至如都德，如法朗士，都要特别注意风格。我的经验，译巴尔扎克虽不注意原作风格，结果仍与巴尔扎克面目相去不远。只要笔锋常带情感，文章有气势，就可说尽了一大半巴氏的文体能事。我的最失败处（也许是中国译者最难成功的一点，因两种文字语汇相差太远），仍在对话上面。

你译十八世纪作品，杨绛的《小癞子》颇可作为参考（杨绛自称还嫌译得太死）。她对某些南方话及旧小说辞汇亦不避免，但问如何安排耳。此乃译者的 taste 问题。

像你这样对原作下过苦功之后，我劝你第一要放大胆子，尽量放大胆子；只问效果，不拘形式。原文风格之保持，决非句法结构之抄袭（当然原文多用长句的，译文不能拆得太短；太短了要像二十世纪的文章）。有些形容词决不能信赖字典，一定要自己抓住意义之后另找。处处假定你是原作者，用中文写作，则某种意义当用何种字汇。以此为原作，我敢保险译文必有百分之七十以上的成功。我仍是忙,这一年余几乎无日不忙。匆匆，即问

双安

雷叩

十月九日

第六通　一九五一年十二月五日

悌芬：

今晨刚寄出一信给希弟。GE 图样及尺寸附上。我想东西虽过时，美国一定有得卖，总不成美国人有这种机器的都废置不用，因唱头的 system 不用晶体，已是战后的新方法。倘叶鸿已回去，可托他买，或说不定东京也有。乐谱一包收到无误，收到时恐怕接连会有新的来，故未即复。希望你先把有贝多芬奏鸣曲上册的一包先寄，因现有的谱均十九世纪的版本，表情记号太少，而阿聪正在弹，急需参考。同时请你先把未寄的另一包书名亦抄给我，因我要先结一结账，请黄君再买一部分。

我托希弟买几条西装裤，因上海货贵，布料子的等于香港呢料价，又不经穿，我们父子又是靠坐功的，裤子特别费。故买的时候，要挑结实一点的料。

《欧也妮·葛朗台》还是第二年在牯岭译完的，一九四九年上海印过一版，此次稍有润色。英文译本我早有，译文亦未见出色。总之翻译在无论何国都不易有成绩。甚至译错的地方也不少。例如《克利斯朵夫》的英

译本（现代丛书一大本）在四十余面中已有二三个大错。我现译的《邦斯舅舅》英译本（人人丛书本）一百五十余面中已发现六七个大错。至于我自己错多少，也不敢说了。《克利斯朵夫》原译，已发觉有几处文法错误。至于行文欠妥之处，比《高老头》有过之无不及，故改削费时，近乎重译。上海今年算是冷得晚的，我生炉子有十天，你们今天才开始生。匆匆，即候

双福

安叩

十二月五日

锺书报道，燕京有一狂生，未识面，为蒋天佐《匹克威克》校出错误三千余条，写成稿纸四百页寄《翻译通报》，以“态度不好”退回。附告以博一粲。

第七通　一九五三年二月七日

悌芬：

信到前一天，阿敏报告，说新华书店还有一本《小癞子》，接信后立刻叫他去买，不料已经卖出了。此书在一九五一年出版后三个月内售罄，迄未再版。最近杨必译的一本 Maria Edgeworth *Rack-rent*（译名《剥削世家》——是锺书定的）由我交给平明，性质与《小癞子》相仿，为自叙体小说。分量也只有四万余字。我已和巴金谈妥，此书初版时将《小癞子》重印。届时必当寄奉。平明初办时，巴金约西禾合编一个丛书，叫做“文学译林”，条件很严。至今只收了杨绛姊妹各一本，余下的是我的巴尔扎克与《克利斯朵夫》。健吾老早想挤进去（他还是平明股东之一），也被婉拒了。前年我鼓励你译书，即为此丛书。杨必译的《剥削世家》初稿被锺书夫妇评为不忠实，太自由，故从头再译了一遍，又经他们夫妇校阅，最

后我又把译文略为润色。现在成绩不下于《小癞子》。杨必现在由我鼓励，正动手萨克雷的 *Vanity Fair*，仍由我不时看看译稿，提提意见。杨必文笔很活，但翻译究竟是另外一套功夫，也得替她搞点才行。普通总犯两个毛病：不是流利而失之于太自由（即不忠实），即是忠实而文章没有气。倘使上一句跟下一句气息不贯，则每节即无气息可言，通篇就变了一杯清水。译文本身既无风格，当然谈不到传达原作的风格。真正要和原作铢两悉称，可以说无法兑现的理想。我只能做到尽量的近似。"过"与"不及"是随时随地都可能有的毛病。这也不光是个人的能力、才学、气质、性情的问题，也是中外思想方式基本的不同问题。譬如《红楼梦》第一回极有神话气息及 mysticism，在精神上与罗曼·罗兰某些文字相同，但表现方法完全不同。你尽可以领会，却没法使人懂得罗曼·罗兰的 mysticism 像懂《红楼梦》第一回的那种 mysticism 一样清楚。因为用的典故与 image 很有出入，寄兴的目标虽同，而寄兴的手段不同。最难讨好的便是此等地方。时下译作求能文通字顺已百不得一，欲求有风格（不管与原文的风格合不合）可说是千万不得一；至于与原文风格肖似到合乎艺术条件的根本没有。一般的译文，除开生硬、不通的大毛病以外，还有一个最大的特点（即最大的缺点）是句句断、节节断。连形象都不完整，如何叫人欣赏原作？你说的莎士比亚十四行诗集倘如一杯清水，则根本就不是莎士比亚的十四行诗。没有诗意的东西，在任何文字内都不能称为诗。非诗人决不能译诗，非与原诗人气质相近者，根本不能译那个诗人的作品。

你要的其余两本书，我叫阿敏跑了两个下午都没买来。他最后向柜上去问，据说"尚未出版"。不过我敢预言，那些翻译一定是坏透的。能译费尔丁的人，你我决不会不知道。你我不知道的人译费尔丁或朗斐罗的，必不会好。创作、绘画、弹琴，可能有一鸣惊人的天才，翻译则不大可能。

关于《传奇》的见解，我与你有同感，但楼上楼下都找遍了，只看到苏青的。西洋文学一本也没有。当初我记得放在我处，离沪赴昆以前统统交还你了（还有一本“六艺”）。

我最后一本《克利斯朵夫》前天重译完，还得从头（即第四册）再改一遍（预计二月底三月初完工）。此书一共花了一年多功夫。我自己还保存着初译本（全新的）三部，特别精装的一部，我预备除留一部作样本外，其余的一并烧毁。你楼上也存有一部，我也想销毁，但既然送了你，事先还须征求你同意。原译之错，使我不敢再在几个好朋友眼里留这个污点。请来信“批准”为幸！这一年来从头至尾只零零星星有点儿休息，工作之忙之紧张，可说平生未有。加以聪儿学琴也要我花很多心，排节目，找参考材料，对 interpretation 提意见（他一九五三年一共出场十四次）。除重译《克利斯朵夫》外，同时做校对工作，而校对时又须改文章，挑旧字（不光是坏字。故印刷所被我搞得头疼之极！），初二、三、四校，连梅馥也跟着做书记生，常常整个星期日都没歇。这一下我需要透一口气了。但第三四册的校对工作仍须继续。至此为止，每部稿子，从发排到装订，没有一件事不是我亲自经手的。印封面时（封面的设计当然归我负责）还得跑印刷所看颜色，一忽儿嫌太深，一忽儿嫌太浅，同工友们商量。

以后想先译两本梅里美的（《嘉尔曼》与《高龙巴》）换换口味，再回到巴尔扎克。而下一册巴尔扎克究竟译哪一本迄未决定，心里很急。因为我藏的原文巴尔扎克只是零零星星的，法国买不到全集本（尤其是最好的全集本），所以去年春天我曾想托你到日本的旧书铺去找。再加寄巴黎的书款如此不易，更令人头疼。

最近我改变方针，觉得为了翻译，仍需熟读旧小说，尤其是《红楼梦》。以文笔的灵活，叙事的细腻，心理的分析，镜头的变化而论，我认为在中国长篇中堪称第一。我们翻译时句法太呆，非多多学习前人不可（过去三年我多学老舍）。话一时说不完，暂且带住。匆匆，即候

双福

希弟问好

安叩

二月七日

我家有两部《谈艺录》，要不要寄一本给你？此书以后恐要成为绝版书了。

第八通　一九五三年十一月九日

悌芬：

谢谢文美替我跑了一天，把几本乐谱都买到了。因国内无好教师，故古典乐曲尤需多备几种版本互相参考。Busoni 是近代阐扬 Bach 最有成绩的宗师，他订正的 Bach 乐谱还有多种，想一并请文美代为搜购。凡是港岛没有的，就请琴行代向国外去定，不必自己写信去托人；让琴行多赚几文，省却许多麻烦。琴弦收到，三根纳了一万多元的关税，并不贵。还有两根 G 也请寄到我家里来，免得教林太太上邮局去。(以前是由邮差送到门上的，现在要纳税，故须自去邮局领取)。此外仍请拣 E、D 线再买二根，A、G 你多买一根，留在你处，过几个月再寄来。因此次寄来的货较好，趁市上有的时候多买几根藏起。凡是镍制的都不行。铝及不锈钢的就可以用了。拜托拜托！长命唱针未有寄来，甚望下次寄谱时能附二三支。

你要的书，Bush: *English Literature in the 17th Century* 和梁宗岱的《水仙辞》都找不到。此外如《辞海》，如《庾子山集》二册，一切的事项，都预备分作二包寄给你。其实，《辞海》并无多大用处，倘手头有了《辞源》也就差不多了。

来信提到十九世纪文学作品，我亦有同感。但十七八世纪的东西也未始没有很大的毛病。我越来越觉得中国人的审美观念与西洋人的出入很大，无论读哪个时代的西洋作品，总有一部分内容格格不入。至于国内介绍的轻重问题，我认为还不及介绍的拆烂污问题严重。试问，即以十九世纪而论，有哪几部大作可以让人读得下去的？不懂原文的人连意义都还弄不清，谈什么欣赏！至于罗曼·罗兰那一套新浪漫气息，我早已头疼。此次重译，大半是为了吃饭，不是为了爱好。流弊当然很大，一般青年动辄以大而无当的词藻宣说人生观等等，便是受这种影响。我自己的文字风格，也曾大大的中毒，直到办《新语》才给廓清。司汤达，我还是二十年前念过几本，似乎没有多大缘分。人民文学出版社也提议要我译《红与黑》，一时不想接受。且待有空重读原作后再说。梅里美的《高龙巴》,我即认为远不及《嘉尔曼》，太像侦探小说，plot 太巧，穿插的罗曼史也 cheap。不知你读后有无此种感觉？叶君健译《嘉尔曼》，据锺书来信说："叶译句法必须生铁打成之肺将打气筒灌满臭气，或可一口气念一句耳。"

什么时候能接洽好法国的书店，请告知。又望向别处书店打听 Groves 音乐辞典（共有五六册？）需价几何？可否代定？

麻烦你的事太多了，不知如何道谢。另有照片直接寄继周，聊作纪念。此次出游，雨多晴少，不免扫兴。雁荡名震天下，其实不及黄山远甚。前人道教思想甚盛，故极称岩洞（所谓洞府），姑且不论，洞则只见其奇，未见其美。且雁荡童山濯濯，树木极少，奇峰怪石多在平地上，像大规模的假山，大抵与桂林山水同属一派。过去写游记的人（徐霞客例外）专好侈言自己所游的山为天下第一，也很可笑。草草，即问

双绥不一

安叩

十一月九日

附乐谱表一，书收到后乞来信。倘无暇，即三言两语亦可，但乞告知

买书情形即可。巴黎旅行支票事有否打听过？结果如何？

第九通　一九五四年四月二十六日

悌芬：

Garnier Classique 巴尔扎克二包，五册，乐谱二包，唱针一枚，均妥收，谢谢。十七日寄上一信，想可收到。令先祖已于上星期六（二十四）安葬虹桥路万国公墓。丧事可说告一结束。林姑丈约月底回津，日内伯母正与其商量析产事，希望在他未走以前把析产协议书写好。至此为止，尚无大困难；主要在于照顾二房生活。梁弟于十九日清晨赶回，那天下午正好是令先祖大殓。

荣宝斋（北京店）用木刻彩印的敦煌壁画已出三辑，每辑十二幅，港岛见过否？望速来信。我预备送你一全份。另外寄一份，托你转送巴黎老同学 Daniélou。因原书各辑，上海荣宝斋不齐，正向京店催寄。原装仅有薄纸封套，不但邮寄易损，即平时保存亦感不便，我拟另做一布套后寄港。

杨绛译的《吉尔·布拉斯》(*Gil Blas*——一部分载《译文》)，你能与原作对了几页，觉得语气轻重与拆句方法仍多可商榷处。足见水平以上的好译文，在对原作的 interpretation 方面始终存在“见仁见智”的问题。译者的个性、风格，作用太大了。闻杨译经锺书参加意见极多，惟锺书“语语求其破俗”，亦未免矫枉过正。

《夏倍上校》阅后请示尊见。我自己译此书花的时间最久，倒不是原作特别难，而是自己笔下特别枯索呆滞。我的文字素来缺少生动活泼，故越看越无味；不知你们读的人有何感觉。我很怕译的巴尔扎克流于公式刻板的语句。

附小条一，请加封代寄“九龙太子道 310 号二楼”。因你们弟兄俩没空，故照相书托他买的。

唱针仍希于寄巴尔扎克全集时多附几支来，最好将原来黑纸板丢掉，单用玻璃胶纸粘贴。

一切费神，多谢多谢。即问

双绥不一

希弟均此

安叩

四月二十六日

琴谱寄到，阿敏笑逐颜开。聪尚留京，约七八月中出国。

第十通　一九五四年七月八日

悌芬：

今日收到照像书二小册，谢谢。给你的《敦煌壁画选》，也于今日无条件寄出了，可是第三份就不能这么通融。希望你寄合“人民币二十二万五千”的港纸来；海关说，要托香港中国银行直接汇“港币”，则到沪后除领款人仍领取人民币外，银行可给予结款单一纸，凭纸向邮局海关寄书。倘在港就结了人民币，到沪后无单可凭，仍是没用。此点望注意。

但你此款到后，我预备交给伯母。第三份仍算我送黄兄的；不是跟你客气，而是了却我一段心事。欠他的情，这也不是第一遭了。四九年我买太古船票回津，也多承黄兄帮忙。届时画册仍寄交希弟转交。

牛宅的因素林，以后仍希望代买为感。戏剧书事你们商量后如何决定，请告知。

我近正翻译服尔德的*Candide*，将与*Ingénu*合成一本（译作《老实人》——附《天真汉》），交人民文学社出。此书文笔简洁古朴，我犹豫了半年不敢动手。现在试试看，恐怕我拖泥带水的笔调还是译不好的。巴尔扎克几部都移给“人文”去了，因楼适夷在那边当副社长兼副总编辑，跟我说了二年多，不好意思推却故人情意。服尔德译完后，仍要续译巴尔扎克。下一册是 *Ursule Mirouet*，再下一册是 *César Birotteau*，（这一本真是好书，几年来一直不敢碰，因里头涉及十九世纪法国的破产法及破产程序，连留法研究法律有成绩的老同学也弄不甚清，明年动手以前，要好好下一番功夫呢！）大概以后每年至少要译一部巴尔扎克，“人文”决定合起来冠以“巴尔扎克选集”的总名，种数不拘，由我定。我想把顶好的译过来，大概在十余种。译巴尔扎克同时，也许插一二别的作家的——也不会多，除了服尔德，恐怕莫泊桑还能胜任——也让我精神上调剂调剂，松一口气。老是巴尔扎克也太紧张了。最近看了莫泊桑两个长篇，觉得不对劲，而且也不合时代需要。布尔乔亚那套谈情说爱的玩艺儿看来不但怪腻的，简直有些讨厌。将来还是译他短篇，可恨我也没有他的全集，挑选起来不方便。

前信提到吴兄的事，想已转知希弟了罢。余再谈，匆此，即候
阖家均好

安

七月八日夜

第十一通　一九五四年十月十日

悌芬：

你二次信中问我要不要莫泊桑全集。以工作论，当然极需要。但怕麻烦人家，尤其是宝熙兄存在巴黎的款子被我挪用，觉得很不好意思。倘若他并无多大困难，请你同他谈谈。

一、他在巴黎有否相当热心的朋友，倘新书店里找不到，能否费心向旧书店找。照过去经验，这类书多半要托相熟的旧书店物色，过一个相当的时期才有希望找到。

二、最好的莫泊桑集子，还是（据我所知）出巴尔扎克全集的那个出

版家：

Oeuvres Complètes de Guy de Maupassant en 29 vols

EDITION LOUIS CONARD

6，Place de la Madeleine，PARIS

战后是否又有更好的版本，或是有插图的本子，我消息隔膜，都不得而知，最好也托人仔细打听一下。

三、莫泊桑的长篇我已有几种，都不大喜欢。故买起来最好能只买全部短篇小说，一方面也经济得多。但若全集本不能拆了卖，则亦只能买全集了。

Conard 本共有二十九册，约等于巴集四分之三，价预计当在三万法郎左右。倘能单买短篇小说（游记部分也不要），当然便宜多了（至少可便宜一半）。

讲到一般的翻译问题，我愈来愈感觉到译者的文学天赋比什么都重要。这天赋包括很多，taste，sense 等等都在内。而这些大半是"非学而能"的。所谓"了解"，其实也是天生的，后天只能加以发掘与培养。翻译极像音乐的 interpretation，胸中没有 Schumann 的气息，无论如何弹不好 Schumann。朋友中很多谈起来头头是道，下笔却无一是处，细拣他们的毛病，无非是了解歪曲，sense 不健全，taste 不高明。

时下的译者十分之九点九是十弃行（十弃行，是南方话，含有贬义，意思是指无用的、无益的人），学书不成，学剑不成，无路可走才走上了翻译的路。本身原没有文艺的素质、素养；对内容只懂些皮毛，对文字只懂得表面，between lines 的全摸不到。这不但国内为然，世界各国都是如此。单以克利斯朵夫与巴尔扎克，与服尔德（*Candide*）几种英译本而论，差的地方简直令人出惊，态度之马虎亦是出人意外。

我在五月中写了一篇对"文学翻译工作"的意见书，长一万五千余言，给楼适夷，向今年八月份全国文学翻译工作会议的筹备会提出。里面我把上述的问题都分析得很详尽，另外也谈了许多问题。据报告：周扬见了这意见书，把他原定七月中交人文社出版的修订本 *Anna Kalerina*，又抽下来，说“还要仔细校过”。

平时谈翻译似乎最有目光的煦良，上月拿了几十页他译的 *Moby Dick* 来，不料与原文一对之下，错的叫人奇怪，单看译文也怪得厉害。例如“methodically knocked off hat”译作“慢条斯理的……”，“sleepy smoke”译作“睡意的炊烟”。还有许多绝对不能作 adj. 用的中文，都做了 adj.。所以谈理论与实际动手完全是两回事。否则批评家也可成为大创作家了。

此外，*Moby Dick* 是本讲捕鲸的小说，一个没海洋生活经验的人如何敢着手这种书？可是国内的译本全是这种作风，不管题材熟悉不熟悉，拉起来就搞，怎么会搞得好？从前鲁迅译日本人某氏的《美术史潮》，鲁迅本人从没见过一件西洋美术原作而译（原作亦极偏，姑不论），比纸上谈兵更要不得。鲁迅尚且如此，余子自不足怪矣！

近来还有人间接托我的熟朋友来问我翻译的事，有的还拿些样品来要我看。单看译文，有时还通顺；一对原文，毛病就多了。原来一般人的粗心大意，远出我们想象之外，甚至主句副句亦都弄不清的，也在译书！或者是想藉此弄几个钱，或者想“脱离原岗位”，改行靠此吃饭！

赵少侯前年评我译的《高老头》，照他的批评文字看，似乎法文还不坏，中文也很通；不过字里行间，看得出人是很笨的。去年他译了一本四万余字的现代小说，叫做《海的沉默》，不但从头至尾错得可以，而且许许多多篇幅，他根本没懂。甚至有“一个门”“喝我早晨一杯奶”这一类的怪句子。

人真是“禁不起考验”，拆穿西洋镜，都是幼稚园里拖鼻涕的小娃娃。至于另有一等，专以冷门唬人而骨子里一无所有的，目前也渐渐的显了原形（显了原形也不相干，译的书照样印出来！），最显著的是罗念孙。关于他的卑鄙勾当，简直写下来也叫人害臊。卞之琳还吃了他的亏呢。

还有一件事，我久已想和你说。就是像你现在这样的过 dilettenti 的生活，我觉得太自暴自弃。你老是胆小，不敢动手，这是不对的。你是知道天高地厚的人，即便目前经验不足，至少练习一个时期之后会有成绩的。身体不好也不成为理由。一天只弄五百字，一月也有一万多字。二年之中也可弄出一部二十余万字的书来。你这样糟蹋自己，走上你老太爷的旧路，我认为大不应该。不知你除了胆小以外，还有别的理由没有？

我素来认为，一件事要做得好，必须有“不计成败，不问效果”的精神；而这个条件你是有的。你也不等着卖稿子来过活，也不等着出书来成名，埋头苦干它几年，必有成绩可见！朋友，你能考虑我的话吗？

荣宝斋说北京总店（总店已改公私合营，上海尚是独立）二年前印过《北平笺谱》，早已售完。听说现在又有一部新的在印。将来会通知我的。匆匆，问好

怒庵

十月十日

义昌业已正式准备结束，望希弟立即通知香港有关商行，停止送报价报货单（我亦弄不甚清）到上海来，因为来了单子，必须送海关，万一批了一张下来，数目少，生意又不能不做，使结束事又拖下去，极麻烦。故凡希弟知道的行家，请克日通知为要。

第十二通　一九五五年一月八日

悌芬：

三月余不接来信，今冬身体怎样？用功些什么？十二月一日曾有黄宾翁山水一幅托转黄宝熙，想必收到。莫泊桑短篇小说，巴黎可有回音？定价多少？能将短篇小说从全集中拆买否？

我的服尔德《老实人》（旧译《憨第德》），八月底完成，因人民文学

出版社看稿及排印房工作忙，直至十二月中才排好，仍寄北京出版（排的工作在沪进行，归我直接监督），本月底或可出书。巴尔扎克各书移转人文后，先出精装本；但北京印刷条件甚差，公家办事亦欠周到，故样本寄到上海，本本皆有污迹，或装订，或印刷上的毛病。待全部到齐，拟送一整套给黄宝熙。你自己还要吗？请告知。

老方因义昌停薪，生活甚窘。今年起拟向老太太每月借一百万贴补家用，说他儿子以后每月有此数津贴，可以还老太太。老太太不知他此话是否可靠，而不借也为难，因此踌躇得很，要我问问你的意见，究竟该怎办。

新译的巴尔扎克《于絮尔·弥罗埃》，花了一百天初步译完，正在校改，功夫仍不下于初译；预料出书当在今年六七月了。接着巴尔扎克的，尚拟译一部服尔德。明年起则预备每年一部巴尔扎克，一部莫泊桑。

最近人民美术出版社来信，要我译罗曼·罗兰的《米莱传》；据我所知，此书作者系应英国某学术团体请求写的，法文本恐已不可得。不知你能设法弄一本吗？或者问问宝熙。

西禾上月受译文社之托，译了罗曼·罗兰的短篇散文《鼠笼》，把稿子给我看了，短短十一页，错的地方着实不少，文气也大有问题，我一口气拿了原文和他讲了三小时。西禾译笔本算好的，结果尚且如此。后来他全部重译了，在一月号《译文》登出。但我未寓目，不知是否比初稿有所改进。

上月二十一日梅有信托希弟买小提琴弦，想不久可以寄来了吧？

聪在波兰大开音乐会，自十一月二十至十二月十九之间，共有九场，每次 encore 自三次至五次不等。据说他的 technic 大有进步；最近练贝多芬第四 Concerto，只练了一天就上课，已经弹了三个乐章，连 cadenza，且已弹得不错；老师也因之大为惊异。波兰人最赏识他的 mazurka，认为比波兰人更有波兰气。因这舞曲纯是波兰民间舞曲的骨子，而加以高度艺术化的：节奏不强也不好，诗意太浓也不好，很难把握的。

致宋奇

第五届国际萧邦钢琴竞赛，二月二十二日起至三月二十一日止在华沙举行，分初、复、决三次淘汰。已报名参加的有一百三十人，评判员包括全球著名的钢琴家、批评家，有三四十人之多。聪因为波兰人对他期望甚高，觉得精神负担极重，恨不得比赛早些过去，精神好松散一下。近来旧字画价极廉，一二万至六七万颇易买到可看的东西。我也买了些，空下来欣赏欣赏，也是一种调剂。匆匆，即祝安好，老太太的事希望出点主意！

安

一月八日

先试试港沪航空是否快，请留意收到日期，告诉我！

致 宋 希

第一通　一九五二年三月二十日

希弟：

今日接巴黎书店二月一日来信，知道有三包书同日寄出，想来已可到港。现在再要麻烦你代转一封信。地址上面的姓名最后第二字母，打得不清楚，是个 n（Gheerbrant）。

到书店时还请留意人人丛书第一百六十八号 Tytler：*Essays on the Principles of Translation*，此书与前信所提的一本，都是从前托你在沪代觅不得的。法文书到港后，最需要带沪的是 *La Cousine Bette* 与 *Le Cousin Pons* 两册。其余稍缓不妨。因 *La Cousine Bette* 我现已译完正在修改，有许多问题要等新书来解答，新书是最新出版的"批注本"。

吴德铎明后天要来看我，听说不久即将去赣，然后来港。

悌芬译书是否完全放弃了？西禾谈及巴金新组一书店（已与文化生活分家），想专出一套最讲究的文艺翻译，由西禾与他二人合编，说是决不马虎，迄今只收了杨绛一本译稿，听说好得很。此外又来问我要稿，也许新译的巴尔扎克会给他们。此外他们还想不出别人。不知悌芬有意半玩儿半工作的试试吗？但书店方面颇注重原作的文艺价值要有世界性与永久性。你不妨与他谈谈，让他想想自己最喜欢的作品有些什么，可以来信商量。巴金的条件，仍是百分之十五的版税，他是反对新办法的。草草，即问

近好　并候

悌芬伉俪双福

安叩

三月二十日

第二通　一九五三年九月十四日晚

希弟：

久不通信，前两次分寄吴兴华诗及悌芬短文的剪存稿，收到否？托买的 Hindmith：*Elementary Training for Musicians* 一书（双份），迄无音信，可否请再代催问？还有一点，倘巴黎的 Daniélou 直接有信给你们，说明书款，仍烦见信后即刻设法照寄。我托他找的书，倘找到后先通知我，时间赶不及，巴黎的书是一下子就要卖光的。以前我提的旅行支票办法，是否办得通，你未向我提及，务盼来信见告。

又敏儿的提琴弦又将告罄，烦代买 G 线二根，D、A、E 各一根。全买不锈钢的，可分两次寄，外面写明“小提琴线……根”，内附发票。现在听说要付关税了。故两次寄时，内一次仍寄：愚园路一〇八八弄宏业花园林俊卿。否则一个人次数多了，即付税也许亦成问题。

聪在罗马尼亚竞赛得了一个三等奖，大概是政治关系遮遮羞的。他的成绩当然不够拿到国际场面中去，不过借此开开眼而已。目前尚在波兰，过后还要去东德，约十一月初方能回来。林俊卿也是的。大部分艺术团人员已先在回国途中。

今夏上海奇热，我闹肠痛闹了好几次，影响工作不浅。近二年半我整天时间都花在翻译方面，竟毫无进修余暇。明年起想改变方法，一天只花五六小时作翻译，其余三四小时自己用些功夫。又人民文学出版社再三再四的向我要稿，明年不得不应酬一些。——另外一个好消息是公家正在考虑提高版税率的办法，草案所订，比以前高出一二倍之多。这事我三年前孤军奋斗，到如今总算他们也觉悟了。又《约翰·克利斯朵夫》，北京有指示要上海印精装本二千部，平明自己另外加印了一百本圣经纸本的，算是替中国出版界开开风气。但成绩因条件限制，不能完全合乎理想。杨必译的*Vanity Fair*约明年上半年可以印出，共有六十万字以上，也是一部大书。最近大家纷纷北上去开“文代大会”，他们托人来和我说，希望我去，因一则事忙，二则闹肠痛，婉辞谢绝了。

关于书、书款、弦几件事，拜恳你给我一个回音。并乞代候悌芬夫妇。芝联假中来沪，见过一次。匆匆，问好。

安叩

九月十四日晚

又拜托你立刻写信给我的巴黎朋友，把悌芬的英文地址写给他，他事极忙，恐怕以前你信上的地址他早丢了。故请你马上写个航空邮简去。千万千万。

致 柯 灵

一通　一九五六年五月七日

柯灵兄：

不知前第几个星期日，你来我家，碰巧没遇到。四月份整月给所谓社会活动缠得昏昏然，又是大会，又是小组，又是座谈，又是听报告，又是视察，又是小结，又是赶草报告，又是听大家意见，再修改，再誊正……，你以前老劝我出去走走，我说一开了头就忙了，如今果然。这不是怨你，因为“出去走走”也是我自觉自愿的。不过这么说说，觉得一个人实在难于公私兼顾。

明天早来我们两个去杭州，勾留一二日后转黄山作温泉治疗，约二十日后回沪。万一有阻碍，黄山去不成，则一周后即回。

最近试笔写书评（评《三里湾》），因常被杂务打岔，未能写完，更没有写好。预备带着去山上结束。

刚才电话到你家，无人接应，故特走书告别。草草即问

近好

怒庵拜上

五月七日

赠书收到，谢谢。可是不知哪一天有空拜读！

致李广涛

一通　一九五六年六月二十七日

广涛先生赐鉴：

承赐茶叶及照片，甚谢甚谢。大驾往北京学习时期，若可通讯，请赐地址，俾稍缓得将敝摄黄山照片择尤寄呈请教。前在山中与吾公谈及李××，原意为提醒贵省领导同志对上海青年勿过宠溺。弟虽与××仅见一面，但亦谈话二三小时，有相当认识；且半年来各方反映颇有所闻，对其虚浮轻薄纨绔习气甚深，一时不易根治。解放前后专与海上“闻人”往还，故极少道德观念，此次在皖所受批评，实属咎有应得。吾公旨在挽救青年，予以教育，热忱可佩；但若非出以苦其心志、劳其筋骨的方式，不在群众生活中加以锻炼，而仍任其以艺术为幌子，恐仍难收改造之效。弟平生最恨空头艺术家，而世上往往偏有一等青年浑身邪气，而借小聪明为外衣冒充才气，贻毒社会，莫此为甚。明达如公自能洞烛，本无庸下走喋喋，兹仅报告一二内情，以供教育后辈时参考。幸恕冒昧。即候

政绥

弟傅雷拜上

六月二十七日

致 夏 衍

第一通　一九五六年五月二十四日

夏衍先生：

本月二十二日收到[小儿]傅聪的钢琴老师波兰杰维茨基教授来信，内中提及：

一、奥国萨兹堡将于本年八月二十三—三十日举行国际莫扎特比赛，可由聪前往参加；

二、关于聪今后的学习问题，包括理论学习，公开演奏等等；

三、关于聪留学波兰的时期长短问题。

因杰教授再三嘱弟转达我中央及文化部部长，用敢抄奉原信，并附译文，一式三份，送请先生转致钱部长及有关首长。

倘中央同意[聪儿]参加，尚盼迅予决定，因目前距比赛期仅三足月，各部会及大使馆间来往公文手续均须相当时日；且奥国与我尚未建立正式外交关系，恐尚有其他周折，更费时日。

今（二十四）日又接小儿来信，报告莫扎特比赛事，据称：

一、比赛除钢琴外，尚有小提琴、歌唱及交响乐指挥等三种。因今年为莫扎特诞生二百周年，世界各国都在纪念；奥国为莫扎特故国，纪念尤为隆重。参加比赛的有欧洲许多优秀的音乐家、交响乐队、名指挥及歌唱家。

二、钢琴比赛节目规定：①钢琴与乐队合奏的协奏曲三支；②钢琴奏鸣曲二支；③钢琴幻想曲或轮舞曲或变奏曲一支。

聪本人已练好协奏曲二支，奏鸣曲等正在准备中。他认为惟其我国与奥国未建立邦交，故政治影响更大，更应当争取参加。他自己对莫扎特的理解有相当把握。杰老师的估价可参看他的来信。且比赛在暑假中举行，并不妨碍正常学习。节目中最吃重的部分是协奏曲，而协奏曲已练好二支，内一支就在南斯拉夫演出，极受欢迎的。

弟一向不主张青年太多的充当选手，但此次情形比较特殊；以杰教授对聪表达莫扎特的评价而论，似乎不会替国家丢脸的。因特专函奉恳转请钱部长及其有关首长迅予考虑。

上月二十九日一信并附致周总理函一件及附件等，想蒙转致。倘有下文，尚乞随时赐告，无任感荷。耑肃，敬候

著绥

弟傅雷拜上

一九五六年五月二十四日

再者：在一切大作曲家中，莫扎特的钢琴曲并不以技巧艰深取胜，而是以妩媚、含蓄、格调高雅见称。故表达莫扎特首先在于风格。又以风格而论，莫扎特与萧邦为同一类型；不过莫扎特更富于古典精神，更天真朴实，更风流蕴藉。

第二通　一九五六年八月二十一日午夜

夏衍先生：

顷接北京全国音乐周筹备会许君长途电话，略说小儿傅聪除本月二十四、二十五日有演出外，尚有一次演出，日期还不能确定，大概要排到下月云云。按小儿聪中央特别照顾，给予休假，自深感激。但他必须在十月十五日以前向华沙音乐院报到。回沪后至少也要有三四场演出，名为休假，实际还是需要紧张工作，真能休息的日子也并不多。且在上海的独奏会，我也得为准备音乐说明等等，费一些功夫。

聪儿从今春起屡次在家信中表示希望能回来与我细谈。我从未向中央提出，一则顾到留学生制度，二则来回旅费皆由政府支出，我们自当处处从节约着眼。今既许其回国休假，倘能让他多几天真正的休假，我跟孩子都将更加感激。并且这不仅仅是一般的感情问题，而且是讨论音乐、艺术、学习及政治思想认识等等问题，孩子既认为我还能帮他一些忙，我也自信能帮他一些忙。但这些问题都需要相当时间才能谈出头绪。

以上各项，可否请先生代向有关部门说明，赐予照顾，无论如何令小儿于月底前回沪。好在音乐周已经参加，二十四、二十五又有演出，小儿与京中群众的交流也可说充分了。最后，如前所述，他回沪后还得准备当地的音乐会，更盼京中勿再多留他。一切敬恳大力协助，破格通融。常以私事奉渎，幸乞恕罪。特先致谢。敬候

著绥

弟傅雷拜上

八月二十一日午夜

音乐周筹备会许君邀愚夫妇来京相叙，奈弟工作羁身，且今年社会活动频繁，几有停工脱产之象，故不能如命，重负盛意为歉。又及。

第三通　一九五六年十二月二十三日

夏衍先生：

得手书，悉尊体违和，想必积劳所致，今后尚望善自珍摄。

关于小儿学习事，他出国前曾于十月八日自京来信，报告与先生谈话经过，有“再出去二年以后就回国”之语；今来示则称“明年学完后……”，不知是否有误会？

按聪于本年秋季起方开始学各项理论课，预料非一学年所能完成。他波兰语虽讲得相当流利，但阅读仍多困难，语文倘不完全掌握，理论及音乐史课程的进修就有障碍，而将来的笔试尤其成问题。但一面攻语文，一面学专科，进度即难加速。

音乐学习——特别是钢琴学习——所需要的时间比任何学科为长，情形颇像我们研究世界文学：国别多、作家多、作品多、风格多，一个作家前、中、后期的风格又有出入；即挑选代表作家的重要代表作品学习，也非三四年所能窥其堂奥。且研究一个钢琴乐曲，先要克服技巧，少则一二十页，多则一百数十页的乐谱要背得烂熟（研究文学名著即不需要这一步工作），在手上滚得烂熟，再要深入体会内容；总的来说，比精读和钻研一部文学作品费时更多。聪的技术基础还不够稳固，至此为止的成绩多半靠聪明与领悟，而不是靠长年正规学习的积累。参加萧邦比赛的一百零四人的“学历”，都印在一本像小型字典那么大的“总节目”上，我细细看过，没有一个像傅聪那样薄弱的，弹过的作品也没有像傅聪那样少的。这当然是吾国特殊环境使然，但我们不能不心中有数，在这方面大力予以补足。

世界上达到国际水平的青年钢琴家，在三十岁左右往往还由名师指导，一个月上一次课，我们却没有这个条件；虽说将来可短期出国学习，但究竟不如人家便利。

故原则上，聪在国外学习钢琴的时间不能过分缩短，因为他先天有缺陷。想政府培养他决不以国外音乐院毕业为限；若然，则除了理论课，他在钢琴方面的程度现在就可以毕业了。

其次，他的老师杰维茨基不但在波兰是第一流，便是在世界上也是有数的名师之一。他是十九世纪大钢琴家兼大教育家莱谢蒂茨基的学生，与前波兰总统兼大钢琴家帕德列夫斯基及现代前辈的许多知名钢琴家为同门，是钢琴上最正宗的一派，叫做“维也纳学派”。能跟到这样一位老师，可说是“历史性的”幸运。而他已届高龄，尤非多多争取目前的时间不可。

至于聪的思想问题，从五四年八月到现在，我和他写了七十九封长信，近二十万字；其中除了讨论音乐、艺术、道德、工作纪律等等以外，也重点谈到政治修养与世界大势、思想认识。国内一切重要学习文件，经常寄去（我都用红笔勾出要点），他也兴趣甚浓。文艺创作也挑出优秀的寄给他。波、匈事件以后，已写了两封长信，告诉他我们党的看法。从他小时起，我一向注意培养他的民族灵魂，因为我痛恨不中不西，不三不四，在自己的泥土中不生根的艺术家。

今年暑假中，他和我谈到波兰知识分子，有很多批评。十月十五日回华沙后（事件未发生前）来信说：“我们的国家虽然有些缺点，但整个是朝气蓬勃的。这儿却有一种灰色的感觉，这种感觉是很沉重的。”十一月十五日波兰事件平息以后，他来信说：“波兰的许多政治问题，我们实在也弄不大清；有一件事是肯定的，就是波兰的党比我原来预料的要坚强得多。”

总之，关于他的政治认识问题，我是抓得很紧的。在他整个做人的教育，对国家的责任等等方面，我始终认为自己的责任还没有完，还需要继续好几年呢。波兰人一般偏于自由散漫的风气，从五四年起我就再三警告他提防，因为学艺术的人最易感染。据他暑假中所谈，在华沙他一到使馆，往往整天的走不出来，因为那么多的国内书报吸引着他，可见他对国内一切是很关心的。先生来信所提，基本上和我所操心的完全一致。除了我经常去信督促，提高他警惕以外，恐怕也可以用别的更具体的办法补充，比如每隔相当时候，要他回来进马列学院学习二三个月（但同时需照顾他的专业，每天仍给以不少于四小时的练琴时间）。这是我一厢情愿；主要是把他的专业学习和政治觉悟尽量结合得好。

在决定他今后学习计划以前，我很愿意专程来京与先生及各有关首长当面详谈。倘荷赞同，请挑一个比较不太忙的时期，早日来信通知。至于将来回国以后的磨炼以何种方式为最宜，似乎更需要细商；因国内音乐界情形不简单，而我在这方面还能供给一些实际材料。

“群众喜爱”与“接受程度”两点，我与他在暑假中讨论很多。他与先生谈话后来信也提到：“夏部长希望我在国外学习时要想到国内群众的需要，要尽到自己一份带头人的责任；这其实就是一个提高与普及相结合的问题。我觉得他说得很对，也与我和爸爸在家里的结论完全符合。”当然，这不仅是一个认识问题，而是一个长期实践的问题，逐渐适应客观现实的问题。

近三五年来，我在教育傅聪的经历中学得了不少东西。以他现阶段的发展而论，一方面固要严密注意他的思想情况，另一方面也需要正确估计他的觉悟程度，否则往往收不到预期的效果，反而有副作用。我自己水平不够，倘先生能在这方面时予指点，让我把教育孩子的工作做得更好，我是非常感激的。

另外有件事需要报告先生。聪自十月底起，因波兰政府收回“议会招待所”自用，已迁到外面居住。当时曾借宿同学家中五六天，方才找到工人家里的一间出租屋子，但他们不喜欢终日琴声，故不久还要搬。学琴的人找住处不受欢迎是各国通例，不足为奇；而华沙音乐院的公共宿舍，三四人挤在一间屋内，琴房隔音设备不好，与国内情况相差无几，也是事实。固然他不需要特殊待遇，但他的学习要求与别人不同，也难以要他住宿舍，自己听不见琴声，在他的程度上是极有害的。华沙房租奇昂，工人家一间屋每月即需六百兹罗提，而聪每月公费一共只有六百五十兹罗提。原住议会招待所不要房租，但那时每月三分之二的开支，尚且靠得的萧邦奖金存款及平日的音乐会收入（每月约净收入二三百兹罗提）弥补。他的意思（暑假中说的）能自己挣钱补贴就好，不愿多向国家开口。不过现在住外边，房租既占了留学生公费的百分之九十以上，搬家的事也要更为频数，钢琴搬动一次即需三百波币，校音一次又是三百五十波币，这些额外开支，不知他今后如何应付。

这封信耽误先生不少时间，很抱歉。什么时候需要我来京，乞早见告。匆此即颂

著绥

弟傅雷拜上

一九五六年十二月二十三日

拙译《查第格》想亦早呈左右？

第四通　一九五七年四月三十日

夏衍先生赐鉴：

三月中在京匆匆，未获畅聆教益，憾憾。五月将届，我公想必更忙，尚望善自珍摄为幸。兹附上小儿最近来信摘录，其中有反映使馆工作同志及留学生思想情况的部分，或可供领导参考。小儿观感不免幼稚浅薄，主要是急躁。弟已去信批评，告以党内对知识分子的自我改造既耐性相待，认为是长时期的；党外对党内一部分同志的去除教条主义也要耐性相待，急躁不得。同时告以波兰思想界情况复杂，处处须冷静观察，分辨是非。且傅聪目前首要任务在于专业学习；关心政治固然很好，亦当出以虚心学习的态度，不能轻易动感情，动意气，影响身心健康；更不可任意批评使馆作风，

对国外同学尤须出言谨慎。

至于今夏联欢节，不知主管部门原意对小儿故何安排？弟完全同意杰老师的看法：假如参加，最好纯粹作为演奏家，举行个人独奏会及与苏联乐队合作交响音乐会。团内活动，不必再令参加。此点若不与出国团长及驻苏使馆详细说明，取得同意，则届时难免不批评傅聪脱离集体，影响其演奏情绪与成绩。此点务恳先生大力支持，若有事实困难，则以根本不令小儿去苏为宜。因其健康情况的确不太好，要去苏联必须发挥相当作用，而不是单零凑一个节目。至于法国音乐界的建议，驻华沙的法国大使亦已数度与小儿当面提到；究应如何考虑，尚望先生与有关部门商议。将来倘或不放心青年人单独去巴黎，弟可陪同前往，同时也可补补课，对巴尔扎克与罗曼·罗兰的现阶段研究情况摸摸底。耑此拜托。敬候

著绥

弟傅雷拜上

四月三十日

第五通　一九五七年九月二十五日

夏衍先生座右：

航函收悉。诸蒙费神协助，不胜感激。“九办”游云同志已通过电话，附来大札亦已转去，想不致有何困难。

今晨接民航局上海分局电话，谓总局已为傅聪定妥十月九日北京去莫斯科的座位，同时亦定妥十月十一日自莫斯科去华沙座位。

在下月三日至八日内，小儿拟趋谒吾公，一方面有所汇报，一方面亦有若干涉及音乐问题的不成熟的意见；因恳吾公早日定一较长时间赐予接见，届时尚望不吝教诲为幸。

又本月十日曾接文化部长途电话，问傅聪是否已回华沙；并称出国回

校之前，部长要与傅聪谈话，务必到部谒见云云。不知电话中所称部长是哪一位，请吾公先在内部探问，并亦代约时间。高教部方面，最好亦能事先预定日期及时间，俾便到京后按照日程分别晋谒。因各首长公务繁忙，临时恐不易安排。且京中尚有招待演出需要参加,更宜早日统筹,庶免纷乱。种种渎神，毋任歉仄。耑此，祗候

著绥

弟傅雷拜上

九月二十五日

此次小儿来京，大概寄寓马思聪先生处，届时请径向马宅联系。

致人民文学出版社

第一通　一九五六年三月二十二日

接三月十四日稿发字2380号来示，敬悉一切；兹逐条答复如下：

一、横排既系出版总方向，自当同意。

二、校样本人需看初校二校两遍（过去前后四校均由本人亲自，今在北京排，为节省时间起计，减为二遍），但有数点声明：

甲、本人每次校对，文字均有修改，虽然不多，但是一定有。因文章多看一次，必然多少会找出毛病来。

乙、版式的整齐美观，本人十余年来无时不加注意，故初二校样上常有统行情形批出，务请谅解。

三、内容说明，想必为发行机构用，当于半个月内写妥寄上。

四、向例每书发排，本人必有一“草字正楷对照表”交与排字房，此表今特随函附上。[最近译稿（服尔德选集第二种）已将次誊完，不及更改草字，甚歉]匆复

人文出版社编辑部诸位先生

傅雷

一九五六年三月二十二日午刻

第二通　一九五六年三月三十一日

兹另邮挂号寄上《查第格》译稿一部，计一二五页，外目录三页，插页（书题）八页。此稿为服尔德选集第二册，亦即前后一册（根据世界文学名著选题）；第一册即已印行之《老实人》。文学名著选题原来只有《查第格》一篇，因篇幅过短，故另选七个短篇附入，共为八篇。

贵社审阅后，如有意见，请随时见告为感。此致

人民文学出版社编辑部

傅雷

一九五六年三月三十一日

第三通　一九五六年四月十六日

顷接四月十二日稿发字 3001 号

大函，内第四项询部“服尔德作品第二种大约何时可以寄到”，阅之殊深诧异。因该稿已于三月三十一日挂号寄上，至于本月十三日接贵社四月九日稿发字第 2879 号来示，谓该稿业已收到。

以上两点，当烦赐予解释为荷。

又《于絮尔·弥罗埃》既已发排，大约何时可寄初校校样，可否请即问明排字房，早日赐知。因下月初本人可能离沪旬余，本月下旬又须参加上海政协代表视察事宜。若无此种意外事故，本人对校样，历年均系随到随看，总在二十四小时至三十六小时之内寄回。此致

人民文学出版社编辑部

傅雷拜启

一九五六年四月十六日

第四通　一九五六年五月七日

四月十六日曾上一信，内询问　尊处稿发3001号　大函两项问题，迄今未蒙见复。

又雷明日离沪，去黄山作温泉治疗，须本月二十日以后方能回沪。在此期间，倘有校样寄到，幸勿以耽搁时日见责。本人于三月二十二日、四月十五日两次信中，均请求尊处与排字房早日联系，将初校样何时可以送出一点，预先来信通知俾可安排，即以此故。

此致

人民文学出版社编辑部

傅雷拜上

一九五六年五月七日

第五通　一九五六年八月五日

为了书籍定额印数问题，我曾于一九五五年十一月六日致书楼适夷兄提出意见，又于本年一月二十九日致书贵社。贵社一月十一日及二月二十一日两次复书,均未有切实论据解答。二月二十一日来信的结论是:“新的全国统一稿酬将另有规定……此办法不久即可由我社及其他出版社首先试行。”但所谓“新的全国统一稿酬”办法，经本年二月底作协理事会扩大会议讨论后，周总理已决定由主管部门另行拟订。中央并于四五月间决定在新办法未正式颁布以前，由全国各出版社单独修改旧制，并以提高稿费为原则。上海各出版社现已分别订就，例如新文艺，不但对稿费率已有调整，且已将古典翻译的最低定额印数改为五千册。

不知贵社是否亦已订定新的暂行办法？内容如何（包括稿费率及定额印数两项）？可否请详细赐告？这是第一点。

倘已有暂行办法，则贵社对于拙译预备每千字给多少报酬？定额印数若干？希望能知道。这是第二点。

倘无暂行办法，我这方面也想提出修正要求（包括稿费率及定额印数）。这是第三点。

不论贵社仍按旧办法处理抑按新办法处理，均请与我进行协商。不但新译而且所排即出的《于絮尔·弥罗埃》与《查第格》两书，我要求修正契约，对拙译其他书的契约，我也要求修改。这是第四点。

以下请容许我申说几点理由：

一、自从周总理发表“关于知识分子问题的报告”以后，高教界、中小学教育界均已开始调整级别及待遇。作译者所得报酬，显而易见落后于近几年来的劳动成就。出版社迟迟的不主动的加以修正，也是落后于其他文教部门改善知识分子措施的表现。这是个有关政策的原则性问题。

二、关于稿费，近年来各出版社对译作酬报，绝大部分是每千字九元。我一向是每千字十一元。既然待遇的不同是根据译作的质量而定的，正如大学里助教与讲师，与副教授、与教授待遇各各不同；同为讲师，同为副教授，同为教授，待遇也还分许多等级；所以我希望把拙译同大多数译作在品质上、在劳动强度与所费的时间上，在艺术成就上，作一公平合理的纯客观的比较；也希望把我译的罗曼·罗兰、巴尔扎克、梅里美、服尔德，等等，和英译、德译、俄译……的各类作家的作品，在品质上、在艺术上作一公平合理的比较，看看是否我的译作与一般的译作，报酬总应该每千字有两元的差别。这是一个“按劳取酬”的问题。

三、关于定额印数问题，过去人文定为古典翻译最低印数是一万册。但一九五三年年底及一九五四年年初平明重印的巴尔扎克，四千—四千五百册，至今尚未销完；可见古典翻译的销数每年不到两千—两千五百册。一万的印数，势必要五年左右才能销完：此种办法是否合理已成为常识问题。今各出版社的新的暂行办法,对创作保证每年二个印数（即销不完也照两个印数付稿费）；不知对翻译有何保证？固然，翻译与创作应该有分别，但总不能毫无保证，或者一个定额印数要拖到四五年之久吧？这是一个保障作译者的生活，以便于再生产的问题。假如认为翻译可以无须准备酝酿，那是把翻译劳动的实质看得太简单了。

以上各项，敬请贵社缜密研究后，给以肯定的答复为感。

此致

人民文学出版社编辑部

傅雷

一九五六年八月五日

关于《克利斯朵夫》，另纸附陈意见，请一并督阅后赐复。

又，巴尔扎克各册的合同，已于一九五五年十月满期；但贵社在一万册的定额印数中只印了一千册。请问：其余的九千册要何年何月再印并且销完？此项合同究竟应当作废不应当作废？

假定仍须继续，则合同定为一年期限，有何作用？对作译者有何保障？

以上各点亦乞赐复为荷。

〔附〕关于《约翰·克利斯朵夫》

本书重译本，平明出版社于一九五二年至一九五三年间陆续分册印行，因中间每册所批印数均不一律，故第一册前后共印 1.45 千，第二册共印 1.3 千，第三四册共印 1.1 千。至今已历三年半以上（从第一册出版日期计算，已有四年），市上尚有少数不完整的普通本存书及完整的精装本。今人文定额印数为一万，其不结合具体情况，正与其他各书同。

市上现存平装本既已售缺，故五月中郑效洵先生来沪时面告，拟即重印。后贵社于六月二十日来书（稿发字6151号）谓因纸张困难，本年仍无法重印。但纸张困难是否应当与读者的需要、作品本身的价值、译文的价值、译者的利益这四点结合起来研究？不能印多，是否可少印一些？否则据《人民日报》社论所说，纸张恐慌目前仅仅是开端，以后几年还要严重。故今年不印，明年谁又能保证重印？

迟印一年，即定额印数的销售期延长一年，译者的利益也因此而受到一年的影响；关于此点，出版社方面是否认为应予补救？打个比喻说：假定大学因故停课半年，教授们的薪水是否也可停发或迟发半年呢？

最后，本书出版契约已于本年六月满期，而书一部都没有印，所以我主张把原契约废止。

傅雷

第六通　一九五六年八月七日

人民文学出版社编辑部同志：

接八月二日稿发字7387号　大函，敬悉[拙译]《文明》一书，贵社有意重印。兹查明原来纸型尚存在国光印书局，除缺最后二面外，其余均完整，质地亦好，浇版无问题。

据[本人]入目前标准，译文当然需要修改，但修改决不能限于局部，恐于贵社原来计划，要争取于短期内付印一点有冲突；且一经修改，即须重排，原纸型无法利用。究竟如何，请考虑。

原书另寄二本以备尊处审阅。匆复即候

著绥

傅雷拜上

一九五六年八月七日

顷又接国光电话，谓所缺二面已找到。

倘用原纸型付印，鄙见原封面仍可采用。当时系本人与庞薰琹先生合作设计，也费过一番心血。将来只要把“文明”二字左右格式调换，或改直排而将插图地位更动。红底黑骷髅均为战争的象征；白字为纯洁与和平的象征。全图以强烈对比为主题。

第七通　一九五六年八月二十四日晨

最近迭接来信，对于本人八月五日信中为定额印数、稿酬标准、修改原契约等等所提的意见，未蒙赐复，甚以为念！

昨日收到《文明》样书及附下意见，已逐条改过;未改部分，另有说明。兹用航空挂号寄京。其中修改较多之处，恐须整面重排，届时请注意原来格式，并切盼勿用简体字，俾与原书统一。

封面如何更动，最好请就近向中央工艺美术学院庞薰琹先生一商。

译文以此次适应特殊要求，只能利用旧纸型，并以时间所限，只能就尊处所提做局部修改，极不完整。倘日后需要重印，当从头至尾彻底改正。此次印刷数量越少越好。

此致

人民文学出版社编辑部

傅雷拜上

一九五六年八月二十四日晨

附《查第格》预支稿费收据一纸。

第八通　一九五六年九月九日

顷接九月一日稿发字8582号大函，敬悉一切。

查定额印数为稿酬的关键性问题；大函对本人所提理由，未有正面解答，仅以一万为最低印数为辞，似乎很少说服力量。至提出其他古典翻译都是定为一万印数作为旁证，本人觉得倘各该译著也是要在四五年内销完一万册，那也是同样的不合理；以别的不合理现象来证明另一件不合理事情为合理，恐怕不大说得过去。倘若所举例的书，一万册可在一年或二年之内销完，则根本不能用以证明对待拙译各书的定额印数为合理；因为我已屡次指出拙译各书自解放以来，销数只有向下，并未上升；近三年中平均每年只销贰千册左右。

事实上，近代作品的译本，每年印三万至五万册而每年销完的例子是不少的；今以古典作品的译本而一万册要销到四五年：对译者的待遇是否公平合理，已是常识问题，决不能以制度规程等等为理由而坚持不变。近半年来各方面都在指出各项制度必须结合具体情况，文化出版机构在这个问题上照理应当为天下先。而我历次信中所举的具体情况，都没有得到贵社的重视，我认为是很大的遗憾。

为了纸张紧张而延迟印书，对译者是否应予照顾？上面所说的销数之少，与定额印数的关系造成极不合理的现象是否应予纠正？贵社从未正面赐答。还有如巴尔扎克各部小说，一九五五年一月印过一千册后即未重印，其余九千册何时能印，何时能销完，都是问题。

我的意思，只要贵社能有充分的理由，答复我所举的具体情况，我一定在真理前面低头。即使反复商讨的结果，证明印数还要增加，或者单位报酬还要降低，我都很乐意接受。假定避开具体情况不谈，而只从主观愿望出发（例如今后人民物质文化生活逐渐上升，印数也会逐渐增加），假定只谈印数而不根据实际销数，那是无论如何难以令人折服的。

根据此次来信，我另有几个问题提出：

一、更改报酬标准，是否预备将已付而书并未印出（例如巴尔扎克只印过千册，《约翰·克利斯朵夫》预付半数而书未出）的都补付？

二、出版契约延长至一九五七年年底后，届时期满，倘原定印数仍未印足，或所印部分并未销完，则一九五八年份另订新约或续定原约时，是否仍要等旧契约上的印数全部销完的时候再付下一版的报酬？换言之，订立契约的期限是否与定额印数有连带关系？照常识推断，似乎一次契约期满时，不问实际销数如何，应该从另一版开始计算报酬：这样才表示出版社对作译者负责，同时也可以更准确的掌握印数。否则契约对于作译者毫无保障作用可言。

以上两点，请予解答。

倘贵社坚持定额印数必须以一万为最低标准，则可否考虑保证在二年或三年内不论销完与否，一律另给新版的报酬？换言之，可否与订立契约的期限结合起来？如何即请赐复。

此致

人民文学出版社编辑部

傅雷

一九五六年九月九日

第九通　一九五七年一月十五日

一月四日来信收悉。拙译巴尔扎克五种，暂时不需要修改。查一九五四年冬至一九五五年春印精装本时，曾寄下赠书十册；此次印平装本，想不必可能再赠；故出版时，请贵社来信通知，以便在沪留意自购样本。因新华书店向例不登再版书广告；倘出版社不予通知，则作译者本人即无

法知道。至于信所称改大三十二开本，想仅指开本而论，不见得是重排吧？匆复

人民文学出版社编辑部

傅雷

一九五七年一月十五日

第十通　一九五七年四月十六日

前接贵社寄来《克利斯朵夫》稿酬清单，附有译者自购书二十部发票一纸，当即函达郑效洵先生，说明去年十二月十日本人提出要求“搭印穿线订的平装本二十部”，今既仍系三眼订，自难作为搭印本；且原来说的“内十部以样书作抵，余十部由译者照价偿付”，可见并非在赠送样书之外，另要二十部。

昨日又接上海车站通知，方悉《克利斯朵夫》二十部已经运到。兹仍由上海站运回北京，附上包裹票一张，请查收。

本人不接受此二十部的理由，已详上文，不再赘述。按去年十二月十日寄至贵社的要求，系附在致任叔、适夷二同志信内，但系另纸写明，且有标题：“译者对重印《克利斯朵夫》的几点意见及要求，请赐考虑”；此项意见，敝处有复写副本留存，故决无误记情事。

兹随函附还稿酬清单及收据各一纸，请改正后再行寄沪。至《克利斯朵夫》二十部之发票，已先行退回郑效洵先生。原书寄回北京后，望将书款退回敝处。

此致

人民文学出版社

傅雷

一九五七年四月十六日

第十一通　一九五七年七月二十七日

顷接四发字〔?〕号

大函，敬悉一切。《约翰·克利斯朵夫》原译暂时不需改动，请照原纸型付印。但封面里页作者肖像下原有作者签名，请仍觅出锌版印上，将此页“作者肖像”四字删去。

《查第格》初版五千本，上海四五日内即售罄，不知是否亦能考虑重印？

《皮罗多》一稿尚在修改中，今年因会议特多，近又逢反右派斗争，故工作大受影响，一时尚难完稿。此复

人民文学出版社编辑部第四编辑室

傅雷

一九五七年七月二十七日

第十二通　一九五七年十二月十四日

接奉

贵社四发字 2147 号　大函，敬悉拙译《查第格》及《于絮尔·弥罗埃》两书即将重印，查目前译文并无更动。此复

人民文学出版社四编室

傅雷

一九五七年十二月十四日

第十三通　一九五八年四月十二日

来信敬悉。拙译巴尔扎克《赛查·皮罗多盛衰记》正在作最后一次校订，还需过几天才能寄上。恐劳远注，特先布闻。此上

人民文学出版社第四编辑组

傅雷

一九五八年四月十二日

第十四通　一九五八年四月二十日

本日另邮挂号寄上拙译巴尔扎克《赛查·皮罗多盛衰记》一稿，计三一九页，另里封一页，西文书名一页，目次二页。寄发前均经点讫无误，收到后请来示赐告为感。

“译者序”待稍缓写就再寄。

另有插图二十一幅，因原书系全集本，往返寄递恐有污损，曾于三月中与适夷同志面商，由敝处在沪拍好照片寄上，凭发票由贵社将费用汇下。此项办法是否同意，并请见复。倘荷同意，是否需要即日办理摄影？亦乞见告。

封面题字，当与“译者序”同时寄上。

拙译稿向例均由鄙人从头至尾亲自校对，但目前既在北京发排，为避免往返费时计，只校一次亦可。惟望事先通知何日寄校，以便安排工作时间。此致

人民文学出版社第四编辑室

傅雷拜启

一九五八年四月二十日

第十五通　一九五九年二月二十六日

顷接二月二十一日大示及银行汇来《赛查·皮罗多盛衰记》部分稿费人民币壹千元整，谢谢。

今后计划，拟译巴尔扎克的*La Robouilleuse*（中文译名尚未确定），大概要五六月以后动手，完成当在明年初夏。忙起来体力精力大为衰退（抑且病倒时甚多），届时是否能如期交卷，亦未敢保证。

至五六年春任叔、效洵二先生来沪时所约定的丹纳《艺术哲学》，初稿已完成，现正校改第二道，第二道以后尚须校改第三道，预计五月中可以誊出。——此书虽以理论为主，但纯采实证方法，分析重要绘画及雕塑名作之处甚多，将来倘不加插图（法文原版无插图，此系国情不同，他们名作流传甚广，群众对美术馆中重要作品类多熟识），颇有纸上谈兵之憾，对读者无帮助。但要印插图，数量既不少（目前约计当在三四十幅以上），印刷又须相当讲究（当然单色），不知贵社出版计划是否容许？此点请考虑后早日通知。因插图半数尚须向各处征集，不特费时，而且周折较多。又摄影制版恐以在沪办理为便，因插图材料散见各书，而美术书多篇幅巨大，不便寄递；往往一大册中仅采一二幅，制版时又易出现错误，必由译者就近亲自注意。以上种种，均与贵社办事规程有关，故先行渎陈，以供决定是否用插图时参考。

兹附上去年六月份写就的《皮罗多》译序（另邮挂号），不知可用否？倘有思想不正确处，烦请斧改；倘认为不相宜，根本不用亦可。

另附稿费收据，乞转致财务科。此复

人民文学出版社欧美文学组

傅雷

一九五九年二月二十六日

第十六通　一九五九年四月十四日

人民文学出版社欧美文学组

诸位同志公鉴：

前接三月十日来示，敬悉对丹纳《艺术哲学》加入插图一节表示同意。惟此事颇不简单，经半月来反复考虑，图片至少需增至九十六幅左右，占据页数达五十面（即二十五页）上下，与原来拟议相差甚巨，因并详述原委，请考虑后示复。

（一）本书性质与插图的关系，出版本书的主旨

甲、本书性质原系艺术史讲稿，丹纳在一百年前巴黎美术学院所担任的讲座就是“艺术史讲座”。丹纳在本书开头也有说明。所谓“艺术哲学”乃是作者整理讲稿，预备出书时另起的题目；实际所谓“艺术哲学”是作者解释艺术史时所用的观点与方法，一方面也是以艺术史来证明作者对于艺术的理论。——原著论列绘画雕塑部分占全书百分之八十，文学部分占百分之十五，建筑及音乐占百分之五。原著第一编只是第二、三、四编的绪论；至第五编方纯以理论为主。

乙、因此，人文出版此书，固作为文艺理论书籍，但实际上等于同时出版一部西洋艺术史。我特别提出这一点，供诸位考虑问题时作参考。——因作者编目虽以意大利、尼德兰、希腊三大艺术为主，但对于英、法、德国的艺术，随处有论列。而迄今为止，我国尚无一部比较详尽的西洋美术史。

丙、既然本书同时须以西洋艺术史看待，则插图之重要自不待言。最近有人持示一九四九年份沈起予译本（群益版），亦有插图三十五幅。但取材甚狭，与原著联系不够，并无多大作用。足见不加插图则已，加插图必须相当全面。

以上是最基本的原则问题，似乎值得最先考虑。

（二）本书的开本、插图用纸及装订、制版的技术要求

甲、将来本书的开本、装订及插图用纸，均与目前选择插图有关，不能不事先估计到。因开本大小及装订与插图排版，及插图下面（或旁边）的文字说明有连带关系。鄙意如人文《吉尔·布拉斯》一类的版本，对文字固毫无问题，对插图拼版尚嫌局促；倘能如《毛选》大小，则可有周旋余地。

乙、装订若用穿线订（所谓字典订法），则又可增加版面，便于插图安排。——因插图有横有直，拼版时连带说明文字，颇不易对付；若版面宽大，既可省事，又增美观。

丙、插图材料均系西洋美术史及美术家传记和专集上的复制品。这些复制品已经过——摄影——再摄影上版——印刷三道翻版，与原作已有相当距离。今用以翻印，又要经过以上三道翻版，势必与原作距离更远。目前吾国制版及印刷水平均不甚高，倘用纸再差，效果必更打折扣。

丁、美术图片制版原以影写版为最理想，目前国内无此设备；其次则珂罗版，但一次印数只能在三百张上下，成本太高，不得已惟有用铜版，但鄙意铜版至少要做到二百线（去年大跃进时，报载上海铜版已能做到五百线，故二百线决无问题）。

以上各项是为求插图的效果尽可能的好；鄙意提高成本而得不到相应的效果，即是浪费；故事先考虑效果问题，实际就是考虑经济实惠问题。

（三）插图的选择及多少问题

甲、为了顾到成本，顾到目前的物资有限，我选择插图经过三度压缩；许多本应列入的插图，已有一部分从略（请参阅附呈的本书目录上的蓝笔批注）。目前所定的九十余幅，鄙意以为是最低限度，倘再删削，对读者的帮助即将受到影响。

乙、选择原材料时第一以与本书关系最密切的为主，第二以印刷最清

晰的为主，第三以原作浓淡层次不太多的为主，因层次愈多，复制愈难。

（四）插图准备阶段的技术性问题

甲、最理想的制版是以原材料交与制版所，由他们直接摄影上版，则可省去一道翻拍手续，印出效果必然更好；且省一道自己摄影手续，亦可省一部分成本。但原材料散见于各书，且多 11 × 16 英寸的大开本，每页上有二三幅图，图旁又不能用铅笔作记号，图下说明文字有英、法、意各种，实在无法使制版工友弄清何幅要制版，何幅不要制版。倘由译者亲自驻守制版所内指点，则限于种种条件（如制版所何时动手，甚难确定；数量又多，非一二日所能完工；上海印刷厂多数在东区，我又住在极西区；再加我体力不支，工作羁身等等），无法办到。

乙、不得已而求其次，只能像为古画制版一样，先拍照，拍照时我可托家人亲往掌握。照相馆工作并不太忙，也不拒绝外人在场参加。——但拍好的照片送至制版所尚须翻拍一道，为了尽量保持原作真面目起见，照片不能拍得太小。例如印刷时可以印成 2×3 英寸，但摄影必须拍成四 × 六英寸，让制版所去缩小，则效果不致太差。

丙、上海照相馆摄影价目为六英寸者每张三点五七元，四英寸者每张一点八九元（但均以印晒一张为限，若多印一张，须另加费）。现以六英寸者六张，四英寸者九十张计，约在二百元左右。

以上各项请考虑后赐复。倘决定照鄙议加入插图，请将摄影费二百元汇下，俾便代办。同时亦当准备插图编号及说明文字，并当于本文中有关段落加入“插图 ×”字样，以便读者。

又版面大小，请剪一纸样寄下。人文所出各书版权页上所印版面开本，以英尺及米突尺核之，均不符，不知以何为准，故须纸样。鄙意插图版面不妨比正文版面略为放宽，以便拼版。此点是否同意，亦盼见示，因与安排插图文字款式有关。

原书文字约在二十六万左右，另加“目录”“插图目录”“艺术家文学家人名生卒表”。全稿当可于五月内寄上。并此附闻，耑致

敬礼

傅雷

一九五九年四月十四日

兹将原书目录先行抄奉一份，可觇本书内容及插图选择标准。

第十七通　一九五九年五月二十九日

兹另邮挂号寄上拙译丹纳《艺术哲学》稿一部，计目录二十四页，译序五页，正文四一〇页，人名表十四页，版权页用西文一页，共四五四页，请检收审阅。

此书人名、书名、地名、艺术作品题目、神话名称，共达三千以上，为便利读者计，希望能一律用专名号排版；否则专名与文字往往上下文文义不通，阅时极费脑力。此即候

人民文学出版社欧美文学组诸同志　撰绥

傅雷拜上

一九五九年五月二十九日

第十八通　一九六〇年一月二十一日

兹同时另邮寄上（双挂号）厚纸匣一，内计：

一、《艺术哲学》插图——制版用正式照片一百零四幅，另装一匣（作为本信附件六）。

二、《艺术哲学》插图样本上下两册（内贴样片一百零四幅；作为本信附件五）。

三、封袋一，内装关于《艺术哲学》排印制版文件五种：——

1.“艺术家文学家姓氏及生卒年代表”补选一条（作为本信附件一）。

2. 插图目录八页（附件二）。

3. 插图说明十五页（附件三）。

4. 插图说明排版格式五页（附件四）。

5.《艺术哲学》付印及制版手续备忘录三页（附件七）（前举各种附件从略）。望点收后即行见复为荷。本月十三日双挂号寄上巴尔扎克《搅水女人》译稿一部（内附《搅水女人》《赛查·皮罗多盛衰记》《艺术哲学》三书封面字样），迄今邮局回单尚未寄到，未知尊处已否收到？

以下说明七点：

（一）《艺术哲学》插图用正式照片一套一百零四张，样片一套一百零四张，两者成本费共计人民币一百二十一点一七元（另附清单一张：去年以九十六张，内六英寸者六张，交照相馆估价，仅印正式片一套即须二百元左右，倘如目前加至一百零四张，六英寸者六张，则总计当在二百十余元。不包括样片）。摄影友人为此颇费心力；因图片取材方面不一，来源有十五种美术图书及零星照片，原来制版及印刷种类亦参差各异，为力求色调统一，便于制版计，多数须按具体情况分别处理。一部分原底清晰度甚差，为尽量复制原来色调之对比、层次及细节，一种图片往往须反复用不同方法摄制、冲洗、试验至五六次方始满意者（清账上提到废片，即指此种试验过程中所消耗之片）。又有全部照片完成后，雷又在他处觅得更好之原底，交友重摄者。比较复杂的照片，并已请上海技术高级之制版厂看过，认为只要能用二套制版，用纸恰当，复制成绩绝对有把握。

惟摄影友人系在患病休养期间勉力为之，热心协助，盛情可感。社方是否需要酌送酬劳，贴补营养，请贵社考虑后赐复。若认为有此需要，并请告知数字。

（二）尊处于去年十二月汇来制版费二百元，除支付两整套照相之成本费一百二十一点一七元外，尚存七十八点八三元，暂留敝处。因巴尔扎克《搅水女人》所用之插图，亦拟委托同一友人翻拍，费用可较照相馆减低甚多。五八年春托照相馆翻拍《赛查·皮罗多盛衰记》插图时曾耗去五十元余。

（三）照相软片，邮局列入“易燃品”项下，运寄须装白铁皮匣，敝处无法办到，只得暂存。待日后制版完毕，尊处有便人来沪时提取。且正式及样片均经过放大，放大时又经过特殊处理，即使软片寄京，一时亦无用处。万一需要补印，仍当在沪托原摄制人代办。

又有试验用过之废片（近于样片性质）一包,废软片一包,并暂存敝处，将来一并带京。

（四）制版成绩取决于网线多少，套印版数，此两者又取决于用纸之品质，且此次插图系双面印，故上海制版厂特别指出，至少须一百八十克道林方可应用，此点更不能不事先考虑。希望贵社关于用纸种类及品质先与承接制版之工厂联系。

（五）附件第七种所列各项，乃系雷个人管见所及，仅供贵社参考。其中必有疏漏之处，亦必有与北京实际情况不符合之处，尽请修正。

（六）各编插图所以分别放在各编正文之后，因作者于第一编开始时，提出作品即以阐明作者学说为主，并不按作品时代之先后；第二、三、四编作者原按时代论证（故目前插图在此三编中亦以时代为序）；第五编又回到第一编所用方法。倘将全部插图合钉一处，难免予人以时代颠倒、种类庞杂（忽而绘画，忽而建筑，忽而又绘画）、凌乱无序之感。若如目前办法分编附加插图，可眉目清楚，而插图完全由原书内容决定的原则亦更显著。

（七）插图说明，鄙意宜最先付排（其在制版以前校完），理由详见附件七。

此致

人民文学出版社欧美文学编辑室

傅雷

一九六〇年一月二十一日

附：插图照片成本费清账一纸（报销账上所列，纯系友人代办；至贴样片用照相簿即样本二本，由雷个人出资，并不报销）。

第十九通　一九六〇年十二月六日

十一月六日鄙函请

贵社将丹纳《艺术哲学》法文原书贰册寄还，迄无消息。查该书系去年十二月十二日尊处来信借去校阅，至今已届一载，想可用毕，尚盼捡出掷还为感！

人民文学出版社欧美文学编辑室

傅雷拜启

一九六〇年十二月六日

第二十通　一九六一年一月十二日

丹纳《艺术哲学》法文原著已收到。近无意中翻阅所存译文底稿，发现尚有文字细节需略加润色，若蒙寄下再改一遍，尤为感荷。

此致复

人民文学出版社欧美文学组

傅雷敬启

一九六一年一月十二日

第二十一通　一九六一年四月二十二日

此信本拟径寄“外国文学编辑部——欧美组”，继因内容涉及一般编辑及出版问题，故改呈社长先生，幸恕冒昧！

傅雷附启

《艺术哲学》三校样于三月十七日收到，因无原稿附下，故当日及二十七日两次电催，始于本月二日收到原稿；故三月十七日至本月二日之间十六天，校样只能原封不动，暂予搁置——且译序迄今仍未寄下校阅。

本人以精力不济，目力衰退尤甚，工作效率锐减，此次所费校阅时间三倍于往日，旷废时间如此之久，不胜抱歉！

该稿全文虽由本人校改二遍，并由家人通读一遍，漏校处仍恐难免。正文及书末“艺术家文学家姓氏及生卒年代索引”（今改：艺术家文学家译名原名对照表）内之专名均已核对统一，即有挂漏，十分之九以上可保证无误。

至尊处所提译名统一问题，除“流行广泛、历有年数”之译名一律遵命改正以外，其余在发音观点上难以附和者仍保持原译。兹另附《关于译名统一之意见》三纸，一则说明管见，二则藉供参考。此事有关学术与原则性，幸恕坚持。

原作者 Taine 必须译作“丹纳”一点，尤乞特予注意。据本人所知，通晓汉文之法国学者近年收集中译之法国名著不遗余力，总不能使彼等以为中国人连 Taine 一字之读音尚犯错误而即贸贸然译 Taine 之著作。

编辑部所改动之译文若干处，似欠斟酌：如：

（一）“一发不可收拾”改为“益发……”不仅不合成语，且意义亦有出入。

（二）改“亦然如此”为“也是如此”徒使译文单调。文艺翻译与创作恐皆难以“标准语法”相绳；且“亦然如此”今日尚不失为口语。

（三）原文“……avec la douceur triste du cloître ou le rayonnement de l’extase”原译“带着（上文是说画面上人物的表情）温柔抑郁的修院气息或出神入定的光彩”，今改作“出神入定的光景”。rayonnement 译作“光景”已觉离奇，“带着……出神入定的光景”一语是否通顺尤成问题。“光彩”二字即欲改动亦只能改作“光辉”。中世纪笃信宗教之士，面上有某种“光彩”或“光辉”，方是原作真意所在。

倘编辑部认为译文有问题，尽可逐条另纸批明，与译者商榷，再由双方觅得一妥善之译法；不必在原稿上立时批改。否则译者校对时略一疏忽，如“光景”一类之文句，一字出入即犯大错！

曾忆一九五八——一九五九年间专诚向尊处提出本书专名（除人名、书名、雕塑、绘画题目外，尚有大量地名）数在三千以上，为便利读者计排版时应加专名号，当时亦荷同意。今一律不用，殊为遗憾。关于翻译书之专名号，十年来向各方专家征询意见，认为不宜废去者几达百分之百。最后一次与叶圣陶先生面谈（一九五七年六月），圣老亦认为翻译作品必须用专名号。此次本人校阅时即因专名多而无专名号深觉费力，以己度人，读者之不便势必数倍于原译者。此系有关全面翻译书之问题，值得尊处为群众利益加以考虑！

关于本书装订，已于一九五九年二月提出全部用穿线订（即不限于少数样书），当时亦蒙同意。今特再行提请注意；否则版面地位局促，插图拼版大有困难。且不独有插图之书为然，即一般敲眼钉而篇幅较巨之图书，读者均极感不便，啧有烦言，已非一日，并盛称青年出版社自一九五六年以前即用穿线订为德政。甚望尊处能从群众观点着眼，凡较厚图书均改用穿线订。或自技术革新运动以来，尊处久已实行穿线订，则本人所言当为赘辞矣。

译序、插图目次、插图打样及说明文字，均恳寄下校对！熟悉原作之人校对图片费时少而功效大，“说明”部分亦容易发现问题。届时原稿及插图样本（即去年春间由敝处将照片副本照拼版格式贴就之照相簿贰册）务盼随同校样一并寄下，勿再遗漏为幸！

“艺术家文学家译名原名对照表”统行达八十余处，西文又极多，最好请将四校再寄敝处一阅，细校一次，感荷感荷。此致

人民文学出版社

傅雷拜启

一九六一年四月二十二日

附启：去年附上有关“插图及说明文字”编排程序之详细材料，请拣出参考。

兹另邮挂号寄上（一）原稿全份（连同中西文名字对照表原稿）；（二）三校校样全份（译序未寄下）。

随函附上：

（一）《对于译名统一问题的意见》三纸；

（二）“批改校样说明”二纸；

（三）“交与排字房材料三种”计：

A. 补排“译名原名对照表”内的人名 22 条，一纸；

B. 补排对照表姓名第一字样张二纸；

C. 改样及统行参考材料（一）（二）（三）共七纸。

——以上共十张

关于改校样的说明

一、三校内由译者增删文字之处，均尽量在上、下文中设法在数行之内将字数轧平，至多不出一节即可轧平，俾工友统行时不必牵动

太多。

二、标点“，”“；”“。”之分，原为表示语气顿节之长短及意义之大小段落。故凡一行之内，“，”号所用铅字大于“；”号者，一律加以改正。例如往往有“，”号用全身或“3/4，而“；”号只用对开者，一律加以调整，庶文义、语气与排版形式比较一致而合理。请向排字房说明。

三、“艺术家……索引”文字及次序更动太多，故另制三表，以便改样及统行时作为参考，减少麻烦及错误。

四、“索引”原样说明被删去甚多，但有两点必须加入，请补排。

五、“索引”原稿上，本来在每个姓氏之前，空一格排姓氏之第一字，今被一律取消。此次原译者于改样及检查时即大感不便，将来读者检查，必更有眼花缭乱之苦。译者因历年查阅人名辞典深感此种痛苦，故特意用此办法补救。望为便利读者着想，全部补入，且费工亦不太多。

六、“索引”同一笔画之姓氏，以部首先后为序；第二字则以笔画多少为序。排列先后倘无一定原则，仍使读者茫无头绪。

又校样上凡艹（艸部）之字忽作三划计，忽作四划计，今按照字典通例，全部改为四划计算。

七、不论正文，附注及索引，均应避免一字独作一行；不但难看，而且浪费地位。倘在一面之首更不雅观。译者校对时遇此情形，或将上文可以省略之虚字勾去一二字，根本取消独占一行之一字；或多加一二字，使最后一行亦有二三字。但单条脚注，为免得统行起见（且文字亦无法增减），只得不予更动。

五四年以前，译者在沪每书从初校至四校均亲自担任；发排稿子时亦直接与排字房当面联系，且有一套行款格式交与排字房，对排版之合理、美观及节约地位均予照顾。目前情况，当然谈不到此种作译者——出版社——排字房及印刷所三结合的办法；但有些突出的不合理处，还是改正为妥。

批改校样说明

〔文字部分〕

一、在校样上改动文字固表明原来工作未曾做好，但鄙见文字工作总难一劳永逸，完美无疵；当时自认为满意者事后仍会发现不妥。且在校样上修改原为各国作译者极普遍之习惯；此稿自译完至校对，已近二年，译者目光、标准、要求均有所不同，故增减文句更加难免。凡此种种均希代向排字房说明，以免引起不必要之误会。

二、此次改动特别多，另一原因亦是编辑部对统一译名工作，本身亦无把握，在原稿上改动后又在校样上改用原译名；其次，译者对所改译名不能同意而仍改用原译者亦有相当数量。

三、中西名字对照表（原称"索引"）之改动，十分之九均由于上述原因，以致笔划不同，次序颠倒，一律改正极费手脚。（兹另附三表，以便排字房改样及统行，并便于编辑部校对。）

四、凡文字有增删处，均尽量在上下文设法，使统行不至超过一段或一面。

五、"艺术家文学家译名原名对照表"重点在于使读者能查出西文原名，故将原用题目改动，另于下行加列"附生卒年代"。

六、该表说明被删去大半，但内有二点仍须补入脚注。

七、该表同一笔划之姓氏仍以各字所属"部首"为序。第一字相同之人名，则以第二字笔划为序。

八、编辑部更动译名之姓氏，计算笔划参差不一，如草部（艹）之字，有时作三划计，有时作四划计；今一律照字典通例作四划计算。

九、目次开头及结尾均须加入二条，一是"插图目录"（放在开头），二是"艺术家文学家译名原名对照表"放在结尾。

十、"对照表"每条之首在原稿上遇新姓氏出现时，均标明第一字，今被删去；译者此次整理时即大感不便，读者检阅势必更有眼花缭乱之苦。请全部补入；费工不多而于读者裨益甚大，何乐不为！

〔版式部分〕

一、本书插图必须分别放在每篇之末，理由已详一九六〇年年初之详细参考文件内；故一编终了不能接排下编；换言之，每编都须从单数页码开始。兹全部改正，并乞校对时留意，免装订时发生严重困难。

二、标点凡“，”号空白多而“；”号反少者，均改为“；”号空白多而“，”号空白少。因“，”号与“；”号，反映文字顿节之长短，绝对不宜倒置。

三、“对照表”上红笔号码，仅为统行方便临时编上，想排字房不致误会。

第二十二通　一九六二年六月六日

六月一日大札敬悉。五六年前拙译，以鄙人目前眼光，无一不需修改，且需大动手术，近乎重译；而又为精力时间所限，无法实现。只能暂照原样重印，而将误植之字改正（另附一纸）（改正误植之字的附纸缺失，故从略）。

如何尚盼裁夺为幸。此致

人民文学出版社

外国文学编辑部欧美组

傅雷拜复

一九六二年六月六日

第二十三通　一九六二年八月二十八日

致校对科同志：

《搅水女人》承于三校样上批出问题多处，甚感甚感。除一部分即于附条上批答外，有些段落另粘小纸条说明，阅后请撕下。

承改正成语错用诸字，如“唾手可得”误为“垂手可得”，“立锥”误为“立椎”，具见细心，极佩极佩。惟“如法泡制”应作“泡”不作“炮”，因原义乃引用制药制酒，故用“泡制”二字。

巴尔扎克原文对军阶甚不统一，今另加注文二条，免读者误会。

傅雷敬叩

一九六二年八月二十八日

又“事过境迁”不能改作“时过境迁”。

第二十四通　一九六二年十月一日

二十五日来示敬悉。

《高老头》敝处已不存插图本，仅有平明版（无插图），故所询第二十六页后之图版是否应移至第四十六页后，无法奉答。惟若该图系高老头像，则可不必移动地位。究竟为何，当按插图本校对后方能决定。

《欧也妮·葛朗台》第一九八页第六行“台对查理望了”敝存平明版“对”字旁原无专名线。

其他各处自当照来示所提一一改正，承代校出错误，不胜感谢！又重印四书是否仍以平明纸型付印，抑另排新版？乞示及为幸！

此上

人民文学出版社欧美组

傅雷

一九六二年十月一日

第二十五通　一九六二年十月十三日

十月六日来示敬悉。承蒙抄录拙译各书印数，甚感，稿酬办法自五七年秋季以后，更改多次，鄙处只闻消息，从未得知内容，所五九年十一月办法项下之印数稿酬，不知如何计算（初版时如何；再版时如何），拟烦详予说明，必要时并请举例，俾易彻底了解，于渎处乞，鉴谅为幸。此致

人民文学出版社总编室

傅雷拜启

一九六二年十月十三日

第二十六通　一九六三年三月二十五日

二十二日　大示敬悉。外国古典文学名著丛书编委会拟将《高老头》收入丛书，鄙人向无意见。倘欲加写序文，恐上半年难以抽出时间。最好请编委会将该书发排时日及早告知，俾便安排。此复

人民文学出版社外国文学编辑室

傅雷拜上

一九六三年三月二十五日

第二十七通　一九六三年九月三日

上月二十三日复上一信，想收到。

《高老头》兹经重读一过，觉有全部修改必要，望勿将原书发排为幸。此致

人民文学出版社外国文学编辑欧美组

傅雷拜启

一九六三年九月三日

第二十八通　一九六三年九月十五日

九月六日　大示十日收到。

《高老头》修改工作又译序，大致本月底下月初可以寄上。即请通知丛书编委会为幸。此致

人民文学出版社外国文学编辑部欧美组

傅雷拜启

一九六三年九月十五日

《赛查·皮罗多盛衰记》何时可以出书，俾盼见告为感！

第二十九通　一九六三年九月二十二日

本月十五日复上一信，谅收到。

兹附奉“译者序”十一页，请转古典名著编委会审阅。同时另邮挂号寄上修改本《高老头》一册，收到后盼　赐复。将来排印，烦请寄沪校对为感。此致

人民文学出版社外国文学编辑部欧美组

傅雷拜启

一九六三年九月二十二日

《赛查·皮罗盛衰记》何时出书，仍望见告。

第三十通　一九六四年八月七日

兹另邮双挂号寄上拙译巴尔扎克著《幻灭》(三部曲)三册，请詧收。译序可用则用，可改即改，万一不堪造就，即摒弃亦无妨；将来编入古典文学名著时，拟仍按《高老头》例，径请文学研究所另行倩人缮写序文。鄙人三十余年来与海外隔绝，自去岁起，始有机会稍稍浏览研究巴尔扎克之专著，但亦种类极多，卷帙浩繁，尚不足言窥其门径；材料既未掌握，马列主义水平又低，此次虽以四十余日之时间，写成序文，仍恐谬误百出，贻误读者，甚盼严加审阅，以定去取。又译文尚有一小部分疑问，正驰书巴黎询问专家，将来当于校样上改正，好在译稿发排尚有时日，谅无大碍也。此致

人民文学出版社总编室

傅雷拜上

一九六四年八月七日

第三十一通　一九六五年十一月十一日

十一月五日来信收到。本年六月底，因头脑灼热如焚，曾休息二月。复工后一月，双目忽昏花，每分钟眼前皆有薄雾浮动，医生谓目力使用过度，嘱令长期休养，迄今已有四十余天，未见好转。

来书嘱将《幻灭》原序译出，不但一时无从照办，且何时可以执笔，

亦难预告，至插图是否可按以前办法，由敝处在沪托人翻拍后，将底片寄京，请考虑为荷。

又鄙人系专业翻译工作者，长病期间，生活大有问题，拟恳于《幻灭》一书再行预支一部分稿费，如荷同意，不胜感激。

目力不济，恕不多述。耑复

人民文学出版社编辑部

傅雷拜上

一九六五年十一月十一日

《猫儿打球号》正在第四次修改并誊写中。因两次停工，故耽误至今，否则八月底早可交稿。

第三十二通　一九六五年十二月三日

十一月三十日　大示收悉。兹分别奉复如下：

一、作者题献友人之词，拙译巴尔扎克各册一律取消。因除少数外，皆系题赠当时贵族夫人，满纸谀辞，并无价值。近代重印本如 Garnier Classique 亦移入附录内。

二、巴尔扎克原作初版时皆有章节。一八四一年十月开始以《人间喜剧》总名出版时，因徇出版商，改用密行小字排印，节省纸张之意，故勉强取消。二十世纪重印版本，多数不保留原来初版章节（亦是节省篇幅），亦有某些版本仍用初版章节；鄙人所有如 Garnier Classique 版本即属此类。鄙意巴尔扎克作品内容分量极重，不用章节，不但使读者疲劳，且不易获得比较清楚的印象；故拙译本全部采用近代沿用章节之版本。据鄙人所知，由后世编者代巴尔扎克加入章节之事尚无所闻。且大半版本，如 Garnier Classique 编订之人皆参考 Chantilly 巴氏图书馆（即 Lovenjoul 图书馆）所藏巴氏原稿、改稿及校样稿上之批改，态度认真，可以相信。——关于章节问题，前数

年尊处　曾来信问及，亦曾答复。此致

人民文学出版社编辑部欧美组

傅雷拜上

一九六五年十二月三日

致郑效洵

第一通　一九五六年六月二十五日

效洵先生：

五月下旬在沪晤　教，甚以为快。兹为服尔德《查第格》及巴尔扎克《于絮尔·弥罗埃》二稿事奉渎。[弟]自胜利以后，所有书稿前后校对，均亲自负责对底，因（一）对于出版格式，可随时批改，力求美观、合理；（二）对内容文字，多看一遍，即可多发现毛病，多修改一次。故一九五三年十月，适夷兄来沪商谈为将[拙稿]由平明转移人文，并约定以后专为人文翻译时，[弟]即提出[拙稿]均在上海发排，以便亲自照顾，免京沪间寄递校样，耽误时日。

至于[弟]坚持要各章节另起一面的理由，是因为古典名著不能与通俗文艺同样看待；《查第格》全书不到一八〇面，薄薄的一本，很像小册子，不能单从节省纸张着眼。《于絮尔·弥罗埃》也要每章另起一面，是因为巴尔扎克的作品都很复杂，有时还相当沉闷，每章另起一面可使读者精神上松动些。

总的来说，我处理任何事情，都顾到各个方面。校样从头至尾要亲自看，为的是求文字更少毛病，也为的求书版形式更合理美观；要在上海排，为的是求手续简便，节省时间，也免除与排字房的隔膜。

以上种种，尚望先生与各部门彻底了解后，赐复为感。草草即候

公绥

任叔、适夷二位前乞代道念

弟傅雷

一九五六年六月二十五日

附启：

（一）《查第格》家中尚存有第二道译稿（付排的已属第三道稿），故虽无原来付排稿，还能校对。《于絮尔·弥罗埃》原来只有两道译稿，所存的初译稿与付排稿相差甚多，故无付排稿即难校对。

（二）前承面交世界名著出版计划草案，另邮寄还。因弟去安徽参观，回沪后什务纷繁，仅能过目一遍，未及提出意见，辜负　雅望为歉！

第二通　一九六二年六月十二日

效洵吾兄先生：

久疏笺候，近想起居清吉为颂。两三月来顽躯善病，除关节炎复发坐立为艰，苦不堪言外，尚经常头晕。因之工作进度奇缓，脑力迟钝尤是苦闷。巴尔扎克重版四种，十日前已收到样书，并闻已扫数送交新华书店，不知该项印数稿酬何时可以汇下？若须等待精装本装齐，则以目前装订情况，恐再阅二三月亦未必全部完竣，因此而使译者久待，似出情理之外，不审贵社对于支付稿酬规章，亦能鉴于装订奇缓情况而灵活运用否？专此奉询。敬候

时绥

弟傅雷再拜

六月十二日

第三通　一九六二年十月三十日

效洵吾兄先生：

前接九月二十三日手教，谓《艺术哲学》已与上海谈妥，代印纸型，可于十月十五日左右到沪。今已届月底,杳无消息,不知是否又有其他困难，若此情形，拙译各书年内恐仍难出版，尤其巴尔扎克各种样书，及鄙处添印数十册，均须“穿线钉”，费时既久，更难早日问世矣（尊示及北京穿线钉为时需二三个月）。

如何盼　见复为幸，此顺颂

著绥

弟傅雷再拜

一九六一年十月三十日灯下

第四通　一九六四年六月十二日

效洵吾兄先生：

拙译《幻灭》原定本月中旬杀青，奈上月二十日突患急性肾炎，在华东医院卧床三周，昨始出院，且尚须继续治疗，短期内难望恢复工作，愆期之罪，务乞见宥。《皮罗多》一书，未有消息，恐第二季度不能出版。查自交稿迄今，已有六载以上，即自修改纸型以来，亦已两年有半，不知印数已否确定，即或一时难以问世，稿费是否可先行结清？便中乞示为感，匆此，顺颂

编绥

弟傅雷再拜

一九六四年六月十二日

第五通　一九六四年十月九日

效洵先生：

八月七日寄上《幻灭》三部曲译稿，谅在审阅中。

两阅月来一再考虑，甚难选出适合目前国内读者需要之巴尔扎克其他作品；故拟暂停翻译小说，先译一部巴尔扎克传记。惟传记仅有二种：英法文各一。法文本（André Billy 著，一九四七版）太详，英文本（H.J.Hunt著，一九五七版）太略；仔细斟酌之下，拟采用法文本（原作约三十余万字）而加以节略。因原作大量征引巴尔扎克书简，对国内读书界言，未免过于琐碎，似以适当删节为宜。且原著叙述方式，又假定读者对巴尔扎克生平已有相当认识，不少段落皆凭空着笔，而一般读者则有茫无头绪之感。此等场合，又需译者适当补充，或加详细注解。换言之，译者翻译时需要有相当自由，不知出版社方面是否认为妥善可行？

法国近二十年来有关巴尔扎克之专题论著已有二千种以上，其中权威作品亦复不少，例如：

《巴尔扎克之政治思想与社会思想》（Guyon 著，一九四七）

《人间喜剧中的经济与社会现实性》（Donnard 著，一九六一）

《巴尔扎克之艺术观》（Laubriet 著，一九六一）

均为极有价值之文献。惟皆篇幅浩繁，每种在五六百面以上。鄙人拟译完传记后，将来逐部加以节译，连同传记一律作为内部资料，供国内专门研究文艺之人参考。不知社方是否赞同？

以上两点，请与总编室各领导研究后，早日赐复为感！耑此

顺颂

著绥

傅雷　拜上

一九六四年十月九日

第六通　一九六四年十一月十三日

效洵先生：

十月十九日大函敬悉。以问题复杂，迟迟未能裁答，至以为歉。

《人间喜剧》共包括九十四个长篇；已译十五种（《夏倍上校》包括三个短篇，《都尔的本堂神甫》二个，《幻灭》为三个中长篇合成，故十本实际是十五种）。虽不能囊括作者全部精华，但比较适合吾国读者的巴尔扎克的最优秀作品，可谓遗漏无多。法国一般文艺爱好者所熟悉之巴尔扎克小说，甚少超出此项范围。以巴尔扎克所代表的十九世纪法国现实主义文学而论，已译十五种对吾国读者亦已足够，不妨暂告段落；即欲补充，为数亦不多，且更宜从长考虑，不急急于连续不断的介绍。

固然，巴尔扎克尚有不少为西方学术界公认之重要著作——或宣扬神秘主义，超凡入定之灵学（如《路易·朗倍》）；既与吾国民族性格格不入，更与社会主义抵触，在资本主义国家亦只有极少数专门学者加以注意；国内欲作巴尔扎克专题研究之人尽可阅读原文，不劳翻译；——或虽带有暴露性质，但传奇（romanesque）气息特浓而偏于黑幕小说一流（如《十三人党》《交际花荣枯记》）；——或宗教意味极重而以宣传旧社会的伦理观念、改良主义、人道主义为基调（如《乡村教士》《乡下医生》）；——或艺术价值极高，开近代心理分析派之先河，但内容专谈恋爱，着重于男女之间极细微的心理变化（如《幽谷百合》《彼阿特利克斯》）；——或写自溺狂而以专门学科为题材，过于枯燥（如《炼丹记》A la recherche de l' Absolu，有人译为绝对的追求，实为大谬，且不可解。Absolu 在此是指一种万能的化学物质，相当于吾国古代方士炼丹之“丹”，亦相当于现代之原子能，追求此种物质即等于“炼丹”。故译名应改为《炼丹记》之写化学实验，《刚巴拉》之写音乐创作），诸如此类之名著，对吾国现代读者不仅无益，抑且甚难理解。

以上所云，虽不敢自命为正确无误，但确系根据作品内容，以吾国民族传统的伦理观、世界观作衡量。况在目前文化革命的形势之下，如何恰当批判资本主义文学尚无把握之际（鉴于古典文学名著编委会迄今未能写出《高老头》之评序，可见批判之难），介绍西欧作品更不能不郑重考虑，更当力求选题不犯或少犯大错。再按实际情况，《皮罗多》校样改正至今已历三载，犹未付印；足见巴尔扎克作品亦并非急需。故鄙见认为从主观与客观的双重角度着眼，翻译巴尔扎克小说暂告段落应当是适宜的。

反之，作品既已介绍十余种（除莎士比亚与契诃夫外，当为西方作家中翻译最多的一个），而研究材料全付阙如，不能不说是一个大大的缺陷。

近几年来，关于巴尔扎克的世界观与创作问题，以及何谓现实主义问题，讨论甚多；似正需要提供若干文献作参考（至少以内部发行的方式）。一方面，马列主义及毛泽东思想的文艺理论，尚无详细内容可以遵循；另一方面，客观史料又绝无供应（自五四运动以来，任何西欧作家在国内均无一本详尽之传记），更不必说掌握：似此情形，文艺研究工作恐甚难推进。而弟近年来对于国外研究巴尔扎克之资料略有涉猎，故敢于前信中有所建议，尚望编辑部重行考虑，或竟向中宣部请示。且弟体弱多病，脑力衰退尤甚，亟欲在尚能勉强支持之日，为国内文艺界作些填补空白的工作（此项工作并不省力，文字固不必如翻译纯文艺之推敲，但如何节略大费斟酌。且不熟悉巴尔扎克作品亦无法从事）。

若社方仍欲维持前信意见，则拟先译三个讨论婚姻问题的短篇（合一册），以作过渡。否则只能暂时搁笔。

如何敬盼赐复为幸。耑此顺颂

著绥

傅雷拜上

一九六四年十一月十三日

致王任叔

一通　一九五六年七月十日

任叔先生座右：

五月中在沪匆匆一晤，未获畅聆教益为憾。前由贵社驻沪同仁江达飞君嘱写拙译巴尔扎克《于絮尔·弥罗埃》书签寄京。昨江君又来，说接总社信，"罗"必须改写简笔字。查弟当时试写，亦曾用简笔"罗"字，以其不美，故仍改用正体。鄙意封面题字素以美观为主，过去各种美术字体任意变化，虽逾越常规（弟亦不敢赞同），亦所不禁。政府对汉字并无废止之意，而书法原为我国特殊艺术。叶誉虎先生曾函致沪上友人，谓曾以中国书法能否算作艺术问毛主席，毛主席答称，以中国之大，多一种艺术有何不好。在此全国上下提倡百花齐放之际，不知贵社能否考虑封面手写字体可由书写者自由，一方面为我国留此一朵"花"，一方面也不必再在此时此刻立下清规戒律。如何，谨候赐教。匆此，即颂

著绥不一

适夷兄前乞代问好

弟傅雷拜上

一九五六年七月十日

致王任叔、楼适夷

一通　一九五六年十二月十日

任叔、适夷二兄均鉴：

总编室十二月八日9482号来信敬悉，样书十册亦收到。

添印《于絮尔·弥罗埃》精装本五千册一节，我认为大可不必，应节约、可节约的，必须节约，故刚才已先发电请求缓办，兹再详述理由如下：

（一）五四年十一月所印前五种巴尔扎克的精装本，成绩反不及平装本。倘此次仍用纸面精装，成绩也好不了多少；如朱生豪译的莎士比亚即是一例。因纸面装的书四角比平装本更易受伤；花了钱而不耐久，犯不上。

（二）即使是布面精装，如适夷兄译的《高尔基选集》：甲、封面凹凸不平；乙、胶水污点不少；丙、烫金有缺笔，或一字之内部分笔划发黑；丁、书角也有瘪皱情事。总结起来，仍是浪费。——以国内现有技术水平，并非精装本不能做得更好；但在现行制度之下及装订人才极度分散的现状之下，的确是不容易做好的。一九五三年平明出《克利斯朵夫》精装本，我与出版社都集中精力，才有那么一点儿成绩，虽距世界水平尚远，但到了国内水平（以技术及材料而论）是无可否认的事实。如今在大机关里头，像那样细致的工作在短时期内恐怕没有希望办到。——装订也是一门高度的工艺美术，只能由一二人从头至尾抓紧了做才做得好。

（三）巴尔扎克前五种久已绝迹书市，今忽孤零零的出一种精装本，没有意义。

（四）漏印插图，非印精装本所能补救；何必再消耗纸张？

以上各点，敬请二位郑重考虑。插图说明，当缓日补写寄上；但请再寄一份插图来，以便留存。

现在请允许我另外提一些问题：

（一）前五种巴尔扎克自一九五四年十一月至十二月印过“精装本”一千册以后，从未再印。假定是因为平明旧版本当时尚未售完，则甲、当时旧版存书究有多少？新华书店曾否报告确数？“人文”有否向新华调查？乙、倘存书在一二百部以内，当时为何不争取重版？——值得提出的、很重要的一件事实，是一九五五年全年并没有发生纸张供应紧张的情况！丙、倘当时存书的确很多，比如说有四五百部吧，则证明一九五五、一九五六两整年，五种巴尔扎克一共只多销了一千五百部（即旧版的四五百部与“人文”的一千部），也就说明巴尔扎克的重版书一年只能销七百部左右，故一万册的定额印数要十四年多才能销完！

综合上述分析，足见我译的巴尔扎克不受“人文”重视。不受重视的原因决不会是原作不好，而只能是我译得不好；这是我非常惭愧的。但是为了健全出版事业，也为了健全学术界的风气，我恳切希望你们二位不要徇私，不要照顾情面，勉强接受我的译本，不管是旧译的纸型，还是新译的稿本。

从这件事引申，我想提一个原则供“人文”参考——凡品质不够的作品（包括译本）宜尽量少印，并且停止重版；凡水平以上的作品，要督促新华大力推销；也要催促重印，重印问题必须由出版社主动争取。这个原则，在纸张极度不足的情况下，更需要灵活运用：好书印数少克减些，水平差的印数多克减些，不宜用平均主义一律克减同样的印数。

（二）《于絮尔·弥罗埃》今夏校样送到我处，已全部排好，版式改为二十八开（？）；当时我顾到节约纸张，也顾到排字房的生产计划，没有提出异议。我现在检讨之下，觉得当时我不提异议是错误的。因为前五种巴尔扎克的纸型相当完好，至少还可重印三四次；从“巴尔扎克选集”这个整体来看，前五种是三十二开本，后面几种是二十八开（？）本，体例参差，太不像话（单是直排横排的分别，还是小事，不是一望而知的），版本高低大小不同，是很刺目的；万一国内要办什么图书展览会的话，“巴尔扎克选集”要不要送去呢？开本悬殊拿得出拿不出呢？前五种巴尔扎克共有一百零六万字，一律改横排的二十八开（？）式，成本是很大的，决非在将新排的书改二十八开（？）以后所节约的成本所能相抵。

从这件事引申，我再提二个原则性的意见：甲、各书版本格式固然不能强求一律，要多种多样；但同一作家的书，尤其包括五六种以上的同一作家的选集，版口大小一定要统一。过去对待新排的巴尔扎克的办法，就是要把巴尔扎克和其他作家的书的版口一致，而牺牲了“巴尔扎克选集”本身的一致性！乙、节约要从大处远处着眼，要统盘计算，而不要单顾近处，只顾眼前，打了小算盘，忘了大算盘。

（三）关于定额印数，我提出了将近一年，贵社历次只以“一万册是古典文学作品最低印数”为辞而从未正面驳复我的理由；直到十月十七日9485号来信才说：“额定印数的期限确是一个问题。”

查十月十二日我在上海见到茅盾、周扬二部长，提出这件事，他们当场认为不合理：可见在十月十七日以前，“人文”与文化部、中宣部领导的意见也不一致。

十月十七日来函曾说：“已向出版局呈报请示”，不知结果如何？倘迄无下文，我可另函文化部提意见。

九月一日 8582 号来信第一页末："……稿酬办法第二条有'按书稿的性质及销行数量确定印数定额'，这是指在规定的标准内，结合这两点来考虑印数定额的，并非脱离规定的标准而单纯依据书稿性质或销行数量来考虑定额。"我不了解所说"规定标准"是根据什么来"规定"的？以我的浅薄的常识来说（且不提马列主义的大原则），任何"规定"、任何"标准"，总脱离不了实际情况；我历次信中举的都是实际情况，但"人文"复信，好像我们的社会主义事业是为了不知根据什么而定的"标准"服务的。

同函第二页又举了许多古典译作的例子都定为一万册；那只能证明我所争的不是我个人的事。

由此事引申，我又想提一些大胆的意见：甲、任何规章、制度都要以合理为原则，以实际情况为转移；乙、一件不合理的事，不要因为只有一个人提异议而把别的不提异议的人作为答复的理由：因为许多人的容忍不合理并不能证明事情的合理；假如这样做，给人的印象仿佛是一定要大家联名上书呼吁，问题才会受到重视。在中央号召大力克服官僚主义的形势下，我想我们值得对上述二点多多思索一番。

（四）为了健全机构，做好工作，制度的订立是必要的，但更重要的是在于执行。这次漏印插图，我觉得是负责人员的工作程序不曾予以明确规定所致，倘如今日来信所云，再建立一个检查制度，恐怕除了加了层次、多出手续、拉慢生产以外，不一定有什么积极效果。检查的人不是同样会粗心大意、犯错误么？主要是培养干部的热爱工作的情绪，才能真正做到人人负责、事事认真。

（五）新华对于新书的发行、推广，重版书的发行与推广，都有很多问题，希望向文化部尽量提意见。我正在收集一些小材料，一二日后当再函告。

很抱歉，累你们两位花了很多时间看我这封长信；不过"我岂好辩哉"！我也是丢了工作，花了四个多小时来写这封信的，目的无非想把出版事业推动一下，倘信内措辞不检，有过于直率之处，尚祈多多见谅，求全责备，也是对贤者的！

将来倘重印《克利斯朵夫》而印精装本的话，希望注意一点：就是在工商业社会主义改造以后，我们国营的出版社成绩，决不能低于几年以前的私营出版社。这是有关原则性的问题，务盼赐予注意为幸。匆匆不尽，即候

著绥

弟傅雷

一九五六年十二月十日

另附一纸，备转有关部门处理。

精装书外面加的彩色包皮纸，折进书里的一段纸往往太狭，拿在手里容易脱出，不久就破碎。原来是为了节约纸张，但到读者手里用了几天就破碎，岂不因小节约而造成大浪费？这也是我说的“只打小算盘，忘了大算盘”的一例。光从降低成本着想而不替读者用的时间长短着想，就是我说的“只顾眼前”的一例，而且是极端片面的。真要节约，就干脆取消那张彩色包皮纸！生产者节约，必须要顾到消费者也节约：因为真正的节约是以整个社会的财富为对象，而不是以一个机关、一个单位、一个工厂为主的。

译者对重印《克利斯朵夫》的几点意见及要求，请赐考虑：

（一）封面装帧、题字、排印字体、书脊题字式样、各册颜色，希望全部维持原样，只改动出版社名称一项。

理由：倘没有充分理由肯定旧样式不美观，即无改头换面之必要；同时也可节约人力物力。

（二）倘附印一部分精装本，希望郑重考虑承装工厂的技术水平；希望不要花了钱得不到效果，我们更不能忘了原来是私营出版社做过的工作，国营机构不能做得比他们差。倘无适当技术水平的装订，宁可不印精装本，

以求节约。

（三）译者要求搭印穿线订的平装本二十部，内十部以样书作抵，余十部由译者照价偿付。倘印精装本，则另外搭印五部。

（四）不论将来是否印精装本,付印时请批明用“穿线订”格式上架子，以免印刷所临时弄错。使译者要求搭印的“穿线订本”落空！

一九五六年十二月十日

致 楼 适 夷

第一通　一九五七年一月二十五日

适夷：

《于絮尔·弥罗埃》，中国总店只发到五十部，新华一分店（即总店）只有三十部。各分店有的发到五本，有的八本。据中国及新华门市部同志称，他们订货数都是二百本以上，发来只有三十本。《文明》，他们定货二百八十本，也只发下三十本，《于絮尔》在上海不到十天已全部售完（因为每处只能买一二本）。《查第格》更是三五天之内卖光的。我为了送朋友，梅馥跑到霞飞路、四川路、石门一路、常德路各个新华书店去抢购，门市部同志还苦苦要求少买几本，而这还是新书到沪后三天以内的事。沪总店门市部售货员都说，他们常常把这种情况反映上去，没有结果，希望我们作译者合作反映云云。

今年三四月间预备重印巴尔扎克前五种，三四千本恐怕是不够分配的。是否可与新华争取加多些？《于絮尔》也该同时重印了。《查第格》在沪已绝迹，也需重印。

读者也常对我说，要买我译的书买不到，现在市面上我译的书，已一本都没有了。这样下去，我在广大读者面前只是一个空头译者。此情况极严重，因不限于我个人的翻译，望大力向文化部中宣部提，要改变北京新华总店的观点及作风，你们节约纸张的方针，似乎也当分别书的品质而定，不能一视同仁，什么书都打同样的折扣。不知你意如何？《克利斯朵夫》何时可印？

重版书必须由出版社主动，不能听新华支配。你们搞世界名著选题，搞了出来，一霎眼市面上就没有了，究竟选题的任务是不是只限于初版时跟读者见面十天半个月呢？这个根本问题值得出版社考虑。

创作的情形也差不多。老舍的作品早已脱销。周立波的《暴风骤雨》，康濯的《春种秋收》，都是如此。

出版事业是不是要讲“积累”呢？不论是创作是翻译，能有一些质量好的作品，是人民的最宝贵的财产，为什么不让人民经常接触到，而往往一脱销就是一年甚至一年以上？我觉得发行机构片面重视新版书，忽视重版书，固然是个大问题；但出版社本身恐怕也有相当责任。你们内部是否也有这个感觉？

我觉得出版、印刷、发行三大环节都存在很多不合理现象，很想写篇文章，但实际例子太少；问有关方面要材料，时隔一个半月，催了四次，还是拿不到。打算下届政协举行视察时，就去书店、出版社、印刷所实地看一看，才能水落石出。

新译的巴尔扎克——《赛查·皮罗多盛衰记》——初译稿才完成，约再须三个多月修改，交稿期当在四月底五月初，但望中间不要有太多的社会活动打扰，否则还是不能如期完成。此稿完后，当预备下一部的巴尔扎克，预备工作也需二个月左右，然后替你们动手丹纳的《艺术哲学》，这是去年任叔先生来沪面约的。

孩子在京，多蒙照拂，一向没有道谢。信内所提几点具体问题（巴尔

扎克重版册数及《于絮尔》与《查第格》重印问题,《克利斯朵夫》付印时期),希望信中赐复为感。匆此，即问

近好

弟怒庵拜上

一月二十五日夜

任叔先生前乞代道念。

第二通　一九五七年二月二日

适夷：

敏儿回家带来《嵇康集》，谢谢。上月二十六日曾上一信，想可收到。今日接总编辑室10023号（一月二十九）来函,内称《克利斯朵夫》重印时，封面上将删去“重译本”字样，理由是为与其他各书体例取得一致。但重译与否，是事实问题，不是体例问题。非重译书，当然不能放上“重译本”字样，是“重译本”书为何不加标明？现在好些读者都不知道此书是译过二次的，上次《雨花》编辑来看我，说看过新版，但不知道是重译本。西欧各国译希腊、拉丁古典作品，倘有重译本亦必标明；因旧译本在图书馆中仍有庋藏，甚至出借，不标明不足以说明两种版本的不同的原因。我觉得在这等地方，决不可强求一律；因特专函请你考虑！《克利斯朵夫》内没有译者序,不像《高老头》内有“重译本序”,故封面及里封都不宜取消“重译本”三字。

其次，各出版社往往着重开本及版式一律。我意除非发排一整套“世界名著”，如以前“世界文库”之类，即不需要太机械。一个原作家的书固当求其开本形式等等一致；但不同作家的作品，即不必太拘泥。书籍究竟是文化工艺的出品，式样有些变化也是需要的。这次印《查第格》，开本与《老实人》相同，但切书时不注意，高出数分（已有读者在报刊上提

批评）。可见应当严格求统一的（同是服尔德的选集），出版社反而不注意；不一定要统一的，却一再强调统一。这种观点及实践作风似乎有商榷必要。匆匆，即候

近好

怒庵

二月二日

第三通　一九六一年二月二十四日

适夷：

国内研究书法的人各有用惯的笔，从无多少人共同专用一种之事。大众所用则只分羊毫或水笔，从不专指某种某式，以上二点原系常识，可勿多赘。第一信曾谓一二十支不嫌多，阁下闻之惊为抢购囤积，在稍习书法之人听来则是稀松平常。戴月轩仿朝鲜小楷是公私合营前存货（合营后完全不是老规格），虫蛀者在半数以上，在荣宝斋选购，花老半天只能挑出数支。而我誊稿，二万字即笔颖尽脱无法再用。一九五九、六〇两年誊至四十余万言，而尊意认为“并非必需”。存笔至半数以上皆被虫蛀，可见用者寥寥，照阁下说来，宁可听任物资废弃，不可物尽其用，不知按照何种经济原则?

据上所述，似乎阁下并无“调查研究”之习惯，尽凭主观想象即下结论，不避武断之嫌，深可惋惜。且阁下习字二年余，对书法界笔墨业情形不甚了了，一至于此。毋怪阁下自认为“逃避现实”，“早已批判”。惟与阁下合适之帽子未必与他人合适。此种粗浅道理，不值一提。抱逃避态度之人，即使办公事也会逃避，否则哪里会有老油子；不会逃避之人，对任何事都要追根究底，得出一些结果来。所谓天下事皆是学问，无一处无学习资料。而学习皆是对人民的贡献，不是直接便是间接，不是眼前便是将来。

书法为我国独有之传统艺术，阁下仅仅认为“钻研书法原非坏事”。研究艺术，不过是“原非坏事”；岂中央与地方有成立书法研究团体之意，仅仅是做一些“原非坏事”之事欤？如此态度对待艺术，不图出之于贤者！弟愚陋，窃以前后八个月时间（半为译事之暇，半为医嘱完全停工三月，以免视神经继续衰退之际），探索吾国书法发展演变与书法之美学根据，并与绘画史作比较研究，对整个文化史有进一步的看法；初步轮廓自不免谫陋错误，但非高明指出，固不知此种工作乃是旷时废日、逃避现实也！愚衰病余年，五八年迄今，力疾工作不过译书六十余万言，在大跃进洪流中，诚为老牛破车，落后之至，与阁下著作等身走马万言相比，实觉汗颜；惟扪心自问，尚不至为“雕虫小技”流连忘返不务正业。“借此逃避现实放弃更重要的事”，不知何所据而云然？不知亦曾经过调查研究乎？二十年老友如此看待故人，想必不肖无状，有以招致。弟因冥顽不灵，朽木难雕，但同时亦反映阁下未能知己知彼，百战百胜，故对弟难收说服教育之效。

今年起原拟着手巴尔扎克《幻灭》三部曲，共五十余万言，为期须二年以上，此事早已上达尊听。如此计划，以弟学力、才力、体力、精力而言，已觉任务艰巨，战战兢兢，惟恐难以完成；阁下尚欲弟“今年做一最重要的计划”，弟诚不知专攻巴尔扎克为不得重要亦何者为最重要也？弟一生畏难，事事保守，自信仅有愚公移山之精神，发愿做一些蚂蚁啃骨头的小小工作。若欲追随阁下之干劲，实属心长力绌，徒增“跟不上”之叹。倘所谓最重要之事别有所指，则刘主席红专之论，阁下亦有所闻乎？

倘罪人还可抬起头来向老友提一点意见的话，希望阁下脱产学习之时万勿脱离实际；特别要经过一番调查研究，庶可认清对象，对症下药。五七年三月阁下在京送弟上车，弟在车厢内对阁下哓哓不已者所为何事，精神何在，阁下当能记忆。弟虽身在江湖，忧时忧国之心未敢后人；看我与世相隔，实则风雨鸡鸣，政策时事，息息相通，并未脱离实际，爱党爱友之心亦复始终如一。兄本鸿鹄，何至以燕雀论人，斤斤于形迹绳墨之间？

党内有阁下一等骨干，原是人民之福，社会主义事业之幸，故敢披沥肝胆，本无责备贤者之义，惟阁下日日新，又日新；对人对事多从全面着眼，处处以毛泽东思想贯彻于实践之中。

连篇累牍，阁下必哂为迂拙，小题大做，惟由小可以见大，阁下既以原则性相绳，义正辞严，故弟亦不揣冒昧，敢以原则论列，区区愚忱就正于君子，如此而已。知我罪我，非所计也。谨上

适夷我兄先生阁下

怒安再拜

一九六一年二月二十四日

手教内容恐阁下不忆，故抄奉附呈，以备对照。又及。

致中国青年社思想修养组

一通　一九五六年十一月十九日

日前贵社徐肃仪同志来访，嘱写报道傅聪成长经过的文稿，兹尊命写就附上。文字内容倘欲更动（即使改一字），务请先行来函商榷，因近来报刊擅改作者文稿之风仍未稍戢，不得不郑重声明。

又文中所附注解，均望保留，勿予删去。例如第三页上的注，是有特别用意的。这位朋友自傅聪在国外略有成就之后，即扬言傅聪是“他一手造成的”；他用此种近于招摇的宣传方式，引致不少青年跟他学琴；甚至东北音专也被其蒙蔽，曾一度请他去，当作专家看待；故我认为借此机会宣布真相，以免社会人士继续受害，实属必要。

发排后校对亦希多多注意为幸。此致

中国青年社思想修养组

傅雷敬启

十一月十九日

倘欲傅聪照片，请就近向北京中国建设社陈麟瑞同志索取。关于傅聪今年假期生活的照片，则人民画报社吴宝基同志亦摄有不少，可供选择。

致人民出版社编务室

一通　一九五七年一月十九日

人民出版社编务室诸位先生：

编六（57）第389号大函敬悉。

卢梭《论人类不平等的起源》一书，不但在卢梭政治哲学著作中极为重要，且在近代政治哲学思想史上亦有相当位置。十八世纪法国作家中，卢梭首先提倡平民反对暴君，被压迫者反抗压迫者的原始共产主义理论。原则上我们非译不可，但卢梭是个大文学家，此书第一段论原始人类社会，以牧歌情调抒写；故译者除具备一般哲学修养、政治认识外，必须有优美的文笔，以艺术手腕从事，方可无负于原作。

函询敬抒鄙见如右，即乞裁夺为幸。耑复即候

撰绥

傅雷

一九五七年一月十九日

致马叙伦

一通　一九五六年八月十七日

夷老赐鉴：

奉教不胜感愧。年来勉从友朋劝告，稍稍从事社会活动，但以才力所限，虽仅有政协、作协两处名义，已感捉襟见肘，影响经常工作；今年第二季度竟至完全停产，最近哲学社会科学学委会以专攻巴尔扎克见责，南北报刊屡以写稿为命，以学殖久荒，尤有应接不暇之苦。且按诸实际，今日既无朝野之分，亦无党内党外之别，倘能竭尽愚忱，以人民身份在本岗位上为社会主义建设事业效忠，则殊途同归，与参加党派亦无异致。基于上述具体情况，万不能再参加任何党派；而以个人志愿及性格而论，亦难对任何集团有何贡献。务恳长者曲谅，勿以重违雅命见责，幸甚幸甚。书不尽言，伏维

珍摄不宣

晚怒庵拜复

一九五六年八月十七日

致徐伯昕

一通　一九五六年八月十七日

伯昕吾兄：

本月八日接煦良来信，昨又奉夷老手教，使我惶恐万分。诸君子的厚爱及期望，都失之过奢。我的长处短处，兄十年交往，一定知道得很清楚：党派工作必须内方外圆的人才能胜任；像我这种脾气急躁、责备求全、处处绝对、毫无涵养功夫的人，加入任何党派都不能起什么好作用；还不如简简单单做个"人民"，有时倒反能发挥一些力量。兄若平心静气，以纯客观的眼光来判断，想来必能同意我的看法。

再谈事实：我的工作特别费时，今年已落后四个月，内心焦急，非言可宣。而今后社会活动，眼见有增无减。倘再加一党派关系，势必六分之五毫无着落。倘使我能脱产，则政协、作协及民主党派的事也许还能兼顾。但即使丢开生活问题不谈，兄等亦不见得会赞成脱产的办法。我知道上上下下、四面八方，比我忙数倍以至数十倍的人有的是；不过时间分配问题不是一个孤立的问题，而是主要取决于各人能力的。我不是强调我特别忙，但我的能力及精神体力使我应付不了太多的事，则是千真万确的。

再说，艺术上需要百花齐放丰富多彩；我以为整个社会亦未始不需要丰富多彩。让党派以外也留一些肯说话的傻子，对人民对国家不一定没有好处。殊途同归，无分彼此；一个人的积极性只要能尽量发挥，党与非党、民主党派与非民主党派都没有大关系。

以上所言，都是我长期思考的结果，务盼勿以固执坚拒目之。我的过于认真与做一事就负起责任来的脾气，兄都深知洞悉；故所谓时间无法安排的话决不是托词。为了免得民进诸君子及夷老误会，我以十二万分恳切的心情，央求吾兄善为说辞，尽量解释。候选名单，务勿列入贱名，千万拜托，千万拜托。匆匆不尽，即候

时绥

弟怒庵拜上

一九五六年八月十七日

致周煦良

一通　一九五六年八月十七日

煦良：

马老来了信，我可真睡不着觉了，除了直接去了复信，还附上致伯昕兄信。请立即转致；还得再求你老兄大力帮助！

这件事我是经过长期的思考的。事实也很明显。我的时间安排，你亲眼目睹。总不成抛了专业，专作社会活动吧？否则还不是像你一样，每件事只做个三四分，心里老是苦闷？

我缺少涵养，精神上受不了负担，有了名义不能空敷衍，妨碍日常工作，那对我是个经常不断的磨折。假如敷衍，又时时刻刻存着犯罪感，觉得对不起人，对不起团体，你想想这种生活叫我怎么过呢？

因此不得不向你作最迫切最紧急的呼吁，候选名单上万勿列入贱名。倘以既成事实扣在我头上，我更是吃不住的。

一切感谢的话，对你说是多余的，但我在这件事上对你的期望是百分

之百的。匆匆，即候

旅中安好

怒庵拜上

一九五六年八月十七日

致黄源

一通　一九五七年三月三十一日

黄源吾兄：

在京彼此匆促，未及畅谈，殊深憾憾！回沪后连日参加市委召开上海宣传工作预备会议，及作协排日小组：大家发言甚为踊跃，下星期内尚有小组，拟将各方问题谈透，集中呈报市委，作为市宣传会议开会时讨论资料。想贵省市亦必忙于布置，吾兄席不暇暖，可以想见。

今日黄宾虹夫人自杭州来，谈及最近钱俊瑞部长与吾兄往访，决将宾老遗物改由浙江省委接收，毋任欣慰。过去宾老坟墓直至故后一年半方始建成，而美术院对捐赠书画亦只办到造具清册封存一点，纪念馆迄未着手筹备；弟等忝为宾翁故交，闻之殊为遗憾，而黄夫人切身感受，更多情绪。校方最初呈请文化部给予黄夫人每月四十元津贴，后增至六十元，又增至八十元；而议论纷纷，以为已属特殊照顾。黄夫人平日有所传闻，殊增内愧。去年九十月因病请求校方给予借支百元，三星期后送去，但说此款不是行政方面开支，亦非工会借出；事后黄夫人探明原系在黄先生建墓款项下拨付，乃即将百元原璧退回，凡此种种，均使黄夫人心中不快。

据弟分析：（一）校方对黄先生遗留书画（包括创作及收藏）一方面极想罗致，一方面又无积极整理与公开展览的热情；与黄氏遗族捐赠本旨殊不相符（遗族之意是要将全部书画经常与群众见面，而非深扃严锁，藏诸箱箧）。

（二）校方对黄先生遗族的津贴,仅从故世教授的家族着眼,处处以“照顾”面目示人，使受者负有嗟来之慨。至于黄先生为吾国近代造诣最高的艺术家，中央对其极为重视等等，校方均未充分体会。

（三）黄先生生前为全国政协委员，故世后，对其遗物遗族，浙江政协及统战部未尝过问，恐与统战本旨亦有欠缺。

以上所云，均系弟片面猜测，不当之处，尚望见谅。

但事实上黄夫人深恐今后名义上虽由省方接收，实际仍由校方保管，成年累月，遗作始终难与世人见面，故意态消极，决随其二公子黄映宇世兄去武汉居住。鄙意黄氏纪念馆不办则已，倘欲办理，恐需要黄夫人协助之处尚多；如装裱、整理、编年、分类、保存等等，均要内行人为之，而浙江省方，此种人才亦未必易得。故弟极力劝伊耐性等候，仍住杭州，以待后命。但黄夫人情绪非一朝一夕所致，弟个人劝说，难有成效，还需吾兄就近亲为解释。

并且为妥善安排遗物及遗族起见，最好能：

（一）将接收遗物及筹办纪念馆事项，全部由省委（或省人民委员会，或其他文化部门）掌握，不要再经过校方（邀请校内一二人士参加筹委会，自然可以）。

（二）今后对黄夫人津贴，不要由校方支付，而由省方负责，直接按月拨交，名义不要用“抚恤”字样。黄夫人医疗事宜，能予适当照顾更好。

（三）纪念馆宜及早开始筹备。目前正在精简房屋,觅址比较容易解决。且全国宣传工作会议主旨是对知识分子，黄先生纪念馆亦应归在此项工作之内；在目前形势下向省委提出，恐亦容易获得支持。

（四）纪念馆是否需要先组织筹委会，包括上海美协、杭州美术馆，及黄先生若干友好在内，请予考虑。

（五）将来纪念馆馆长人选，以聘请浙江硕德重望人士，可与黄先生地位相匹配者为妥。

（六）目前将黄氏遗物接收后，宜暂存浙江省博物馆（倘放在美术学院，恐更增黄夫人疑虑）。

冒昧进言，幸恕唐突。匆匆，敬候

著绥不一

弟傅雷拜上

三月三十一日

黄夫人追随宾老数十年，对鉴别古书画及宾老所藏作品之真伪均甚熟悉；至于装裱及保存等等，尤为精审。又及。

致 周 扬

第一通　一九五七年四月三十日

周扬先生赐鉴：

三月中旬在京匆匆，未获畅聆教益，憾憾。兹附上小儿傅聪最近来信摘录，其中有反映使馆工作同志及留学生思想情况的部分，或许可供领导参考。小儿观感难免幼稚，主要是急躁情绪作祟。弟已去信批评，并告以党内对知识分子的自我改造，既耐性相待，说是长时期的事；党外对党内一部分人士的去除教条主义也须耐性相待，急躁不得。同时亦告以波兰思想界情况复杂，处处须冷静观察，分辨是非。且傅聪目前首要任务是专业学习，关心政治固然很好，但也当抱虚心学习的态度，不能轻易动感情，动意气，影响身心健康，更不能任意批评使馆作风，对国外同学尤须出言谨慎，有意见只能在家信中提，因不提而“包”在心里于心理卫生亦有妨碍。

至于今年苏联的联欢节，不知主管部门原意对傅聪作何安排？弟完全同意杰老师的看法：假如参加，最好纯粹作为演奏家，举行个人独奏会及与苏联乐队合作交响乐音乐会。团内活动，不必令其参加。此点若不与出国团长及驻苏使馆详细说明，取得同意，则届时难免不批评傅聪脱离集体，影响其演奏情绪与成绩。此点务恳先生大力支持。若有事实困难，则以根本不令小儿去苏为宜。因健康情况的确不太好，要去苏联必须发挥相当作用。至于法国音乐界的建议（华沙法国大使亦已数次向傅聪表示邀请）应如何考虑，尚望先生与有关部门商议。将来倘或不放心青年人单独去巴黎，弟可陪同前往，同时也可使弟吹吹风，补补课，对巴尔扎克及罗曼·罗兰的现阶段的研究情况摸摸底。耑此拜托，敬候

著绥

弟傅雷拜上
四月三十日

阅适夷兄言，人文出版各书，尊处均有一部，故拙译《克利斯朵夫》不再寄上。又及。

第二通　一九五七年五月三十日

周扬先生赐鉴：

四月三十日曾上一信，谈及小儿傅聪拟在今夏联欢节期内以纯粹演奏家身份去苏联作访问演出，否则以根本不参加联欢节为宜。兹又接小儿来信，略称："去联欢节演出事尚无消息；我倒想索性不去。波兰七月初就放假，还是想回国过暑期，有三个月时间，一方面因为在波兰出去度假也要花不少钱，杰老师大概又不在，不能上课；一方面国内今年变化大，急于想看看，心里也有许多话，许多新的感受想说说。"

鄙意对小儿暑假安排，不出下列三项——

（一）在联欢节以前（联欢节时期，苏联文艺界十分忙碌，故以提前为妥），于七月初即令傅聪去苏作访问演出；八月初回国度暑假，十月初回波兰。——此事请中央考虑，根据中苏文化交换协定，是否可派专业钢

琴家去苏访问？在国外演出均有酬劳，故我国政府在经济上不需负担。傅聪于四月中在波兰遇见苏联国家乐队指挥 Anosow（李德伦之老师），曾谓若傅聪去苏，当代为安排演奏会及交响音乐会；又据杰老师意见，亦赞成傅聪去苏表演；再证以去春在南斯拉夫成绩，傅聪艺术水平不致有辱国体，可有把握。此事若果可能，则日内宜即与苏联联系（目前已是六月初）。

（二）若上述办法有困难，则令小儿月初即回国度暑假；来回旅费均由傅聪个人负责，去夏回国即系如此。

（三）若中央对上述二项均不同意，则令傅聪暑中仍留波兰。

究竟如何处理，尚望与有关各方商洽后，赐复为幸。际此整风期间，重劳先生分神，不胜抱歉。耑此敬候

著绥

弟傅雷拜启

一九五七年五月三十日

致牛恩德

第一通　一九五八年十一月二十日

恩德，亲爱的孩子：

来信只说住女青年会，没写地址；怕港岛邮政靠不住，只得仍由南海纱厂转。又港沪航空信与平信同样需六七日，以后可改平寄。没想到你来得如此容易，母亲却去得如此艰难。行前未及通知我们，送你的画改于昨日邮寄。一别四年余，你热情如旧，依然是我们的好孩子，好女儿，心中不知有多么高兴和安慰。中文也照样流畅，眷怀祖国之情油然可见：一切固然出于天禀，却也不辜负我三年苦心，七年期望。我虽未老先衰，身心俱惫，当年每日工作十一小时尚有余力，今则五六小时已感不支；但是“得英才而教育之”的痴心仍然未改。为了聪与弥拉，不知写了多少字的中文、英文、法文信，总觉得在世一日，对儿女教导的责任不容旁贷。对敏向少顾问，至今他吃亏不少，但亦限于天资，非人力所能奏效。不料桃李之花却盛放于隔墙邻院，四十岁后还教到你；当然我不会放弃对你的帮助和鼓励！多一个好儿女在海外争光，衰朽之人也远远里感到光鲜。

吾国的历史书、哲学书，国内已成凤毛麟角，旧书店已集中为一家。老商务、老中华出版的图书极少见到。新出的则过于简略；虽观点正确，奈内容贫乏，材料不充。在港不妨试觅《纲鉴易知录》。万一买到，不必从唐虞三代看起，只挑汉魏晋唐宋元明的部分，当小说一般经常翻阅。熟读以后对吾国的哲学思想自能摸出头绪。任何一个民族的特性和人生观都具体表现在他的历史中，故精通史实之人往往是熏陶本国文化最深厚的人。其次可试买五〇年前出的论述老、庄、孔、孟的小册子，或许港岛还能买到零星本子的《万有文库》或《国学小丛书》的本子。也可买《老子》、《庄子》（指原著）、《论语》、《孟子》，带在国外，一时无暇，将来可看；暂时看不甚懂，慢慢会懂。倘在沪能找到此类旧书，必买下寄你，但无把握，还是你自己在港多多尝试。我译的书，国内一本都看不到，已及五年以上；听说港九全部有售。上月还托人买了寄赠南洋的老友。五七年后译的三部巴尔扎克，一部丹纳的《艺术哲学》，均未出版；将来必有你一份，可放心。英文的世界史颇有简明的本子，可向伦敦大书店的营业员打听。我觉得你在音乐史与音乐家传记方面也可开始用功了。如 Arthur Hedley 写的 *Chopin*（在 Master Musicians 丛书内）就值得细读。那部丛书一般都很有价值，不过有的写得太专门些，文字艰深些，一时不易领会。Hedley 那本 *Chopin* 却是最容易念的。

你回到香港后的观感，使我回想起三十年前归国时的心情与感触，竟是先后一致的。也许在国外你也有许多看不上眼的地方吧？聪感觉特别敏锐，常在信中流露这种情绪：虽然他为之痛苦，但我觉得惟有不随波逐流，始终抱着崇高的理想，忠于自己的艺术，确立做人的原则的人，才会有这一类的痛苦。没有痛苦就没有斗争，也就不能为人类共同的事业——文明，出一分力，尽一分责任。同时，只有深切领会和热爱祖国文化的人才谈得上独立的人格，独创的艺术，才不致陷于盲目的崇洋派，也不会变成狭隘的大国主义者，而能在世界文化中贡献出一星半点的力量，丰富人类的精神财宝。母亲行前来看我，我也和她谈到这一类话；我深信你的中国人的灵魂是永远觉醒的，将来定能凭着这一点始终做个自由独立的战士，对你的艺术忠诚到底！月初去苏州小休五日，遍赏七大名园，对传统中国建筑艺术有了更进一步的理解，且待以后再谈。目前新工作开始（巴尔扎克五十万字的长篇，是一个三部曲，总题目叫做《幻灭》），每天都感到时间不够。暂时带住。望将留港日期早日告知，免信件空投。

With all my love，孩子，问候母亲！

傅妈妈问你好，她几年来也没忘了你！

爸爸

十一月二十日

有便先买一二百张航空信纸（要又薄又坚韧），三五十张航空信封，长短各半。日后托母亲带沪。此间各物奇缺，只能乞援于你。还需要一种胶水（如牙膏式），可胶布、皮、玻璃及瓷器的，价甚廉。另带一小卷最小的玻璃 tap（封信用）！

第二通　一九五九年一月三日

恩德，亲爱的孩子：

今天是你第一天为人师表，也是人生另一阶段。教别人仍旧是一种学习。只要不抱敷衍塞责、混口饭吃的态度，从教书中得来的经验也不是自己向老师学习的时候所能得到的。为了要教人，过去学过的东西，势必要彻底温习，整理，消化，进一步作深入的研究，使我们更从掌握要点、举一反三方面着眼，从而培养我们的思考能力，逻辑可以更精密，复杂的内容懂得加以更好的综合。同时也推动我们多看参考书，多找实例，无形中充实自己。留英中断固然极不愉快，港岛社会也固然为你深厌；但要是能掌握时间，自己钻研还是可以的。你素来依赖性太重，出国前的苦闷多半由此而来；如今在外四年，性格想必长成了许多，独立性也增强不少，不妨就拿这一年来考验考验自己，看独自钻研对乐曲的理解与表达，是否比以前更有自信。我相信结果一定是这样，你一定会自个儿走路了。而且经过四年的勤学与阅历，你也已到了非独自走路不可的阶段和年龄。但愿三四个月以后，听到你自学大有成果的好消息。许多老话也不必与你细谈，你对做人的大道理已知道很多。你早知人生难免波折，一切全赖坚强的意志看准目的，锲而不舍的追下去；即使弯路多一些，挫折多一些，迟早会实现你的理想。如今到了考验的关头，就看你实践如何了。你对艺术的忠诚也不是青年时期十年八年的时间所能肯定；人生变化还有很多，你的遭遇也不知有几多转折；我倒不担心你处逆境时的勇气，而是要看你有朝一日各方面都极顺利的时候的表现。你该记得我常常口中道念的几句话："富贵不能淫，贫贱不能移，威武不能屈"，我觉得最难做到的是第一句。

假定校课不太多，几个月之后一切熟悉了，要挑几个私人学生教教恐怕不太难，将来或许还会应接不暇。我倒劝你有多余的时间还是自己多用功，只要经济不成问题，私人学生必须严格甄别，别浪费你时间。开头你准会觉得在港打开局面极难，过了半年八个月却又会感到为没出息的学生浪费光阴之苦。我且在此预言一句，以待后验。

你突然改变计划，与母亲会面的周折，我和傅妈妈推敲之下，也大致咂摸出一些原因。事既如此，也不必懊恼，且劝母亲宽慰，有你在旁，看着你用心教学生，用功自修，她定会高兴。

听说你得过好几个奖学金，尚未应用，是否可去信要求保留一个时期呢？为将来留个地步的事，想你也早想到了吧。在港演出后，报纸评论（特别是英文《南华朝报》)望剪寄，让我们欢喜欢喜。你的成功和聪的成功一样，我都要分享的。

前信要你买的手电，千万勿买了。既然还承认是我们的女儿，就不能来一套客气，实事求是为第一。我早知道了你的情形，决不会开口。兹附上一信，望连同前寄说明书一并转寄“九龙太子道伯爵街五号B地下成家和”，聪有钱存她处，由她代买毫不困难。再过几星期，仍然希望来信谈谈你过去的学习与音乐体会，一则你能写那种信表示你情绪已经安定，我们也好安慰；二则也算你四年来做一总结，对你今后自学也有帮助。我仍是忙得不可开交，从你走后，星期日的休息也取消了。有过整整一年足不出户，理发也是从外面叫来的。只因精神衰退，脑力迟钝，愈来愈减产，只能用时间去补偿。平日来了客，事后就得加班加点补课。自己定量已经很低，再不按日完成，做出的成绩更不知要减却多少。星期日不是补课就是打发信债等等杂务。还得抽空看些参考书，只出不进，怎么行！有时觉得脑子昏沉也想酌量减少工作，无奈到时总弄得欲罢不能。也是生成的劳碌命，非忙不可，忙了才没有烦恼，才觉得活的还有些意思。——这两句也是聪五年来经常在信中提的。我觉得做人应该忙,不忙不会做出成绩（哪怕是一星半点的成绩），怕只怕无事忙，应酬交际忙，那些不生产的忙就变为醉生梦死，我们觉得是最可怜的生活了。

国内情形还得艰苦几年，只有耐性埋头尽我的本分，在我的岗位上干些小小的工作，也许一时对国计民生毫无补益，可能将来还能给人一点儿帮助。我的心情还是那么积极，可也随时准备撒手而去，永远休息。这是我的“两面性”。我常常看自己喜欢的东西,画啊,字啊,周围的小玩艺儿啊,都觉得是社会暂寄在我处的，是我向社会暂借的。时间已花了不少，要回到我今天的功课上去了，下次再谈。祝

新年快乐，工作顺利，精神愉快，应付你的新环境！

母亲前乞代道念,告诉她,我们匆匆一别也许后会无期,不禁万分惆怅。

爸爸

一月三日

第三通　一九六三年十一月十七日

恩德，亲爱的孩子：

二月中来信至今未复，十分抱歉。说实话，你写的蚂蚁般小的字我用了放大镜还是看不清，尤其行格之密也密得异乎寻常，上一行和下一行常常缠夹，看信看得厌心了，也就一搁搁下来了。近年来我目力大退，每天工作完毕总要流泪很久。其实即使年轻力壮的人也没有能力应付你的小得出奇的字。我还想要求你以后用信纸写，航空邮简只能写寥寥几句的短信，俭省固是美德，不过也不宜过分，邮费在现代人生活费中占的比重并不太大。

听说你已经得了 M.A. 的学位，可喜可贺。大概你早知道，读学位作为谋生的手段未始不好，有时也必需；但决不能作为衡量学问的标识。世界上没有任何学位而真有学问的人不在少数，有了很多好听的学位而并无实学的人也有的是。请勿见怪我说杀风景的话，因为这是事实，并且为了督促青年，尤其是我素来关心孩子，我也不能怕说话得罪人。你出外六年，当然为学为人都大有进步，可惜来信从未提及。留英期间你已听到不少新的演奏，新的作品，新的学说，接触到多多少少新的乐队，新的老师，新的教学法，新的课程，你必有很多新的感受、感想、感触，新的反应，新的看法；不论对过去的音乐大师还是他们的作品，对现代的作家还是现代的演奏家，你也必有一年跟一年不同的看法；比如以前极喜欢的作家作品，如今不大喜欢了，过去格格不入的曲子现在反而感到很亲切了等等；我都想知道，听你说说你这些年在艺术方面的变化，分析分析这些变化的原因。去年你离开伦敦，想来除了居留期限以外，也有学习上的要求；那么到底在英国学到了一些什么，缺乏一些什么，到美国去补充些什么，去了以后是否能满足未去时的期望……这些问题都是我愿意知道的，也是你自然而然会告诉我的，可惜你从来没有告诉过我，未免使我感到十二分遗憾。

我常常有种想法，受教育决不是消极的接受，而是积极的吸收，融化，贯通；具体表现出来，是对人生、艺术、真理、学问、一切，时时刻刻有不同的观点和反应；再进一步便是把这些观点和反应反映在实际生活上，做人处世的作风上。我相信你也同意这个见解，那么为何不对我暴露一下你的思想呢？——我所谓暴露当然只是指发表发表你对艺术和音乐，包括演奏的技巧和学习方面的感想，大概不算要求过高吧？何况通信最有意义的就是这一类思想的交流，精神的接触。士别三日，刮目相看，我们一别六载，我垂垂老矣，能看到下一代的进步也是莫大的安慰，同时也是莫大的鞭策，所以更希望你"不遗在远"！

至于日常生活，我们还是和当年一样刻板：一日三餐的时间，工作的时间，都没有更动。只是体力日衰，关节炎常发，再加敏感性鼻炎（已二年），头痛（已五年），不时阻挠；脑子也越来越不灵活，工作进度就跟着拉慢，心里想做的事，想读的书，想补的课，不知有多少，而老是受到精力限制，这便是我最大的苦闷。我译的书不知寄给你对你是否有不便，故不敢造次，免得无缘无故给你添麻烦。敏在北京女一中教英文，工作还顺利，就是忙，没有时间进修。聪大约越来越像我的脾气，在外简直没有社交活动，据弥拉来信，说他生活只有三个节目：一、弹琴，二、听音乐（吃饭也得听），三、朋友来谈天。十月二十九日聪在瑞典回伦敦的飞机上写的信，有一段，我抄给你看不但为报道消息，主要是想"抛砖引玉"，听听你的议论。

傅妈妈身体很好，照旧做家庭的买办，誊录生，电话接线生等等，空下来看看书，练练小楷。你妈妈做何消遣呢？糖尿病是否减轻？每次经过你家门首，总是感慨万端。虽然长时期没写信给你，可是难得有一个星期不想到你们的。祝学业进步！艺术进步！向妈妈千万致意！

爸爸

一九六三年十一月十七日

如不吃力，能用中文写信更好，祖国的语言不用也要忘记的，而祖国的语言便是祖国文化和民族精神的象征。

致萧芳芳

一通　一九六一年四月

旧存此帖，寄芳芳贤侄女作临池用。初可任择性之所近之一种，日写数行，不必描头画角，但求得神气，有那么一点儿帖上的意思就好。临帖不过是得一规模，非作古人奴隶。一种临至半年八个月后，可再换一种。

字宁拙毋巧，宁厚毋薄，保持天真与本色，切忌搔首弄姿，故意取媚。

划平竖直是最基本原则。

怒庵识

一九六一年四月

致汪己文

第一通　一九六二年六月二十四日

己文先生大鉴：

前奉手教并《年谱》二稿，事冗未即裁答为罪。《年》稿初读方讫，尚拟从头再读一遍，将鄙见汇总寄呈参考。昨又奉大示及《书简》稿本，具见先生不辞劳瘁，为故人传世事业辛勤备至，佩甚佩甚。嘱为校阅，义不敢辞，惟鄙人日常作业繁重，加以体力目力两感不济，只能逐日抽暇为之。《书简》当以表现宾翁为人为学为主，若过于琐屑之短简，概可勿录，否则失去重心，反不易引起读者注意。代加标点句读，亦有可以商榷之处（今日已粗阅百余页）。凡此种种，非从容细考不可，恐难于月内竣事。未审台端可否将实情函告上海人美，商请展期交稿，以求内容妥善。前为纪念宾翁百岁事，曾与上海市委书记（兼华东局秘书长）魏文伯同志、华东局宣传部夏部长（征农）、上海市宣传部陈副部长（其五）面谈一次，当局已决定由华东统筹办理，俾二省一市协作更趋完善，并将纪念时间按实际年岁推迟至六四或六五年。鄙意宾翁生于同治四年乙丑元日，为先生印章及自序所言，因未入春而增一岁，复以虚龄计算，故生前逢癸作十数（题画亦然）。但今此纪念及作《年谱》等等，对后世实有史料意义，不能迁就宾翁个人习惯，当按照事实确定一八六五年一月二十七日同治四年乙丑元日为宾翁生辰（此系据《王云五大辞典》附录百年阴历折算阳历表；《年谱》以一八六五年一月二十七日为同治三年甲子除夕，不知何据）。故以十足年龄计，百岁诞辰纪念当于一九六五年一月举行，即以习俗虚龄计，亦只能提早于一九六四年一月。此点已向华东局诸公说明，诸公亦认为纪年应向历史负责，实事求是。若先生亦表同意，则《年谱》纪龄须全部改正。近闻华东已召集皖、浙、沪三方美协代表初步在此商议，大致拟组一筹委会，推陈叔老为主任（已嘱鄙处代函叔老征求同意）；将来筹印画册、举办展览会等，均由筹委会擘划。鄙意出版《年谱》《书简》等事，或亦可并入合办。若此则时间可更充裕。不知高明以为何如？尊制《书简》序文，鄙见能改用文言更好，至《年谱》序文是否可请叔老为之，望考虑后径函征询。敝处所存宾翁书简已拣出若干通，当由家人录出寄上，以供采择。匆此布复，敬候

著绥

傅雷拜上

六月二十四日

港印尊著《年谱》初稿材料亦有可取，而为二稿所删去者，鄙意第二遍校读时，当将初二稿并看，故费时较多，幸乞鉴谅。世界和平理事会决定纪念曹雪芹两百年死忌，急待吾国将年代电告。而北京红学专家已分二派，一主张为明年，一为后年，相持未决。由此可见，吾人今日做事须为后世着想，对宾翁生年不能不按实记载也。敝寓为江苏路二八四弄五号，非八二四弄。乞督。又及。

第二通　一九六二年六月三十日

己文先生大鉴：

前由孝文兄转上寸缄，谅呈左右。兹已将尊撰《年谱》二稿阅毕，谨附鄙见三纸，另邮挂号寄上。因前蒙函示嘱即于原稿上批注，故斗胆涂乙甚多，幸乞恕罪。愚陋所陈，非独为雷一偏之见，亦且难免谬误，尚希先生卓裁，择善而从，万勿曲徇，总以表彰宾翁得体为主。三稿誊出后，恐仍寄老一阅为妥。前建议请其为《年谱》作序，未审高见以为如何？《书简》容暇校阅后续呈，稽延时日，歉歉。匆候

著绥

傅雷

六月二十日

纪念事既延缓，一切稿件可以从容求其完善，不必亟亟矣。又《年谱》虽看二遍，仍恐先后未能统一。注释移入正文，难免误置，标点恐亦有未妥处，并希于誊清时改正。

第三通　一九六二年十一月十八日

己文先生大鉴：

手教拜悉，想清恙早痊健康恢复，为慰。数月来贱躯亦复不佳，目力衰退尤甚，除日课外几难兼作他事，《宾翁书简》延宕至今，罪甚，罪甚。兹将原稿另邮挂号寄奉。拙作"前言"，草草了事，尚乞斧正，随函录呈。并附"编后说明"二纸，是否有当，仍请尊裁。

北京人美正在收录宾老遗著，已有四十万言，颇多外间未见未闻之作（例如《文征明》）。弟已去信托友人将全目钞录（并附发表年月地点）寄下，

惟须年终方能办到，因大家工作太忙，故勿急急，以竭尽妥善为主。

叔老来函谓《年谱》序文正在构思，可见决无食言之事。耑此布复，勿候

台绥不一

弟傅雷再拜

十一月十八日

第四通　一九六三年四月二日

关于宾翁《年谱》四稿意见：

（一）大事记按鄙意增删后，请酌夺补入。

（二）先生平生作画无虑千百,《年谱》不能尽记。惟有年代及上款可考，且系赠与至友者,不妨择尤列入。早年作品已渺,不妨多记,以便后人考证。晚年精品流传甚多，不胜尽记，非有特殊理由者一概勿录，题跋少录为宜。

（三）八十自序、九十杂述二文经细读后，同意陈叔老主张，概勿列入附录。

（四）对先生称颂之语，愈少愈妙。年谱体例原不宜在字句上随时赞誉也。

（五）先生早年革命思想，在当时维新人物中屡见不鲜，不足为先生特色。照目前《年谱》逐年所记，已足表现；不必再多所铺叙，反致穿凿。附粘两条，文字虽长，内容空泛，并无采入必要。

（六）先生为人作印谱序一类文字，前后数见，内容大同小异，宜尽量删节，或竟不录。

（七）汪世清君意见第一项，已详谱内逐年大事记，可勿论。第二项所谓各方师友对宾翁影响，并无材料可据。仲伊、疑庵诸公在当时当地或自有地位，在历史上固非一代学者，不足言影响。一九三六年，“曾先去

北京数月，即南返”一节，宾老生前从未向人提及，可函询宋夫人，汪世清一人之见不能作为定案。

（八）誊正时请一律用直行（此次书简，人美即拟用直行繁体排）书写，全部简笔字务盼改正，誊讫后校对尤须留意，于笔误、脱字诸点均须校出，标点符号亦不能有误。

（九）书名、画名，有时用《》号，有时用「」号，欠一致。引文有时“”与「」号亦交错用，望全部统一。又四稿中前有“__号，而结尾无__”号之处甚多，誊正时亦宜注意（所有简笔字曾用 × 号勾出，但仍有遗漏，请誊清时再行检查）。

（十）宾老生平著录文字已托北京人美友人录一详表寄沪，将来可作为附录列入。

（十一）有关研究宾老之编著，均宜由一处出版。《书简》及《画语录》既已由上海人美印行，《年谱》亦不宜改投北京。北京已与此间人美谈及，彼等亦早有此意。

傅雷

一九六三年四月二日

汪世清原函附还。

第五通　一九六四年一月二十九日

己文先生：

示悉。叔老序文曾三度寄示底稿，且为郑重起见，近又打印数份寄尊处及王伯敏先生征求意见，如此谦逊，实堪佩服，惟在叔老未曾来信说明打印稿确系定稿以前，最好暂不肯定，不审尊意如何？耑此拜复。

祗候

冬绥

[弟]傅雷再拜

一九六四年一月二十九日

打印稿附还，敝处亦有。

第六通　一九六四年八月十七日

己文先生：

大示敬悉。附来二函，内容与前编书翰大同小异，文句泰半亦散见致各家书信，并无新材料，以不补入为宜。至与李瑞清合营鱼塘，不但无年月可考，且事甚细微，与宾翁学问、艺术、道德、文章均无关系，按照目前形势，经商牟利之事尤不必多提。《年谱》虽以详尽为主，亦须慎加舍取，不能有闻必录也。鄙见如是。不知尊见以为如何？耑复，祗候

道绥

傅雷拜上

一九六四年八月十七日

叔老在医院疗治三月余，近已告痊回家。二信附还。

致汪孝文

第一通　一九六二年三月四日

两奉手教，稽覆为罪。前稿大致翻阅一遍，初步印象似取材略嫌芜杂，尚须尽量淘汰，取极精审者编集；否则出版社恐亦不无困难。原材料大同小异者占泰半，其余如报刊纪念文字类，系临时成篇，执笔者学术艺术水平参差不一，即如汪声远先生早年学画笔记，当为极宝贵资料，惜内容太少，其他各家又多泛泛空论，彼此相同者居多。弟当陆续细阅，签注鄙见，然后约期面商。惟顽躯日衰，除日常工作外，甚少精力从事他务，拟恳宽假时日，不审无碍于编印计划否？

尊翁所编《年谱》，弟一部分亦与叔老有同感，但亦有出入。时人生卒何者列入，何者可略，似当参照历来各家年谱体例，复参以世界艺术史及艺人传记格式，从长酌量。总以在近代政治、学术、文艺上有极大影响者为主，如孙文、章太炎、康、梁、齐白石等，可必列无疑，而黄兴、宋教仁、徐谦等可不必列。其他可列可不列者尚多，当逐条摘下，再请尊翁及其他诸公卓裁。叔老函附还，并乞詧收。草复。

孝文先生台座

用明先生前乞代致意。

傅雷拜上

六二年三月四日

与宾老有旧，但在近代学艺史上并无全国性作用者（如宣古愚），鄙意即可不列生卒，而只在交游项下提及。不知尊意以为何如？又《年谱》当尽先阅读，尽先解决。

第二通　一九六二年三月十四日

示悉。附上意见四纸，乞先赐读，然后于本星期内约期面罄。《年谱》原稿暂存敝处，待面赵。所举例子，十不过一二，以精力时间有限，未能悉数摘录，好在举一反三，高明自能领悟，不烦缕举。鄙人眼高手低，所见亦未必有当，幸勿客气，当面指正可也。匆复

孝文先生

弟傅雷拜上

三月十四日

另稿容缓细读，又及。

《年谱》全稿读完后，印象与前信所谈又有不同，故主张亦与前信有异。附上意见书，请随带以便商榷。倘此信能于星期四晚上达，则盼于本星期五上午十时许，驾临寒舍，否则另行电约（来时或仍请先打电话，因日内正候医院通知前往检查，恐临时相左也）。

〔附〕对《黄宾虹年谱》一稿的意见

体例

（一）“社会及艺林大事”虽可提供参考，但亦不宜以世界大事年表、美术史年表与个别艺术家年谱并列，合在一处；且与年谱体例不合。

（二）社会大事涉及尚未肯定之近百年史，何者应列，何者从略，原属史学家范围。罗列过多，即嫌琐碎，如前清各地教案与宾翁关系不大；如毛主席《论持久战》文写作年代既列入，则《毛选》中其他文字何不择要列入；若果列入，未免不伦。今稿在此等处似无原则可言。

（三）鄙意大事项下只消标明鼎革大段落（如太平天国之失败、清政府灭亡、共产党建国是也）及清末民初之国耻（如鸦片战争、中法战争、中日战争及民初之二十一条）。此外可加入康梁变法、戊戌政变及二次世界大战起讫年代。体例仍以“初稿”本为胜，在某年岁次后，另加“是年……”（一切国内外细小之事与艺术家关系甚少，且有志研究者自会搜罗，不必由《年谱》作者供给材料）。

（四）时人取舍，尤难树立标准。诚如陈叔老言，何者为人物，何者非人物，不便由《年谱》编者抉择。此亦与近代政治史、学术史、艺术史有关，凡迄今未有定论之人之事，少接触为妥。鄙意一概不列，不论康、梁、章（太炎）、孙（中山）或自郐以下如徐谦等。至于画人，清末民初并无大家可与四王、吴、恽、新罗、四高僧、八怪、八家辈相颉颃，即中国美术史年表编至近百年时，对此亦将大费斟酌。鄙意无论为王素、任颐或吴昌硕、齐白石、徐悲鸿，均可勿列；而仅于交游中随时提及。

（五）近百年书画金石文字著作列入私人年谱，宛如参考书目，亦嫌赘疣。

（六）西洋美术史通例，凡附入年表之美术家、美术作品、文字著录，标准极严；必确有国际影响，价值为世所公认者方予采入。

总之，年谱不论古今中外，体例大致相仿，均以简要为主，谨严为尚，为避芜杂。鄙意香港印初稿，以体例而论尚胜于今稿。艺术家生活往往简单，且大半与艺术活动不可分割。今分做二栏，反使每栏内容空疏贫乏，大有商榷必要。

内容

（一）年谱取材与传记有所不同，当更应精审郑重，过于琐屑之事不宜采用，原材料冗长拖沓者当尽量压缩，撷取精华，记其纲要。（如陈景昭、石谷风等原文，若严格压缩，恐不过十之二三可录。）

（二）论画、题画（包括诗文题跋），既另有专书，即不必于《年谱》中重出。今稿后半部于此等材料采用过多过滥。鄙意凡非与当时生活、行动或艺术风格之演变有重大关系者，一概勿列（例如一九〇五年艺术活动栏所引题跋，一九一六年雁荡题诗及狮子林题跋等皆可从略。全稿诸如此类尚多）。

（三）他人题诗与宾翁艺术演变无关者，如一九一〇年黄晦闻蒹葭楼诗，即可勿录。

（四）寒之友社、百川书画会等等，在近代美术史上毫无作用可言，即在《年谱》中提到，似应于行文中注意，勿令人误会此种团体有任何历史意义。

（五）某些人物毫不重要者，不宜大书特书。（例如一九二五年“先生与姜丹书等参加”寒之友社，姜名可从略。）

（六）《年谱》以叙事为主，誉词愈少愈妙。如一八八九年引方介堪函最后一句“人争宝之”可删。一九〇四年艺术活动一节并无具体事实，可勿入。文中有“一旦发现引为奇异……名亦日噪”等等，文字格调均不高。

（七）宾翁平生作画无虑万数，其中何为杰构，何为能品，何为练习，何为早年未成熟之作，既未有人研究肯定，《年谱》中述及某年作某画时，似应避免“大书特书”，予人以代表作品之错误印象。

如一八九四年艺术活动项下只须叙明“拟元人作设色山水画，款署××；又尝摹……山水，款署××”，题诗可略。

（八）注解宜简不宜繁，与正文相同之部分尤应删去。如一八八〇年页注，三行半皆与正文重复，仅“甲申（一八八四）在扬州遗失”一语为新材料。诸如此类，全稿不一而足。

（九）凡简单说明，均可于文后加一按语，不必另加附注。

（十）材料出处不妨于书末列一总表，不必逐段附加“见《九十杂述》”“见《宾虹杂著》”等等，前后重出至数十百处。

总之，内容尚嫌驳杂不纯，过于繁琐，有待严格推敲，重加甄别（或删或节或合并）。

文字

（一）原稿既以浅显文言为主，即不必羼入白话虚字，如“先生的父亲”之类。若以白话为主，则宜全部改为白话（而此亦大可不必）。欲文白参用而保持风格完整，其事甚难，且非年谱所宜。例如“以字行”原属文言习用辞汇，今稿作“就以字行”（原作“即以字行”），反显生硬。又若稿首“关于字号、里籍、生卒……”，“关于”二字大可省略。时下文风趋于繁琐乃是缺点，似可不必“从众”。又如一八七八年页末段注“先生不仅少年好骑马舞剑，即在中年和晚年的时候也常常早晚锻炼”，第二句夹入语体，上下文风格不统一。全稿类此者甚多，似宜细细琢磨。

（二）不必要之文句宜删。如一八八七年页“与陈崇光会，先生利用时间从”，艺术家一生何时何事不利用时间，此语嫌赘。又如一九〇二年艺术活动项下，“先生尝骑马游岑山写景”，按全谱体例，单叙先生某事时皆直书行动，不冠“先生”字样。此处忽称“先生骑马……”殊无必要。

（三）一八八七年第二页注“陈崇光……为太平天国……重要画

家之一”下第二行又称“为当时扬州著名画家”,前后二句句法太近似,酌改为妥。

总之为求文笔简练、前后一贯起见，全稿似宜逐页逐段再行磨勘；文白参杂段落尤须注意。

以上略抒管见，定多谬误，尚希勿罪为幸。

傅雷

一九六二年三月十四日

第三通　一九六二年七月十九日

孝文先生史席：

日前承教并惠另页木刻，感荷感荷。目录与敝藏二册（共二十页）符合者仅二三则，内容是否一致，尚未敢断定。按五年前所收宾老画册（十二开），以纯用粗细线条勾勒，册首又裱有宣愚公序文，原稿遂疑为七秩木刻画册原本。近自“荣宝”购得一册八帙，尺寸作风完全相同，故又疑为木刻册之一部分。今核对目录，方知系同时期（敝册无年月）同一类作品，至宣氏手迹谅系旧藏家（陈柱尊）临时凑合，不足为凭。

尊君《年谱》一稿已于旬日前寄回。敝处所存宾翁书信亦已选出二十一通,录副寄往。《书简》全稿尚在校阅中。一、材料取拾必须严格考虑。二、编次须有原则，若根据受信人姓氏笔划殊无充分理由；鄙意视其性质分甲、乙、丙三编：凡以画理、画法、画史为主者，属甲编；金石文字考据为主者，属乙编；其他则入丙编。惟信中所提往往驳杂，只能斟酌主次而分,无法绝对,将来可于书首说明之。此项办法已与叔老商榷,表示赞同;日前并去函征求尊大人意见。目前正逐函细按试为分类，适逢大暑，日课未能中缀，耽误时日在所不免为歉耳（月初已面告美协副主席沈柔坚，托

其转致人美领导，对《书简》交稿日期赐予通融）。匆此附闻，即候
近绥

弟傅雷再拜

七月十九日

第四通　一九六三年一月六日

孝文先生：

宾老致陈叔老函开头“引瞻道履时切驰依”，署名后附笔内有“有明末杭之钱唐前读书社马伯生翔麟藏印”云云，前半句无法句读，函询叔老，据复“必有脱误无从理解”，但并未提及原信，不知是否仍存尊处，或在令尊处，烦检出核对后见复为幸。匆此。即候
冬绥

弟傅雷拜上

一九六三年一月六日

第五通　一九六三年六月二十四日

附上一信，敬烦阅后转呈尊翁。因内容大半须使先生并知之，为偷懒，不另作书计也。勿罪为幸。前为陈凡先生欲枉顾事复上寸缄,未审先达否?念念。匆匆，即候
孝文先生近好

傅雷拜上

六月二十四日

倘欲来舍面询种切，可随时电约时间，平日晚间七时后均可奉迓。

〔附〕致陈叔通函

叔通老先生座右：

六日手示拜悉。宾翁《年谱》三稿将中外大事一律取消，鄙意亦觉不妥。至记载作画一节，早曾注意及之，大致与高见仿佛。宾翁生平作画赠人，无虑千万，若于某年某月特为标明，不无指为杰构过于凸出之弊；若欲一一考释列举，又为事实所不许。惟述及游踪行谊时，若将当时所作画件故意略去不谈，恐亦欠妥。且署有上款及年月之作品，亦可为后人作其他考证之线索，故一仍其旧，未向汪君提出；日后拟再交由编委会商榷。八十、九十自叙，为自传性质之原始材料，似仍宜编入附录，不知尊意以为如何？《书简》中有前半论书画，后半论金石，篇幅相等、不分轻重者，既不便纳入一编，又不便将一信割裂分列两编；晚对此大感踌躇，未敢擅决，将来亦须征询编委会意见。

第六通　一九六四年一月十九日夜

孝文先生：

久未晤教，想近状佳胜为慰。陈叔老十一月初来沪，曾觌面二次，并商恳为宾翁年谱作序。上周已寄示初稿商榷，今已略贡鄙见寄回，谅不日即可写定。便中乞告尊翁并用明先生释念为幸。匆此祇候

冬绥不一

弟傅雷拜上

一月十九夜

第七通　一九六四年五月十二日夜

日前令尊寄下宾翁《年谱》最后誊正稿，并嘱阅后即转人美，惟前次送去《书简》稿，迄今尚未见审阅意见，况目前形势方在学习阶级斗争，文艺界又着重表现新人新事，闻出版社方面，最近因形势关系积压未决之稿甚多。鄙意只能待宾老画展举办之日，再与美协及人美提到《年谱》问题，眼下恐不合时宜。此点拟恳婉呈尊翁耐性等待。画展一再延期且无消息，个中因素我侪亦当有所体会，不知高见以为如何？草草祇候

孝文先生时绥

弟怒庵拜上

五月十二夜

第八通　一九六四年八月一日

孝文先生：

尊翁寄示书目抄件，收到已久；实因近二月工作特忙搁置，良用歉疚。不知可否恳请先生偏劳，先作一番整理，然后决定是否在《年谱》中改用修订书目。兹附整理意见若干条，亦系匆促中草拟，考虑不周之处，请随时酌改添补为幸。抄定后望电约时期面谈。草草即候

文绥

弟雷拜叩

八月一日

两目另邮挂号寄奉

〔附〕整理宾虹先生著述目录管见

(《年谱》附录之书目简称为“汪目”，黄苗子先生寄示之书目简称为“黄目”)

(一)先将“汪目”分类，另誊一纸，按年代先后排列。

(二)分类可参照“黄目”而加以修订，例如：

甲——绘画类(包括绘画理论、技法、史料)；

乙——金石类(包括篆刻)；

丙——工艺美术类；

丁——诗文类；

戊——编纂类(美术丛书即在此类，倘有其他辑录前人之旧稿，而非宾虹先生自己著述均入此类，集古印谱亦可入此)。

附：画册类(此题未妥，指先后印行之绘画作品，包括木刻及珂罗版复制品)；

印存类

画册与印存，与文字著述有别，不宜并列。

(三)“汪目”分类誊清后，再与“黄目”对校，遇有“汪目”未有而“黄目”收入者，可分别添入“汪目”。反之，凡“汪目”所有而“黄目”阙如者，可在“汪目”之题目下加一符号。

(四)“黄目”每题下有“卷×”字样，系黄氏抄录宾翁原文编号，兹可不列。

(五)“黄目”在书题后往往列有分章细目；太琐碎，可勿录。但若“黄山画苑略”一题下，不妨加注(包括画家××人)；又如“宾虹羼抹”一题下，可附注(分“叙摹印”“叙造墨”两大类)——因“羼抹”原题含义不明，加注可使读者知其内容大要。——总之，何题应加注，宜斟酌情形而定。

第九通　一九六五年十月二十七日

孝文先生：

惠书拜读，因贱目视神经衰退，医嘱彻底休息，未便多亲笔砚，故而稽复，勿罪为幸。林老大作，笔苍墨润，深得宋元神韵，在宾翁高足中，实为仅见，虽所示作品只是林老一种面目，不能妄加月旦，惟格调允称逸品，曷胜钦佩。倘蒙转恳赐一八开便面（八幅），包括各种不同风格、不同色彩，俾获一觇全豹，尤为感幸（倘觉过于唐突，暂时不提可也）。尊翁前乞代道念，并盼向林老转达仰慕之意。原作二件待与一二知友共赏，旬日后再行邮奉不误。匆匆不尽。祗候

文祺

弟雷拜上

一九六五年十月二十七日

按：宾翁笔法迄今未有传人，今始见于林老，以弟毕生钦服宾老，对此极感兴奋。国画优秀传统庶几不隳，实为艺术界之大幸。

致周宗琦

一通　一九六二年九月十日

来信由刘先生（刘先生，即刘海粟先生）转到。青年人有热情有朝气，自是可喜。惟空有感情，亦无补于事。最好读书养气，勿脱离实际，平时好学深思，竭力培养理智以求平衡。爱好艺术与从事艺术不宜混为一谈。任何学科，中人之资学之，可得中等成就，对社会多少有所贡献；不若艺术特别需要创造才能，不高不低、不上不下之艺术家，非特与集体无益，个人亦易致书空咄咄，苦恼终身。固然创造才能必于实践中显露，即或无能，亦必经过实践而后知。但当客观冷静，考察自己果有若干潜力。热情与意志固为专攻任何学科之基本条件，但尚须适应某一学科之特殊才能为之配合。天生吾人，才之大小不一，方向各殊：长于理工者未必长于文史，反之亦然；选择不当，遗憾一生。爱好文艺者未必真有从事文艺之能力，从事文艺者又未必真有对文艺之热爱；故真正成功之艺术家，往往较他种学者为尤少。凡此种种，皆宜平心静气，长期反省，终期用吾所长，舍吾所短。若蔽于热情，以为既然热爱，必然成功，即难免误入歧途。盖艺术乃感情与理智之高度结合，对事物必有敏锐之感觉与反应，方能言鉴赏；若创造，则尚须有深湛的基本功，独到的表现力。倘或真爱艺术，即终身不能动一笔亦无妨。欣赏领会，陶养性情，提高人格，涤除胸中尘俗，亦大佳事；何必人人皆能为文作画耶！当然，若果有某种专长，自宜锲而不舍，不计成败名利，竭全力以毕生之光阴为之。但以绘画言，身为中国人，决不能与传统隔绝；第一步当在博物馆中饱览古今名作，悉心体会。若仅眩于油绘之华彩，犹未足以言真欣赏也。人类历史如此之久，世界如此之大，岂蜗居局处所能想象！吾人首当培养历史观念、世界眼光，学习期间勿轻于否定，亦勿轻于肯定，尤忌以大师之名加诸一二喜爱之人。区区如愚，不过为介绍外国文学略尽绵力，安能当此尊称！即出于热情洋溢之青年之口，亦不免浮夸失实之嫌。鄙人对阁下素昧平生，对学业资力均无了解，自难有所裨益；惟细读来书，似热情有余，理性不足；恐亟须于一般修养，充实学识，整理思想方面多多努力。笼统说来，一无是处，惟纯从实事求是出发，绝无泼冷水之意耳。匆复

宗琦先生

傅雷拜启

一九六二年九月十日

盖叫天《粉墨春秋》一书，对艺术—人生—伦理阐述极深刻，可向图书馆借来细读。任何艺术，皆须有盖先生所说之热爱与苦功。又及。

致罗新璋

一通　一九六三年一月六日

新璋先生：

大札并　尊译稿均陆续收到。*René* 与 *Atala* 均系二十一二岁时喜读，归国后逐渐对浪漫派厌倦，原著久已不翼而飞，无从校阅，尚望　惠寄。惟鄙人精力日衰，除日课外尚有其他代人校订工作，只能排在星期日为之，而友朋见访又多打扰，　尊稿必须相当时日方能细读，尚盼　宽假为幸。

鄙人对自己译文从未满意，苦闷之处亦复与　先生同感。传神云云，谈何容易！年岁经验愈增，对原作体会愈深，而传神愈感不足。领悟为一事，用中文表达为又一事。况东方人与西方人之思想方式有基本分歧，我人重综合，重归纳，重暗示，重含蓄；西方人则重分析，细微曲折，挖掘惟恐不尽，描写惟恐不周；此两种 mentalité 殊难彼此融洽交流。同为 métaphore，一经翻译，意义即已晦涩，遑论情趣。不若西欧文字彼此同源，比喻典故大半一致。且我国语体文历史尚浅，句法词汇远不如有二三千年传统之文言；一切皆待文艺工作者长期摸索。愚对译事看法实甚简单：重神似不重形似;译文必须为纯粹之中文，无生硬拗口之病;又须能朗朗上口，求音节和谐；至节奏与 tempo，当然以原作为依归。尊札所称“傅译”，似可成为一宗一派，愧不敢当。以行文流畅，用字丰富，色彩变化而论，自问与预定目标相距尚远。

先生以九阅月之精力抄录拙译，毅力固可佩，鄙人闻之，徒增愧恧。惟抄录校对之余，恐谬误之处必有发现，倘蒙　见示，以便反省，无任感激。数年来不独脑力衰退,视神经亦感疲劳过度,往往眼花流泪,译事进度愈慢，而返工愈多；诚所谓眼界愈高，手段愈绌，永远跟不上耳。

至于试译作为练习，鄙意最好选个人最喜欢之中短篇着手。一则气质相投，容易有驾轻就熟之感；二则既深爱好，领悟自可深入一层；中短篇篇幅不多，可于短时期内结束，为衡量成绩亦有方便。事先熟读原著，不厌求详，尤为要著。任何作品，不精读四五遍决不动笔，是为译事基本法门。第一要求将原作（连同思想，感情，气氛，情调等等）化为我有，方能谈到迻译。平日除钻研外文外，中文亦不可忽视，旧小说不可不多读，充实辞汇，熟悉吾国固有句法及行文习惯。鄙人于此，常感用力不够。总之译事虽近舌人，要以艺术修养为根本：无敏感之心灵，无热烈之同情，无适当之鉴赏能力，无相当之社会经验，无充分之常识（即所谓杂学），势难彻底理解原作，即或理解，亦未必能深切领悟。倘能将英译本与法文原作对读，亦可获益不少。纵英译不尽忠实，于译文原则亦能有所借鉴，增加自信。拙译服尔德,不知曾否对校?原文修辞造句最讲究,译者当时亦煞费苦心，或可对　足下略有帮助。草草先行布复，即候

文绥

傅雷拜启

一九六二年一月六日

致叶常青、季碧

一通　一九六四年二月二日

常青、季碧：

你们十月二十日发的贺年片一月二十九方到，神话式的巴西邮政果然名副其实。前年聪儿在南美演出，承常青热情招待，感何可言。今年五六月又将重访旧地，不知巴西是否在游程之内。我十余年来终日伏案累月，不入市，不出户，即理发亦系理发师上门，而非我在理发店坐等。所恨脑力衰退，与目光之高背道而驰，对自己工作始终不满，除此以外，生活平顺安适。敏儿在北京女一中任英文教师，尚能称职。梅馥顽健如恒，不比我失眠、头痛、关节炎等等小病不断。你家阿婆去年六个多月卧病，大抵年事已高，并无确实病症；风烛之余，能撑持至今，已是难得，惟百年之计不能不早有准备，万一不讳，究用火葬，抑用棺木，墓地如何，均望贤夫妇去信冠英指示。近年国内火葬已甚普遍，惟墓地价仍不便宜，大约火葬加墓地善后费用在三百余元之数，如用棺木再加一二百。不用墓地（指火葬），还可减少。上海与国外通一电报，至少数十元。冠英夫妇收入仅足糊口，仓促有事殊难应付，临时付如此巨额电报费，亦系虚掷。故愚意拟请你们先汇相当数目存沪，以备万一。敝处代经手尊处款项，尚结存六十元，六〇年以前均有细账报告季碧，兹不再赘。常青孝母，亲友共知，善后费用谅必能早做准备。儿女婚姻我辈可不必深究，只能从旁提供意见，决定还须本人。回想你我当年，倘父母干预婚姻过甚，亦必剧烈反抗，前事不忘，后事之师。倘多想想自己过去，眼前亦可省却不少烦恼；况儿孙自有儿孙福，为父母的也管不了许多，更管不了多久，不知常青以为如何？两周前养吾忽偕劭恒来访，殊出意外，原来养吾已回沪一年，目前靠儿女供养，杜门静居，安度晚年，必绪殊不恶。冠英以半年余未得海外音信，甚为挂念，望即去信告慰，对阿婆事尤望早作决定。今日大寒，手指皆僵，又兼秃笔几不成字，以后有空再写。匆匆，即祝

双福

怒庵
梅馥 同叩

一九六四年二月二日

致黄苗子

一通　一九六四年九月二十三日

七月十四日奉读

　　手书欣慰无已，当于十五日长函奉覆，迄今未得消息，念兄作风素不如是，未审前信是否误付洪乔，因再驰询起居。

　　便中乞颁数行，以慰长想为幸，匆此敬候

著绥不一　夫人万福

苗子吾兄先生阁下

弟怒庵　拜叩
内子附候
九月二十三日夜

　　前函曾谈黄宾翁遗著整理问题，不知　尊意以为何如?

致成家和

第一通　一九六五年五月十三日夜

家和：

昨日一信写得太匆忙，一则伦敦的日程与港岛的日程显然冲突（除非别有缘故），急于通知你；二则心情太兴奋，情绪乱糟糟的，无从表达，你看了梅馥的短短几行想必也感觉到。年纪大了，我们两人比以前更神经质，一有刺激，不论悲喜，都紧张得不得了，一时无法平静。你的信写得又细致又生动，从接送飞机到饭菜，我们仿佛一一亲历其境。孩子每半年的日程表总预先寄来，我像日历月历一般经常翻阅，对照着地图，在想象中跟着他到东到西，还计算两地的时间差别，常常对梅馥说："此刻他正在某处登台了……此刻他大概在某地的音乐会结束了……今天他正在从某地到某地的飞机上……"和他通信多半长篇累牍的谈艺术，音乐——某个作家，某个作品，谈人生，谈祖国的文化，诗歌，绘画，东方民族的特性。所以虽然离别八载，相距万里，我们并无隔膜。你说的不错，孩子的长处短处都和我们俩相像。侥幸的是他像我们的缺点还不多，程度上也轻浅一些。他有热情，有理想，有骨气，胸襟开阔，精神活跃，对真理和艺术忠诚不二，爱憎分明，但也能客观的分析原因，最后能宽恕人的缺点和弱点；他热爱祖国，以生为中国人而自豪，却并未流入民族的自大狂。他意志极强（至少在艺术上），自信极强，而并未被成功冲昏头脑，自我批评的精神从未丧失，他对他的演奏很少满意，这是我最高兴的，艺术家就怕自满，自满是停滞的开端，也便是退步的开端。当然他还有许多缺点：主观太强，容易钻牛角尖，虽然事后他会醒悟，当时却很难接受别人的意见，因此不免要走些弯路——主要是在音乐方面；而人事方面也有这个毛病，往往凭冲动，不够冷静，不能克制一时的欲望。他的不会理财，问题就在于此。总之，他的性格非常复杂，有一大堆矛盾：说他悲观吧，他对人生倒也看得开看得透,并且还有“知其不可为而为之”（这是他常常提的一句话）的傻劲；说他乐观吧，对人类的前途却也忧心忡忡。其实这些矛盾在我身上也照样存在。恐怕就因为此，关于他的一举一动，一星半点的消息，特别容易使我激动：他的一切经历，仿佛是另一个“我”的经历。你是老朋友，不至于认为以上的话有替儿子吹嘘的嫌疑。你欣赏他，所以我乐于和你谈谈我对他的看法，同时你站在第三者地位，也可看看我们父子是否真正相互了解。你提到我们的教导，老实说，一大半还是他的天赋。我给他的教育很多不合理的地方，太严太苛求，自己脾气坏，对他“身教”的榜样很不好：这是近十年来我一想起就为之内疚的一点。可是孩子另有一套说法替我譬解，说要是他从小没受过如此严格的教育，他对人生，对痛苦的滋味决不会体味得这么深这么早，而他对音乐的理解也不会像现在这样远远超过他的年龄。平心静气，拿事实来说，他今天的路，没有一条不是我替他开辟的，但毕竟是他自己走下去而走得不无成绩的。例如中国哲学，诗词，绘画，我的确给了他熏陶的机会，可是材料很少；能够从很少的材料中领悟整个民族文化的要点和特色，那都是靠他自己——尤其是靠天赋，他本身的努力除了音乐以外，在别的方面也并不多，甚至很不够，但终究能抓住精神，当然是天赋帮他的忙，我们不能饶天之功以为己有。

在电话中曾再三阻止他留钱在香港，不料他还是存了款子在你那里。事实上，我们并无需要。写到此，想起一件事来：你若为音乐会事去电新西兰，电报费务望就在那笔款子项下开支。你是代我们办事，费了心出了力，怎可以再贴钱呢？你知道我的脾气，朋友之间赠送管赠送，代办管代办，两不相混。所以你千万不能客气，免得我们心里不安。我们心里不安，你也不会愿意的，是不是？媳妇与一般的媳妇不同，我们在他们订婚时已感觉到。这几年更证明了这一点。多少人家的儿子在海外娶了亲，对方还是中国女子，同国内的翁姑经常亲亲热热通信的能有几个？更不用说外国媳妇了。当然这也有许多原因：首先是弥拉的本质不错，其次是她的家庭出身，他父亲一开始就尊重我的些少成就，也尊重我是中国文化界的一个代表。他们是从聪的嘴里知道我的为人，也从聪本身的为人处世及艺术上看出我们的家庭。在弥拉的信中，我们清清楚楚知道聪是不断和她提起我们的。另一方面，几年来小夫妻俩有什么不和，我也是一封中文信一封法文信（特意不用英文，不让聪看懂）絮絮叨叨的劝这个劝那个。好在他们自己也很会转圜。听聪对你提到弥拉的话，可见他还是很客观。他也知道“人生”是最高深的一门艺术，而夫妇生活便是这门艺术中最重要的一个科目。

我们真正牵挂的倒是他不会安排经济问题。演奏家的命运——尤其是青年演奏家，多半掺在变化无常的群众手里，一朝时髦风气转了向，很容易门庭冷落的；不有一些积蓄怎么行！何况弄音乐既消耗体力，又消耗精力，在台上如此波动，神经如此紧张（也有冷的艺术家，能不动感情，但聪不是这个类型。）一年到头他飞东飞西，天南地北的奔波，仅仅做到一个收支相抵，到底有些危险。只要略微计算一下，调度得合理一些，照他电话里告诉我们的每月家用，我敢打赌，满可以减少百分之二十的支出，而决不影响他们的生活水平，饮食水平。此事拜托你和他细细谈一谈。

世界上也正有巧事，也就是你所说的缘分，你居然能守在家里接到他的电话！当日晚上不来长途电话，我早猜到原因，我和梅馥说："那准是怕我们一夜不能睡觉。"骨肉之间的体贴不明说也同样感觉得到。五月三日夜，梅梦见聪还是小娃娃的模样，喂了他奶，他睡着了，她把他放在床上。清早梅馥和我说了，不出半小时就来了电话！我们梦见孩子以及弥拉和小孙儿的事不知道有过多少回，这不过是最近的一次，而正好和电话连在一起！

假定在港演出成为事实的话，即使不招待记者（聪向来不喜欢这一套），个别撞到旅馆来的恐怕还是难免，要挡驾而不得罪他们也不大容易。我知道你善于应付，聪也该有相当经验，不过港九情形复杂，比世界上任何地方都麻烦，报纸的党派背景又错综万状，尚恳事先多与沈先生考虑。目的无非要稳稳当当开完演奏会，既不招惹特殊势力，也不引起国内误会！

关于聪的生平（节目单上），最好不必介绍，事实上也不需要；万一非要不可，最好笼统些，简略些。措词以平铺直叙为宜，少用夸奖字儿，报纸上的消息尽量简单为妥。想沈先生也是此中老手；只因聪的情形特殊，地位微妙，反而越少宣传越少渲染越好：这一套恐非一般做宣传工作的人所熟悉，故不惮繁琐再和你提一遍。

说到那位沈先生，既然能和聪一见如故，我们也不难想象他是怎样的人品学问（别看聪老堆着笑脸，遇到俗物他也会冷冰冰的似理非理的呢）。请代我们向他深切的致意，深切道谢他帮这许多忙！

这封长信看得你快头昏了，就此带住，并祝

康乐！

安叩

五月十三日夜

为伦敦日程事，我昨天已另去信弥拉查对，要她向聪的英国经理人问问清楚。上海—伦敦间的航空信，同港沪之间的信一样，只要六七天。梅馥在电话中听说她编的小毛绒衫裤，弥拉最喜欢给孩子穿，梅那副得意样儿活像小学生受了老师赞美。她已开始编织周岁的小衣裤了。芳芳见了聪，印象如何？很想听听她的意见！

第二通　一九六五年五月二十六日

家和：

来信收到还不满一小时，吃完中饭就给你提笔了。你办的事比我们更细到，我们想到的你都办了，我们没想到的，你也办了，真不知从何谢起！只是一件你没按照我们的心意：你们一家和阿榴的票子（两场）没有算在我们的账上。你想如果我们在港，会让你们自己买票吗？你此刻是代我们做事，样样要站在我们地位上设想才好。钱是小事，情理上可万万说不过去。望见信后即将此事重新安排，千万千万！

前天（二十四）有位朋友接港九来信报道会期，两场的节目也报了一大半。所以我们已知道定在四日，而且是两场差不多连在一起：我就什么都明白了，我也猜到四日半夜前后他就要上机的；因为港九和伦敦时间相差八小时，他可以争得回家休息二三小时以及和乐队排练一下的时间。可见六月五日伦敦的一场并未变动，你前信说聪查来查去，只有六月五日有空，可来港，所以我吓了一大跳。现在问题弄清了，我也就放了心。

演出后倘报上有什么评论，望一律剪下（每张写明报名。西报的更要。还有两场的节目单！）寄我。当然港九不会有什么高明的艺术评论家，不过能多看到一些有关孩子的材料总是高兴的。也许演出前后有什么照片，不用我说，你一定也会寄来的。

你们替他安排的住所等等，再妥当没有。只希望端午节下午让他有两小时彻底休息！沈先生将来如回大陆，欢迎他来谈谈。暂时请你先代我们多多致意，多多道谢。送票还远不足言酬劳，且待以后他来沪时再想办法表达我们的心意。

二十三日给聪的信想必先到。我们对他一切放心，就是事务处理上常常要挂念，他到底是艺术家气质太重，对艺术来说是长处，对实际生活来说是短处。而且人事变化无常，世界大局动荡不定，西方的经济也不景气，物价只会涨不会落，做父母的总不免在这些地方操心。

吃东西等等不知他是否很有节制，经常出台的人便是小小的闹肚子也是大大的麻烦事儿。想必你爱之深，护之切，便是他食欲太旺，你也会适当掌握的。别笑我啰嗦：这份心情也便是你照顾芳芳的心情。

今年从五月到六月，无端端忙了你一个月，虽说是快活之事，究竟也劳神劳力，事后望多多休息。

寄烟丝倘是两包，一定要分两次（一在五月，一在六月），否则准被退回。不多写了，等你们电话。我们六月三日一定等到半夜。四日清早八时就起来。匆匆祝好

安
梅 同上

一九六五年五月二十六日

一切该聪付的账，务望照算，你已经为他破费不少了。要不然更使我们不安。

报刊上不宣传正合乎我们的意思！

第三通　一九六五年六月五日

家和：

一别十五年，突然听到你的声音，真说不出是什么感觉。奇怪的是你的声音好像变了。大概是电话机的关系吧！你一向声音偏尖，昨天却偏于低沉。倒是阿榴的声音和以前没有大分别。也难为她一个人撑一个家，居然还教琴，她说生活比以前好了些，我们真高兴（她是否也愿意和我们通

通信呢？不妨由你转）。

今天急于写信给你，主要是请你想法找出《大公》《文汇》两报的材料，不论是事前的新闻还是事后的报道或评论，只要关系到聪的都希望剪寄（请查仔细，勿漏掉）。假如你家里不订，烦托朋友搜罗（日子近大概还容易找），这对我有用。其他的评论（包括西文的）以及音乐会的节目单，想你定会收齐寄来的。

刚才又通了二十分钟话，其实是二十小时、二十天也不会餍足的。我们两人一夜未睡好，阿聪说也是如此，而且他已有四五天睡不稳了。我们一家人的气质太像了。像昨天这样一个黄昏两场，也只有他敢顶，而且能顶。幸而是只此一遭，别的地方决无此例，否则再年富力强也不行的。

李太太购画事谈妥没有？不是我们要强挨给她，而是她既要不着（在港她到 × 古斋挑过，不中意），聪手头又有现成的，乐得给人方便，而聪也了却一件事。只是请你再在电话中提醒李太太，七八两月聪一家多半不在伦敦，如此事不在六月底以前办，只能等到九月初了（再望告知李太太，画款在伦敦取画时交聪。切勿预付）。

我们寄你的一幅你喜欢吗？我们在家曾挂过三个多月。国内现在就是这一位老辈还有好作品。人也朴实可爱，我虽和他交往历史很浅，倒是挺投机，谈谈艺术，境界理想彼此比较接近。

聪说还得和宋奇通电话，不知他们有什么话提到我们（因为宋氏兄弟五年多不与国内任何人通信）？倘聪与你谈及，请转告我们。这些事聪以后不会在信里报告的。

聪小夫妇间过去常有些小小冲突，我总是两面劝解，为此我就用法文写给弥拉，为的不让聪看懂。今天他在电话中说了弥拉许多好处，我们放心了。总之，聪在这方面又是像我。五天前弥拉来信，说好好坏坏统扯一下，聪的好处远远超过缺点。把两人的话一对照，我们更放心了。再谢谢你的安排、关切、奔走。你我之间当然不必客套，但这份感激的情意不说出来，憋在肚里也不好过。

我们掐指算着，大概十二日左右可收到你的长信了。为了试试目前港沪间航空信究竟有无作用，故此信到的日期，请记下来告我！祝好

安
梅 同上

六月五日上午

能否打听到：港音乐厅有多少座位?

第四通　一九六五年六月十三日

和：

读七日信兴奋得直头痛，几年来犯了毛病，一紧张往往头痛欲裂。梅一边看信一边直掉眼泪。难为你和榴不但事前和当时如此忙碌、周到，感情如此激动，事后还要剥夺你们睡眠的时间（榴信同时收到，也是半夜二时写的）给我们长篇报道。从一九五三年第一次出国（去罗马尼亚）起，这是破天荒第一遭知道他三四十小时内的生活细节。他的家信从来不提这些，一则太忙，二则到底是男孩子，不耐烦谈家常琐碎，哪想到做父母的贪心不足，连他走一步路，吃一样东西都想知道呢！你们俩真不愧为好姆妈好爹爹，给聪受到了——在多少年离乡别井、思亲怀国之后，受到了慈母般的温情。可是我很怕他回去以后非但不就写信给你们，甚至会长时期不通消息，使你们失望。这一点他不像我，但愿你们原谅。一天两场演出，原是绝无仅有的，要不是情况特殊，他也不会如此拼命。每年音乐会总数大概在六十次左右，决不可能再多。有几个月忙些，七八两月总是淡月，好休息一下。他的手早于几年前保了险；乘坐飞机保险与否，待我去信问他，谢谢你提醒我！

从六〇年开始我再三劝他尽量减少开支，减少演出；在艺术中最消耗

人的是音乐，比演戏还厉害，连续二小时以上的神经与感情的紧张实在伤人。可是他有他的苦衷，说辞掉一个邀请可能永远失去一个机会，年轻的演奏家更不能让他的名字冷下来；西方艺术界竞争十分尖锐，你不接受的约会，别人立刻凑过来拿去了。这就是西方世界的你死我活的生存竞争，有什么办法呢？我只能叫他尽量抑制情感，不要太整个儿浸入音乐；但不这样又丧失了活力，吸引不了听众：说来说去都是矛盾。何况气质、本性决定一切，要他接触音乐而不浑身投进去，根本办不到；因为他身心的沉溺，并非有意识的（更不是有意借此吸引人），而是像钢铁遇上了磁石，身不由主，情不自禁。这是艺术家的致命伤，也是艺术家的可贵处。当然大多数属于“冷的”一型的演奏家不是这个情形，因为他们有的是另外一种气质。

沈先生已于前日来信，提到环境的复杂，客观效果恐怕聪的演出仍对祖国不利。所以我想看看大小各报（包括当地所有的刊物）的消息或报道或评论，即使是三言两语也值得我在字里行间琢磨一番，研究研究。可惜你把中文报的材料寄去伦敦，要他再寄回来是不大可能的。别以为他做事认真，有些地方还是挺马虎的。前信我请你专门收集两份报纸的材料，倘使他们一字不提，也还是一种态度，请告诉我。音乐会两场的节目，可否请芳芳抄一份寄来？西文报未提到第二场下半段，四日下午电话中也未细问，怕消费时间。说到电话，你可知道每三分钟要多少港币？他这两次电话大概花了一大笔钱吧？

四日电话梅讲了一忽儿，聪就说要穿衣了，我们只道他是预备穿衣出门过海，谁知旅馆和会场倒近在咫尺，电话是在浴缸内浑身涂满肥皂接的！真正太像电影镜头了！

六月四日我们一直等到夜十一时半才上床，明知他到的晚，怕打忧我们睡眠，大概不会来电话；但仍作万一的准备。从四日清早起（其实从二日夜，他在新西兰最后一场演出时起）我们的心已经时时刻刻念着他了。不但如此，有一位朋友也从四日下午六时起到晚上九时都在想着聪。所以你说我们时时刻刻和你们在一起是一点不错的。你们的接机送旅馆等等，我们脑子里都一一预演过了！

聪弹《牧童短笛》另有特色，完全在琴上传出笛子的音色，一九五三年在国内弹的时候，作曲家本人即大为欣赏。港地侨胞多，怪不得他要作为 encore piece 了。

他此次急于抓住机会在港登台，我猜想还有一个对谁都没说出来的理由。他最不喜欢人家把他的艺术生涯和他的岳父联系在一起，仿佛他在艺术界沾了岳父的光；尽管他与岳父合作得到不少启发，尽管他非常尊重岳父的为人和艺术成就，但他自己的些少成就决不愿意有依赖他人的嫌疑。明年不是有与岳父同来的可能吗？他要不先独自登台打定天下，明年在外人心目中难免不显得他是沾了丈人的光。你看我猜得对不对？

明年的事第一要看大局，眼前不能存什么希望。至于团聚，更不是我们自己作得了主的。再说我也怕受不起这样强烈的刺激：人老了，多一次悲欢离合，心上多刻上一条伤痕：归根到底，我还是旧中国人的脾气，感情方面能够适可而止还是有好处。客观的可能性主要决定于上面对此次演出的看法，而当地各方面的反应也可能影响上面的看法。因此我更想看遍港岛的报刊。总之，此事微妙得不得了，一切很难预料。

你们前后紧张一个月，这几天可曾平静下来？睡眠有没有补足？这样深厚的友情不是言语所能形容的，有你们这样的朋友，我们俩人这一辈子也不算白活了。至德不言谢，谢也无从谢起。但望多多休息，百事顺利，芳芳继续成功！

安

一九六五年六月十三日晚

聪可曾与你提起与宋伯伯（奇）通话内容？他一回去不会再报告的了，问他也没用。

虽然也给榴去了信，此信还是希望给她一阅，内容不完全相同。

李太太购画事下文如何？也许你在下一信中已经提了。五日、七日各发一信，收到没有？以后寄烟丝，望绝对勿超过二百公分。连带芳芳、咪咪也为着聪忙了一大阵，真叫人感动。

第五通　一九六五年六月十七日

和：

午前接十二日信。芳芳的眼睛，我看主要是强烈的水银灯刺激所致，第一要休息，静静的养，书报也不要看。中医吃平肝清凉的药固然不错，但熏眼是否相宜还得考虑。（此刻打不着电话，夜里问了好中医再写信告诉你。）病既然由于刺激，当然不能再用刺激去对付，便是药物的刺激恐怕也有弊无利。这是凭常识说的，明儿再告你，我的话对不对。但愿不要受了红外线或紫外线灼伤就上上大吉了。这是职业病，急也无用，病人自己更不能急。越急越糟。五九年至六〇年间我目光大退，眼科医生就要我休息三个月，并警告说，再让眼神经疲劳下去，即有失明危险。我就三个月不工作，只翻翻碑帖字画消遣。拍片只能暂停，有什么办法呢？厂方也该从长远着眼，坏了明星对他们营业有什么好处？事情固然叫人焦心，但也只能耐着性子挨过去。你做母亲的更要强作镇静，劝芳芳；否则两人一紧张，更不好。但望一切能快快过去。只是养病要养透，才好一些就去拍片，只会使病复发，并且加深。可惜你们那儿没有真正的好医生，肯替病家从根本上着想！

你们和沈君帮的忙，具体虽不知道，大概是哪几方面，我早已琢磨出来，和梅谈了又谈，不止一二次了。环境的复杂，地位的微妙，实在不易安排。此次平安无事，不能不归功于你们的周到和努力，也是几年来你人缘太好的缘故。沈四日信中有句话（仍被人作为攻击新中国的工具），使我很不放心，已去信问他究竟。你们报刊太多，你必全看到；他的话必有道理。即使事情不大，无关重要，也好让我们提高警惕。本来天下哪有十全十美，百无一失的事呢？眼前这样的结果，已经是圆满透了。

聪夫妻之间的小争执总是难免，我两面劝解，他们事后也还能冷静思索，大概不至于成大问题。老实讲，做艺术家的妻子也大不容易，既要会处理家务，又要帮外场；既要懂实际，又要有理想，能悟到（并且同情）艺术家的诗情画意式的幻梦：这样的文武全才不是跟一个出色的艺术家同样可遇而不可求吗？再说聪脾气来时也不比我好弄，你别看他温顺得像处女，以为他真是像了梅馥。他自己也知道，常说既然自己缺点一大堆，如何能对人苛求，要妻子成为完人呢？归根结底，我们做父母的也只能对孩子做到一个“竭尽所能”，后果如何也不敢多想。人生的路程不走到尽头，谁敢叫恭喜？有时也想得很穿，大家多多少少全是泥菩萨过江，只要尽到自己的责任就算了。换句话说，我一方面是“知其不可为而为之”，一方面也并不存多大希望或幻想。何况结一结总账，我们一家一辈子也很幸运，也该知足的了。你是爱友心切，爱才心热，想得远，想得多；我也和你一样，只是人到底是人，能力精力样样有个限度；说到末了，还是一句老话：儿孙自有儿孙福！要不然，我和梅平时更要睡不着觉了。

你介绍司马烈一家，的确对聪和弥拉大有益处，只怕他们时间挤不出，不能常常去接近他们；不过认识总是好的，开了头以后总有机会来往，耳濡目染，对弥拉也是极好的教育。据聪的岳母（弥拉的后母）来信，弥拉已逐渐成熟，比前几年有进步。弥拉也常有心里话说给我们听，我抚躬自问，她说的聪的毛病决不是虚构。夫妇不论国籍同异，终归是家务事一言难尽，也不能一定怪怨哪一方。只要相处日久，能相忍相让，到了相当年纪也就保险了。所谓少年夫妻老来伴！

你和榴这一回恐怕是到了一生中若干次感情最高潮中的一次，不但是由于你们俩友情深厚，一部分也由于对艺术对祖国对民族的感情。我不是要再一次表示感激，却是要你们知道，我最欣赏最钦佩的就是这种爱美，爱善，爱真理，爱自己的国家和文化的热情。不遇到适当的机会，这类感情也是无从表现的，便是至亲好友也无从知道的。

宋氏一家对我们一向很好，他和乃震也相处不坏，记得乃震去世后他也表示过友情。这几年想必另有一些小误会。他与国内已多年不通音信，老太太在世时即已如此，连家信都不写了。他有他的理由，我约略猜得出来。可是上海的房子有不少问题要处理，我想写信由你转寄给他，不知是否方便？乞告知！不方便也就算了，勿勉强。五日聪电话中好像提到有人送花篮，你能告诉我是哪几位吗？

榴给我的地址是侯王道何家园十一号林宅转，我复了信去；过了六小时又接她短信，说是侯王道写错了，应是侯王庙。我的信能否送到，要看我和她的运气了。

七日寄你聪的家信抄本望转寄她一阅。大家都是从小看他淘气惯的，现在变了成人，自然有不少感慨，看看他的家信想来也是一种乐趣。

托买月季花的书，我再把书名写一遍，怕你日久找不到。便时只消去书店把名字交给他们，付足书价及邮费（入我们账），托书店代寄就行。

你问的画价，大的国内一百五十，只是寄不出。（要外边寄外汇来买，公家即不允许以此价结算；而且不论以什么价结算，最近根本不允寄出。此是我二十天前亲自向有关机构问明的，故李太太还想向国内定，简直是单相思。）小的无价，因平时不画，我们朋友要的话，他临时给画，随人送，不计较（大概三十—五十）。上次寄你能收到，完全是碰运气。他国外市价大约五十镑，港岛更贵，自五百至二千五百港币不等，但与他本人不相干，价不是他定的。过去他只在国内照国内价收款，后来听说交中艺公司（是他们要，不是他主动委托）作代售性质，由中艺抽成。到底怎样，也不知道。因好久未见，上述办法不知是否实行。

忙了这么久，写了这么多信，少睡了多少钟点，你精神恢复了没有？惦记得不得了。梅在家也是从早忙到晚，全是莫名其妙的琐碎事儿，她这回不写信了，只和我一起问你好，希望你们姊妹母女一切保重！

安叩

一九六五年六月十七日

梅的老花眼镜（二百度）已有两副，你只配一副当然要受窘了。

第六通　一九六五年七月十六日

和：

月季花的书已收到好几天，谢谢你费心。我们园中月季花有了近十年，一向听其自然。近来想好好培养一下，所以要弄些书来学习学习。梅馥已学会“接芽”，可以在普通蔓藤类的野蔷薇上接上名贵的品种：她每天忙着浇水，施肥，打农药灭虫，防病害，忙个不了。可惜我们没有彩色软片，否则等秋天第二次盛开时可以拍些照片献献成绩。

从五月中旬到六月初，一切中文报的文字内容，我们最近全知道了；聪的反应（虽然他至今尚未来信）我们也知道了。只怪我事前对港岛反动派的形势太隔膜，估计不足；要不然就不会于五月初在电话中同意孩子演出；而且他原说是明年，我告他可于回英后再从长考虑；没想到他性急，说做就做，竟提早在今年六月！客观效果到底给反动派造成一个攻击新中国的机会，这一点聪是决不愿意的。我想他这次回去，心情复杂得很；大概经过这番教训，以后不会再来的了。我今天也已去信告诉他：台湾一日不解放，港九一日来不得！换了一个无名小卒就没有关系，有了虚名，事情就大不相同。至于恼羞成怒，骂他弹琴是中学生程度，我想他连一笑置之都觉得犯不上；我们听了更是高兴！至少间接替他撇清，显出了他的态度和立场。《文汇》《大公》从头至尾一字不提，正是反映了国内对聪的谅解与爱护；只是平白无故叫沈君受累，真正过意不去。回过来想一想，也亏得沈君居间出力，聪此次引起的风波不至于太大；归根结底，还得再谢谢你有此眼力介绍这样一个朋友！

看来骨肉团聚的时机还很遥远，我们也不急，更谈不上心中不快。古庙孤僧的日子我们久已过惯，一切已经很知足。儿女与朋友一样，只要彼此精神无隔膜，双方的心常在一起，不就上上大吉了吗？对人生太苛求，只能自讨苦吃。

芳芳沉默寡言，其实像乃震，演电影的少女有此性格是一种安全，你千万别怪怨她。你既打算不久送她出国读书，这种做学问最需要的“沉默”和“庄重”，确是应当鼓励的。她将来预备念什么呢？可是英国文学？好好的进大学弄一个正途出身，至少好当一名高级的教师；在你们那个社会中比当影星前途要光明得多。你知道我的脾气和人生观：估量一个人从来不用名利做标尺的。名利是副产品，清清白白做人才是主要目标，舍本逐末，结果恐怕反而两头落空；这些迂腐的话，你听了要笑我吗？

老舍最精的作品是《骆驼祥子》《我这一辈子》。其他的短篇集子都可以看。芳芳看了有何疑问尽管写信来（谈谈感想也好）。解放后新作家也有出色的，如杜鹏程《保卫延安》，赵树理《小二黑结婚》《三里湾》，香港想必有书店专售进步作品的。国内这些书倒反常常脱销，买不到。

聪带回去的“健素”已寄到，只是海关规程又变了，西欧来的药品与港澳来的已同样需要医院证明，此次相当费事才领到，以后非万不得已，不想再叫他寄药了。天热头昏脑涨，下次再写，恕草率。

安叩

一九六五年七月十六日

致成家榴

一通　一九六五年九月八日

榴：

读八月二十五日信，觉得我和你的教育主张颇有差别。

第一，我认为教育当以人格为主，知识其次。孩子品德高尚，为人正直；学问欠缺一些没有关系。第二，民族观念是立身处世的根本，只有真正的民族主义者才是真有骨气的人，而不是狭隘的国家主义者或沙文主义者，也不会变做盲目崇外主义者。只有真正懂得，而且能欣赏、热爱本国传统的道德、人生观、文化、艺术的特点，才能真正吸收外来文化的精华，而弃其糟粕。第三，求学的目的应该是“化”，而不是死吞知识，变成字典或书架。我最讨厌有些专家，除了他本身学科以外，一窍不通，更谈不到阔大的胸襟，高远的理想。也有科学家在实际生活中毫不科学；也有文学家艺术家骨子里俗不可耐。这都是读书不化，知识是知识，我是我，两不相关之故。第四，在具体的学习方面，我一向不大重视学校的分数，分数同真正的成绩往往不一致。学校的高材生，年年名列前茅，在社会上混了一二年而默默无闻的人，不知有多少！反之，真正杰出之士倒在求学时期平平常常，并不出色。为什么？因为得高分的多半是死读书的机械头脑，而有独立思考的人常常不肯，也不屑随波逐流，在一般的标准上与人争长短。总之，求知主要是认识客观世界与主观世界。客观世界包括上下古今的历史和千百年人类累积下来的经验，以及物质的空间；主观世界是指自我的精神领域和内心活动。这两种认识的基础都在于养成一个客观冷静的头脑、严密的逻辑、敏锐的感觉和正确的判断。再从大处远处看，青年时代仅仅是人生的一个阶段，智、愚、贤、不肖的程度还有待以后的发展。年轻时绝顶聪明的，不一定将来就成大器，所谓“小时了了，大未必佳”。年轻时不大出色的，也不一定一辈子没出息，所谓“大器晚成”的例子多的是。所以便是孩子念完了中学大学，做了几年事，不论成绩如何，也不能以成败去衡量，一时的利害得失如何能断定一生呢？你读过卓别林的自传没有？以他十九岁前的情形（包括他的家世、教育、才具）来说，谁敢预言他是二十世纪最了不起的艺术家之一呢？因为来信提到咪咪的考试成绩，不知不觉引起我许多感想，也是我几十年来经常思索的结果，写出来给老友做一个参考。

安

一九六五年九月八日灯下

致石西民

一通　一九六五年十月二十六日

西民部长座右：

迩来文艺翻译困难重重，巴尔扎克作品除已译者外，其余大半与吾国国情及读者需要多所抵触。而对马列主义毫无掌握，无法运用正确批评之人，缮写译序时，对读者所负责任更大；在此文化革命形势之下顾虑又愈多。且鄙见批评当以调查研究为第一步。巴尔扎克既为思想极复杂、面目众多、矛盾百出的作家，尤不能不先作一番掌握资料功夫：西方研究巴尔扎克之文献（四十年来共达二千余种）虽观点不正确，内容仍富有参考价值，颇有择优介绍（作为内部发行）之必要。故拟暂停翻译巴尔扎克小说，先介绍几种重要的研究资料，以比较完整的巴尔扎克传记为首。奈出版社对此不予同意，亦未说明理由。按一年来"人文"来信，似乎对西洋名作介绍，尚无明确方针及办法（五八年春交稿之《皮罗多》，六一年校样改讫后，迄未付印；六四年八月交稿之《幻灭》三部曲，约五十万字，至今亦无消息：更可见出版社也拿不定主意）。同时"人文"只根据所谓巴尔扎克"名著”建议选题，而对于译者根据原作内容，认为不宜翻译之理由，甚少考虑。去冬虽同意雷译一中篇集子作为过渡，但根本问题仍属悬而未决。按停止翻译作品，仅仅从事巴尔扎克研究，亦可作为终身事业；所恨一旦翻译停止，生计即无着落。即使撇开选题问题不谈，贱躯未老先衰，脑力迟钝，日甚一日，不仅工作质量日感不满，进度亦只及十年前三分之一。再加印数稿酬废止，收入骤减（即印数稿酬未取消时，以雷工作迟缓，每年亦不能收支相抵），种种条件，以后生活亦甚难维持［过去十年中平明出版社将《约翰·克利斯朵夫》《高老头》《贝姨》《邦斯舅舅》《欧也妮·葛朗台》《夏倍上校》《嘉尔曼》《高龙巴》等归“人文”出版时，曾多得一笔稿费，故能维持至今。但积存即将告罄。从六〇年起因身体不支，逐年减产，且是累进的减产；以六四年至今的工作进度为例，每年只能完成十一二万字（改稿四五道，每道返工数倍于初稿，其慢可想）。收入约一千一二百元。自印数稿酬取消后，雷个人译作收入平均减去三分之一左右。去年八月交稿，而翻译历时将近四载之《幻灭》（约五十万字），曾陆续预支三千元，但亦不便常向“人文”要求多支］。以上情形，曾于去年十二月函托唐弢兄转呈周扬部长。

最近半年个人情况又大有变化，除多年宿疾（如关节炎、偏头疼、过敏性鼻炎等）轮流作祟外，六月下旬又每晚头脑发热如焚，思考能力几等于零，医生坚嘱立即休息。不料八月下旬恢复工作后甫及一日，忽双目昏花，非特无法翻译，即读书看报亦不可能，因每分钟眼前皆有薄雾飘过（故此信只能由雷口述，嘱内子笔录）。眼科医生认为眼神经使用过度，急剧衰退，倘不长期休息，日后恐有失明之虞（五九年起每晚工作完毕即双目流泪不止，呵欠不断，动辄达半小时以上。六〇年初曾遵医嘱休息三月。惟恢复工作后流泪如故，至今已成为日常症象。六四年三月华东医院普查时，又发现水晶体浑浊）。且此病迄无对症之药。但休息并无期限，不知何日方能恢复。即恢复亦不能如过去每日工作九、十小时，脑力退化亦极大限制。

而雷不比在大学任教之人，长期病假，即有折扣，仍有薪给可支。万一日后残废，也不能如教授一般，可获退休待遇。故虽停止工作，终日为前途渺茫，忧心忡忡，焦灼不堪，甚难安心静养。将来必要时，国外小儿傅聪固然还能维持雷一部分生活，但从各方面考虑，觉得亦有不妥之处。因念吾公历年关怀，爱护备至，用敢据实上达。私衷期望，无非能早日恢复目力，以后即或半日工作，亦尚可为西洋文学研究略尽绵薄。目前如何渡过难关，想吾公及各方领导必有妥善办法赐予协助。解放以还，出版事业突飞猛进，作译者并蒙党及政府多方照顾，惟雷心长力绌，极少贡献，尤不能以马列主义观点分析作品，为读者做一番消毒工作，为愧悫无穷耳。耑此敬候

公绥

傅雷拜上

家人代笔

一九六五年十月二十六日

致 林 散 之

一通　一九六五年十二月二十三日

散之先生艺席：

日前汪己文先生转来法绘，拜谢之余极佩先生笔法墨韵，不独深得宾翁神髓，亦且上追宋元明末诸贤，风格超迈，求诸当世实不多觏。吾国优秀艺术传统承继有人，大可为民族前途庆幸。惟大作近景用笔倘能稍为紧凑简化，则既与远景对比更为显著，全幅气象亦可更为浑成。溥心畬先生平生专学北宗，刻划过甚姑勿论，用笔往往太碎，致有松率之弊。不知先生亦有同感否?

题诗高逸，言之有物，佩甚佩甚。惜原纸篇幅有限，否则以长题改作跋，尾后幅，远山天地更为宽畅。往年常与宾翁论画，直言无讳，故敢不辞狂悖，辄发谬论，开罪先生，千祈鉴宥为幸。耑此叩谢。顺候

道绥

傅雷拜启

一九六五年十二月二十三日